U0513005

北山四先生全書

何基卷

黃靈庚　李聖華　主編

何北山先生遺集

〔宋〕何基／撰　王錕／整理

上海古籍出版社

浙江文化研究工程重大項目成果
中共金華市委宣傳部重大文化研究工程項目成果
浙江師範大學江南文化研究中心成果
浙江省越文化傳承與創新研究中心成果
二〇二一年國家古籍整理出版資助項目
二〇二〇年國家社科基金一般項目「北山學派理學思想研究」（批准號：20BZX076）階段性成果

浙江省文化研究工程指導委員會

浙江文化研究工程成果文庫總序

有人將文化比作一條來自老祖宗而又流向未來的河，這是説文化的傳統，通過縱向傳承和橫向傳遞，生生不息地影響和引領着人們的生存與發展；有人説文化是人類的思想、智慧、信仰、情感和生活的載體、方式和方法，這是將文化作爲人們代代相傳的生活方式的整體。我們説，文化爲群體生活提供規範、方式與環境，文化通過傳承爲社會進步發揮基礎作用，文化會促進或制約經濟乃至整個社會的發展。文化的力量，已經深深熔鑄在民族的生命力、創造力和凝聚力之中。

在人類文化演化的進程中，各種文化都在其內部生成衆多的元素、層次與類型，由此決定了文化的多樣性與複雜性。

中國文化的博大精深，來源於其內部生成的多姿多彩；中國文化的歷久彌新，取決於其變遷過程中各種元素、層次、類型在內容和結構上通過碰撞、解構、融合而產生的革故鼎新的强大動力。

中國土地廣袤、疆域遼闊，不同區域間因自然環境、經濟環境、社會環境等諸多方面的差異，建構了不同的區域文化。區域文化如同百川歸海，共同匯聚成中國文化的大傳統，這種大傳統如同春風化雨，滲透於各種區域文化之中。在這個過程中，區域文化如同清溪山泉潺潺不息，在中國文化的共同價值取向下，以自己的獨特個性支撑着、引領着本地經濟社會的發展。

從區域文化入手，對一地文化的歷史與現狀展開全面、系統、扎實、有序的研究，一方面可以藉此梳理和弘揚當地的歷史傳統和文化資源，繁榮和豐富當代的先進文化建設活動，規劃和指導未來的文化發展藍圖，增强文化軟實力，爲全面建設小康社會、加快推進社會主義現代化提供思想保證、精神動力、智力支持和輿論力量；另一方面，這也是深入瞭解中國文化、研究中國文化、發展中國文化、創新中國文化的重要途徑之一。如今，區域文化研究日益受到各地重視，成爲我國文化研究走向深入的一個重要標誌。我們今天實施浙江文化研究工程，其目的和意義也在於此。

千百年來，浙江人民積澱和傳承了一個底蘊深厚的文化傳統。這種文化傳統的獨特性，正在於它令人驚嘆的富於創造力的智慧和力量。

浙江文化中富於創造力的基因，早早地出現在其歷史的源頭。在浙江新石器時代最爲著名的跨湖橋、河姆渡、馬家浜和良渚的考古文化中，浙江先民們都以不同凡響的作爲，在中華民族的文明之源留下了創造和進步的印記。

浙江人民在與時俱進的歷史軌迹上一路走來，秉承富於創造力的文化傳統，這深深地融匯在一代代浙江人民的血液中，體現在浙江人民的行爲上，也在浙江歷史上衆多傑出人物身上得到充分展示。從大禹的因勢利導、敬業治水，到勾踐的卧薪嘗膽、勵精圖治；從錢氏的保境安民、納土歸宋，到胡則的爲官一任、造福一方；從岳飛、于謙的精忠報國、清白一生，到方孝孺、張蒼水的剛正不阿、以身殉國；從沈括的博學多識、精研深究，到竺可楨的科學救國、求是一生；無論是陳亮、葉適的經世致用，還是黄宗羲的工商皆本；無論是王充、王陽明的批判、自覺，還是龔自珍、蔡元培的開明、開放，等等，都展示了浙江深厚的文化底藴，凝聚了浙江人民求真務實的創造精神。

代代相傳的文化創造的作爲和精神，從觀念、態度、行爲方式和價值取向上，孕育、形成和發展了淵源有自的浙江地域文化傳統和與時俱進的浙江文化精神，她滋育着浙江的生命力、催生着浙江的凝聚力、激發着浙江的創造力、培植着浙江的競争力，激勵着浙江人民永不自滿、永不停息，在各個不同的歷史時期不斷地超越自我、創業奮進。

悠久深厚、意韵豐富的浙江文化傳統，是歷史賜予我們的寶貴財富，也是我們開拓未來的豐富資源和不竭動力。黨的十六大以來推進浙江新發展的實踐，使我們越來越深刻地認識到，與國家實施改革開放大政方針相伴隨的浙江經濟社會持續快速健康發展的深層原因，就在於浙江深厚的文化底藴和文化傳統與當今時代精神的有機結合，就在於發展先進生産力與發展先進文化的有機結合。今後一個時期浙江能否在全面建設小康社會、加快社會主義現代化建設進程中繼續走在前列，很大程度上取決於我們對文化力量的深刻認識、對發展先進文化的高度自覺和對加快建設文化大省的工作力度。我們應該看到，文化的力量最終可以轉化爲物質的力量，文化的軟實力最終可以轉化爲經濟的硬實力。文化要素是綜合競爭力的核心要素，文化資源是經濟社會發展的重要資源，文化素質是領導者和勞動者的首要素質。因此，研究浙江文化的歷史與現狀，增强文化軟實力，爲浙江的現代化建設服務，是浙江人民的共同事業，也是浙江各級黨委、政府的重要使命和責任。

二〇〇五年七月召開的中共浙江省委十一届八次全會，作出《關於加快建設文化大省的決定》，提出要從增强先進文化凝聚力、解放和發展生産力、增强社會公共服務能力入手，大力實施文明素質工程、文化精品工程、文化研究工程、文化保護工程、文化産業促進工程、文化陣地工程、文化傳播工程、文化人才工程等「八項工程」，實施科教興國和人才强國戰略，加快建設教育、科技、衛生、體育等「四個强省」。作爲文化建設「八項工程」之一的文化研究工程，其任務就是系統研究浙江文化的歷史成就和當代發展，深入挖掘浙江文化底藴、研究浙江現象、總結浙江經驗、指導浙江未來的發展。

浙江文化研究工程將重點研究「今、古、人、文」四個方面，即圍遶浙江當代發展問題研究、浙江歷史文化專題研究、浙江名人研究、浙江歷史文獻整理四大板塊，開展系統研究，出版系列叢書。在研究内容上，深入挖掘浙江文化底藴，系統梳理和分析浙江歷史文化的内部結構、變化規律和地域特色，堅持和發展浙江精神；研究浙江文化與其他地域文化的異同，釐清浙江文化在中國文化中的地位和相互影響的關係；圍遶浙江生動的當代實踐，深入解讀浙江現象，總結浙江經驗，指導浙江發展。在研究力量上，通過課題組織、出版資助、重點研究基地建設、加强省内外大院名校合作、整合各地各部門力量等途徑，形成上下聯動、學界互動的整體合力。在成果運用上，注重研究成果的學術價值和應用價值，充分發揮其認識世界、傳承文明、創新理論、咨政育人、服務社會的重要作用。

我們希望通過實施浙江文化研究工程，努力用浙江歷史教育浙江人民、用浙江文化熏陶浙江人民、用浙江精神鼓舞浙江人民、用浙江經驗引領浙江人民，進一步激發浙江人民的無窮智慧和偉大創造能力，推動浙江實現又快又好發展。

今天，我們踏着來自歷史的河流，受着一方百姓的期許，理應負起使命，至誠奉獻，讓我們的文化綿延不絶，讓我們的創造生生不息。

二〇〇六年五月三十日於杭州

浙江文化研究工程成果文庫序言

袁家軍

浙江是中華文明的發祥地之一，歷史悠久、人文薈萃，素稱「文物之邦」「人文淵藪」，從河姆渡的陶竈炊烟到良渚的文明星火，從吴越争霸的千古傳奇到宋韵文化的風雅氣度，從革命紅船的揚帆起航到建國初期的篳路藍縷，從改革開放的敢爲人先到新時代的變革創新，都留下了彌足珍貴的歷史文化財富。縱覽浙江發展的歷史，文化是軟實力，也是硬實力，是支撑力，也是變革力，爲浙江幹在實處、走在前列、勇立潮頭提供了獨特的精神激勵和智力支持。

二〇〇三年，習近平總書記在浙江工作時作出「八八戰略」重大決策部署，明確提出要進一步發揮浙江的人文優勢，積極推進科教興省、人才强省，加快建設文化大省。二〇〇五年七月，習近平同志主持召開省委十一届八次全會，親自擘畫加快建設文化大省的宏偉藍圖。在習近平同志的親自謀劃、親自布局下，浙江形成了文化建設「3+8+4」的總體框架思路，即全面把握增强先進文化的凝聚力、解放和發展文化生産力、提高社會公共服務力等「三個着力點」，啓動實施文明素質工程、文化精品工程、文化研究工程、文化保護工程、文化産業促進工程、文化陣地工程、文化傳播工程、文化人才工程等「八項工程」，加快建設教育、科技、衛生、體育等「四個强省」，構建起浙江文化建設的「四梁八柱」。這些年來，我們按照習近平總書記當年作出的戰略部署，堅持一張藍圖繪到底、一任接着一任幹，不斷推進以文鑄魂、以文育德、以文圖强、以文傳道、以文興業、以文惠民、以文塑韵，走出了一條具有中國特色、時代特徵、浙江特點的文化發展之路。

文化研究工程是浙江文化建設最具標誌性的成果之一。隨着第一期和第二期文化研究工程的成功實施，産生了一批重點研究項目和重大研究成果，培育了一批具有浙江特色和全國影響的優勢學科，打造了一批高水平的學術團隊和在全國有影響力的學術名師、學科骨幹。二〇一五年結束的第一批浙江文化研究工程共立研究項目八百十一項，出版學術著作千餘部。二〇一七年三月啓動的第二期浙江文化研究工程，已開展了五十二個系列研究，立重大課題六十五項、重點課題二百八十四項，出版學術著作一千多部。特别是形成了《宋畫全集》等中國歷代繪畫大系、《共和國命運的抉擇與思考——毛澤東在浙江的七百八十五個日日夜夜》等領袖與浙江研究系列、《紅船逐浪：浙江「站起來」的革命歷程與精神傳承》等「浙一百年」研究系列、《浙江通史》《南宋史研究》等浙江歷史專題史研究系列、《良渚文化研究》等浙江史前文化研究系列、《儒學正脈——王守仁傳》等浙江歷史名人研究系列、《吕祖謙全集》等浙江文獻集成系列。可以説，浙江文化研究工程，賡續了浙江悠久深厚的文化血脈，挖掘了浙江深層次的文化基因，提升了浙江的文化軟實力，彰顯了浙江在海内外的學術影響力，爲浙江當代發展提供了堅實的理論支撑和智力支持，爲堅定文化自信提供了浙江素材。

當前，浙江已經踏上了實現第二個百年奮斗目標的新征程，正在奮力打造「重要窗口」，争創社會主義現代化先行省，高質量發展建設共同富裕示範區。文化工作在浙江高質量發展建設共同富裕示範區中具有决定性作用，是關鍵變量；展現共同富裕美好社會的圖景，文化是最富魅力、最吸引人、最具辨識度的標識。我們要發揮文化鑄魂塑形賦能功能，爲高質量發展建設共同富裕示範區注入强大文化力量，特别是要堅持把深化文化研究工程作爲打造新時代文化高地的重要抓手，努力使其成爲研究闡釋習近平新時代中國特色社會主義思想的重要陣地、傳承創新浙江優秀傳統文化革命文化社會主義先進文化的重要平臺、構建中國特色哲學社會科學的重要載體、推廣展示浙江文化獨特魅力的重要窗口。

新時代浙江文化研究工程將延續「今、古、人、文」主題，重點突出當代發展研究、歷史文化研究、「新時代浙學」建構，努力把浙江的歷史與未來貫通起來，使浙學品牌更加彰顯、浙江文化形象更加鮮明、中國特色哲學社會科學的浙江元素更加豐富。新時代浙江文化研究工程將堅守「紅色根脈」，更加注重深入挖掘浙江紅色資源，持續深化「習近平新時代中國特色社會主義思想在浙江的探索與實踐」課題研究，努力讓浙江成爲踐行創新理論的標杆之地、傳播中華文明的思想之窗；擦亮以宋韵文化爲代表的浙江歷史文化金名片，從思想、制度、經濟、社會、百姓生活、文學藝術、建築、宗教等方面全方位立體化系統性研究闡述宋韵文化，努力讓千年宋韵更好地在新時代「流動」起來、「傳承」下去；科學解讀浙江歷史文化的豐富内涵和時代價值，更加注重學術成果的創造性轉化，探索拓展浙學成果推廣與普及的機制、形式、載體、平臺，努力讓浙學成果成爲有世界影響的東方思想標識；充分動員省内外高水平專家學者參與工程研究，堅持以項目引育高端社科人才，努力打造一支走在全國前列的哲學社會科學領軍人才隊伍；系統推進文化研究數智創新，努力提升社科研究的科學化水平，提供更多高質量文化成果供給。

偉大的時代，需要偉大作品、偉大精神、偉大力量。期待新時代浙江文化研究工程有更多的優秀成果問世，以浙江文化之窗更好地展現中華文化的生命力、影響力、凝聚力、創造力，爲忠實踐行「八八戰略」、奮力打造「重要窗口」，争創社會主義現代化先行省，高質量發展建設共同富裕示範區，提供强大思想保證、輿論支持、精神動力和文化條件。

目録

北山遺集補遺

總序

南宋乾淳間，吕祖謙東萊之學、陳亮永康之學、唐仲友説齋之學同時並起，金華之學彬彬稱盛。吕祖謙尤著，與朱熹、張栻并稱「東南三賢」，又與朱熹、陸九淵并稱「朱陸吕三大家」。祖謙惜早逝，麗澤門人無大力者繼之，永康、説齋之學亦無紹傳。嘉定而後，何基、王柏振起。何基（一一八八—一二六九），字子恭，金華人。親炙於朱熹高弟子黄榦，居北山之陽，學者稱北山先生。門人王柏（一一九七—一二七九），字會之，一字仲會，號長嘯，改號魯齋，金華人。家學源於朱、吕，而已則師於何基。何、王轉承朱子之統，王柏又私淑東萊。王柏門人金履祥（一二三二—一三〇三），字吉父，號次農，蘭溪人。從學王柏，并得何基指授。宋、元易代，以遺民終，隱居講學，許謙、柳貫諸子從學。許謙（一二六九—一三三七），字益之，號白雲山人，東陽人。年三十一師履祥，爲元世大儒。後世推許何、王、金、許，并稱「金華四賢」「金華四先生」「金華四子」「何王金許四君子」，又稱「北山四先生」。

四先生爲講學家之流，名相并稱始於元末，流行於明初。杜本《吴先生墓誌銘》：「浙之東州有數君子，爲海内所師表。蓋自朱子之學一再傳，而何、王、金、許實能自外利榮，蹈履純固，反身克己，體驗精切，故其育德成仁，顯有端緒。」①黄溍《吴正傳文集序》：「初，紫陽朱子之門人高弟曰勉齋黄氏，自黄氏四傳，曰北山何氏、魯齋王氏、仁山金氏、白雲許氏，皆婺人。」②宋濂《故丹谿先生朱公石表辭》：「而考亭之傳，又唯金華之四賢續其世胤之正。」③張以寧《甑山存稿序》：「婺爲郡儒先東萊吕成公之里也。近何、王、金、許氏，得勉齋黄公之傳於徽國朱文公者，以經學教於鄉。」④蘇伯衡《洗心亭記》：「伯圭，何文定公、王文憲公、金文安公、許文懿公里中子，而四賢實以朱文公之學相授受。」⑤鄭楷《翰林學士承旨宋公行狀》：「初，宋南渡後，新安朱文公、東萊吕成公並時而作，皆以斯道爲己任。婺實吕氏倡道之邦，而其學不大傳。朱氏一再傳，爲何基氏、王柏氏，又傳之金履祥氏、許謙氏，皆婺人，而其傳遂爲朱學之世適。」⑥以上爲元末明初諸家并提四家之説。導江張𩆜爲王柏高弟子，「以其道顯於

---

① 吴師道《禮部集》附録，《文淵閣四庫全書》本。
② 黄溍《金華黄先生文集》卷十八，元刻本。
③ 宋濂《宋學士文集》卷十九，明天順五年黄譽刻本。
④ 張以寧《翠屏文集》卷三，明成化間刻本。
⑤ 蘇伯衡《蘇平仲文集》卷八，《四部叢刊》景明正統刻本。
⑥ 程敏政《明文衡》卷六十二，《四部叢刊》景明本。

北方」①，柳貫與許謙同學於履祥，元時又有黄溍、吴萊、吴師道、胡長孺并著聞，何以不入「四賢」之目？以上所引諸説已明言之：一則四先生遞相師承，非嫡傳不入；二則四先生於吕學既衰之後，上接紫陽之傳，以講學明道爲己任，非一般詞章文士；三則皆不肯仕，高蹈遠引，以經學教於鄉；四則學行著述堪爲師表，足傳道脈。元末明初學者多稱説「何王金許」、「金華四賢」，盛明而後始多稱「金華四先生」。「北山四先生」之稱，則始於全祖望修補《宋元學案》，改《金華學案》爲《北山四先生學案》。蓋以北山一脈起於何基，何基居金華北山下，取以自號，王柏、金履祥亦居北山之下，隱於斯，遊於斯，講學於斯。北山秀奇，得四先生名益彰，北山有靈，亦莫大幸焉。

在中國學術史上，四先生成就雖不足與朱、陸、吕三大家相提并論，但皆不愧一代學者。且其上承朱、吕，下啓明清理學及浙學一脈，有功於浙學與宋元明清儒學匪淺，學術貢獻不下於王陽明、黄宗羲諸大家。

① 吴師道《敬鄉録》卷十四，明抄本。

一、朱子世適，兼取東萊

四先生爲朱子嫡脈，除何基「確守師説」外，餘三家承朱子之學，繼朱子之志，鑒取東萊之學，兼容并包，已構成朱學之變。即浙學而言，由此復興，雖與東萊、永康、永嘉所引領浙學初興有異，但亦是浙學之「新變」。全祖望《北山四先生學案序録》稱金履祥爲「浙學之中興」，卓有見解。

（一）傳朱一脈

金華爲東萊講學之邦，何基、王柏奮起於吕學衰没之際，承朱學之統，亦自有故。

按王柏《何北山先生行狀》，何基早歲從鄉先生陳震習舉子業，已能潛心義理。弱冠隨父伯慧宦遊臨川，適黄榦爲令，伯慧令二子何南、何基師事之。黄榦首教以「爲學須先辦得真實心地，刻苦工夫」，臨别告以「但讀熟《四書》，使胸次浹洽，道理自見」。何基「終身服習，不敢頃刻忘也。一室危坐，萬卷横陳，存此心於端莊静一之中，窮此理於研精覃思之際。每於聖賢微詞奥義疑而未釋者，必平其心，易其氣，舒徐容與，不忘不助，待其自然貫通，未嘗參以己意。不立異以爲高，不狥人而少變。蓋其思之也精，是以守之也固。充其知而反於身者，莫不踐其實」①。

雖説何基開金華朱學之門，但居鄉里未嘗開門授徒，聞名而來學者，亦未嘗爲立題目、作話頭。王柏從學何基，及金履祥從學王柏、許謙問師履祥，皆有偶然性。王柏身出望族，少慕諸葛亮之爲人，年逾三十，與友人汪開之同讀《四書》，取《論孟集義》求朱子去取之意，以黄榦《四書通釋》尚闕答問，乃約爲《語録精要》以足之，題曰《通旨》。間從朱子門人楊與立、劉炎、陳文蔚問朱門傳授之端，與立告何基得朱氏之傳，即往從學②。何基授以「立志居敬」之旨，舉胡宏之言曰：「立志以定其本，居敬以持其志。志立乎事物之表，敬行乎事物之内。」③王柏自是發憤讀書，來學者必先教之讀《大學》。

金履祥年十八試中待補太學生，有能文聲。旋自悔，屏舉子業，研解《尚書》。與同郡王相爲友，知向濂洛之學。聞何基得朱子之傳，欲往從之無由。年二十三，由王相之介，得從王柏受業。初見，問爲學之方，即教以「立志居敬」，問讀書之目，則曰「自《四書》始」。未幾，由王柏之介進於何基之門，自是講貫益密，造詣益精，講求褆躬㩁物，如何、王所訓「存敬畏心，

① 何基《何北山先生遺集》卷四，《金華叢書》本。
② 金履祥《仁山文集》卷三，明萬曆二十七年刻本。
③ 王柏《復吳太清書》，《魯齋集》卷八，明崇禎刻本。

尋恰好處」，「真實心地，刻苦工夫」。柳貫《故宋迪功郎史館編校仁山先生金公行狀》云：「二先生鄉丈人行，皆自以爲得之之晚，而深啓密證，左引右掖，期底于道。雖孫明復之於石守道，胡翼之之於徐仲車，不是過也。然文定之所示曰『省察克治』，文憲之所示曰『涵養充拓』，語雖甚簡，而先生服之終身，嘗若有所未盡焉者。」①

大德五年，履祥年七十，講道蘭江之上，許謙始來就學，年已三十一。明年，履祥設教金華呂祖謙祠下，許謙從之卒業。履祥告曰：「吾儒之學，理一而分殊。理不患其不一，所難者分殊耳。」許謙由是致辨於分之殊，而要歸於理之一。屏居八華山，率衆講學，教人「以五性人倫爲本，以開明心術變化氣質爲先，以爲己爲立心之要，以分辨義利爲處事之制」②。吴師道《祭許徵君益之文》云：「烏乎紫陽！朱子之傳，其在吾鄉，曰何與王。傳之仁山，以及於公，其道彌光。仁山之門，公晚始到。獨超等夷，遠詣深造。」③

① 柳貫《柳待制文集》卷二十，《四部叢刊》景元至正本。
② 黄溍《白雲許先生墓誌銘》，《金華黄先生文集》卷三十二。
③ 吴師道《吴禮部文集》卷二十，《金華叢書》本。

（二）兼采吕學

何、王崛起於吕學衰落之際，傳朱子之學。然生於東萊講學之鄉，麗澤之潤已入士人肌理。故自王柏以下，返本溯源，遂成學朱爲主、參諸吕學之格局。此一變化自王柏始。

王柏家學出於吕氏。按葉由庚《王魯齋先生壙誌》，王柏祖師愈從楊時受《易》《論語》，後與朱、張、吕遊。父瀚與其叔季執經問難於考亭、麗澤之門，世其家學。王柏早孤，抱志宏偉，三十而後「始知家學授受之原，慨然捐去俗學以求道」。既師何基，發憤奮厲，「研窮愈刻深，則義理愈呈露；涵養愈細密，則趣味愈無窮」①。金履祥《魯齋先生文集目後題》追溯魯齋家學云：「初，公之大父煥章公與朱、張、吕三先生爲友，父仙都公早從麗澤，又以通家子登滄洲之門。公天資超卓，未及接聞淵源之論而早孤。年長以壯，謂科舉之學不足爲也，而更爲文章偶儷之文；又以偶儷之文不足爲也，而從學於古文、詩律之學，工力所到，隨習輒精。今存於《長嘯醉語》者，蓋存而未盡去也，公意不謂然。因閲家書，而得師友淵源之緒，間從撝堂先生劉公、船山先生楊公、克齋先生陳公考問朱門傳授之端。而於楊公得聞北山何子恭父之名，於是尋訪盤溪之上，盡棄

① 王柏《魯齋王文憲公文集》附録，《金華叢書》本。

所學而學焉。」①所言王柏既見何基，「盡棄所學」，非謂盡棄家學，而指前之所好。吴師道《仙都公所與子書》亦載：「魯齋先生之學，世有自來矣。先生大父崇政講書直焕章閣致仕，諱師愈，師事龜山楊公，後又從朱、張、吕三公遊，朱子誌墓稱其有本有文者也。父朝奉郎、主管仙都觀，諱瀚，執經朱、吕之門，克世其學。此其所與子書，莫非《小學》書、《少儀外傳》之旨也。」②

東萊之學，與朱、陸有同有異。概言之，東萊主於經史不分，《五經》、史學皆擅；近接北宋理學之緒，遠采漢儒考據訓詁，并重義理、考據；博收廣覽，以文獻見長，講求通貫；重於用實，揆古用今。吕祖謙與陳亮等人好讀史，學問「博雜」，朱熹深有不滿，指爲「浙學」風習。然東萊之學自成一系。王柏嘗爲履祥作《三君子贊》，分贊「東南三賢」朱熹、張栻、吕祖謙，《吕成公》云：「片言妙契，氣質盡磨。八世文獻，一身中和。手織雲漢，心衡今古。鼎峙東南，乾淳鄒魯。」③於東萊評價高矣。然王、金諸子終不明言取則東萊，而標榜傳朱一脈。葉由庚《壙誌》、金履祥《後題》、吴師道《仙都公所與子書》追溯王柏家學出於吕氏，亦皆重於載述從何基接軌朱子一脈，而不言返本吕學。

① 金履祥《仁山先生文集》卷三。
② 吴師道《吴禮部文集》卷十七。
③ 金履祥《濂洛風雅》卷一，清雍正間金律刻本。

論四先生之學，當察其言，觀其行，亦必考其實跡，始可得真實全貌。王、金、許三家，於《五經》之好不減《四書》，既重性理探求，復事於訓詁考據；守朱子之説，而欲爲「忠臣」，以求是爲本；朱子不喜學者嗜讀史，三家未盡遵行；朱子不喜浙學「博雜」，三家貫通經史、諸子百家，喜輯録文獻；朱子不喜浙人好言事功，三家負經濟之略，而身在草萊，心存當世，欲出所學措諸政事。柳貫《金公行狀》稱履祥「先生夙有經世大志，而尤肆力于學，凡天文地形、禮樂刑法、田乘兵謀、陰陽律曆，靡不研究其微，以充極於用」。史學、考據乃東萊所長，朱子亦借助訓詁，并出其餘力研史，此史學、考據終爲其所短。王、金、許三家取朱子言性理之長，去其所短，兼師東萊，遂精於史學、考據。

王、金、許三家援漢儒訓詁考據以治《四書》《五經》，得力於東萊頗多。生於東萊講學舊邦，風氣霑熏，有其不自知者。尤可言者，四先生好「標抹點書」，殆傳東萊文獻之學。東萊標抹圈點之書，如《儀禮》《漢書》《史記》《資治通鑑》等，久爲士林所重。吕喬年稱其「一字一句，點畫皆有深意，而所得之精，多見於此」①。吴師道屢言四先生「標抹點書」，乃鑒用東萊之法。《請傳習許益之先生點書公文》：「當職生長金華，聞標抹點書之法始自東萊吕成公，至今故

① 吴師道《吴禮部文集》卷十八。

家所藏猶有《漢書》《資治通鑑》之類。」①《題程敬叔讀書工程後》：「蓋自東萊呂成公用工諸書，點正句讀，加以標抹，後儒因之，北山何先生基子恭、魯齋王先生柏會之俱用其法」，「金、張亦皆有所點書，其淵源有自來矣。」②章懋《楓山語録》云：「何最切實，王、金、許不免考索著述多些。」又，「東萊於香溪，四賢於東萊，皆無干涉」③。王、金、許「考索著述多些」，即三家重於文獻。然稱四先生與東萊「無干涉」，未盡合於實。東萊文獻之學冠於海内，四先生生長其鄉，著述相接，故論者曰：「吾婺固東南鄒魯也，中原文獻之傳甲於天下。」④全祖望稱王應麟承東萊文獻之學，爲「明招之大宗」。以文獻之傳而言，王、金、許何嘗不可稱「明招之大宗」？

四先生緣何不明言取徑東萊，今蠡測之，蓋有數因：一則重於師承，稱説師門，但言朱子，不言其他。二則東萊之學不能無弊，麗澤後學治經，輯討文獻，或疏於性理求索；四先生以明道爲先務，篤信朱子問學要義。三則朱子批評浙人「好功利」，四先生亦警醒，關注世用而不急功求利，不標舉東萊之學，或有此故。由此不難理解葉由庚《壙誌》所言：「證古難也，

① 吴師道《吴禮部文集》卷二十。
② 吴師道《吴禮部文集》卷十七。
③ 章懋《楓山語録》，《文淵閣四庫全書》本。
④ 張祖年《婺學志》集前序，清刻本。

復古尤難也；明道難也，任道尤難也。朱、張、吕三先生同生於一時，皆以承濂洛之統爲身任者也。張、吕不得其壽，僅及終身，經綸未展，論著靡竟。獨文公立朝之時少，居閑之日多，大肆其力於聖經賢傳，刊黜《詩》《書》之小序，紹復《易》《春秋》之元經，定著《論語》《孟子》《中庸》《大學》章句，以立萬世之法程。北山、魯齋二先生同生於一鄉，亦皆以續考亭之傳爲身任者也。」①

四先生之學，以朱學爲本，參諸東萊，朱、吕互爲表裏。海寧查慎行爲黄宗羲高弟子，《得樹樓雜鈔》卷一云：「魯齋上承吕、何之緒，下開金、許之傳，其功尤大。」②卓有識見。數百年來，學者罕直言四先生私淑東萊，而述及學統，或指出接緒朱、吕。成化三年，浙江按察司僉事辛訪奏請將宋儒何基等封爵從祀，下禮部尚書兼翰林學士陳文議：「昔者晦庵朱文公熹與東萊吕成公祖謙皆傳聖道，而金華郡儒者何基、王柏、金履祥、許謙師徒，累葉出於文公之後，以居于成公之鄉，其於斯道不爲不造其涯涘，然達淵源則未也；不爲不躡其徑庭，然造堂奥則未也。」③張祖年《八婺理學淵源序》云：「子朱子挺生有宋，疏洙泗，瀹濂洛，決横渠，排金

① 王柏《魯齋王文憲公文集》附録《壙誌》。
② 查慎行《得樹樓雜鈔》卷一，民國《適園叢書》本。
③ 姚夔《姚文敏公遺稿》卷十，明弘治間姚璽刻本。

谿，補苴罅漏，千古理學淵源，渾涵渟滀，稱會歸矣。維時吾婺東萊成公倡道東南，而子朱子、南軒宣公聲應氣求，互相往來」，「是麗澤一泓，固八婺理學淵源也，猗歟盛哉！三先生爲東南理學鼎峙，吾婺學者翕然宗之」，「而毅然卓見斯道者，未之有聞。幸北山先生父伯慧者，佐治臨川，欽勉齋黃氏學，命北山師事之，遂載紫陽的傳而歸。以授之魯齋，魯齋以授之仁山，仁山以授之白雲，踵武繩繩，機籥相印，而麗澤溶瀁灝瀚矣」①。胡宗楙謂趙宋南渡，婺學昌盛，鈎稽派别，可約分政學、理學、文學三派，其理學則自范浚以下，繼以東萊，復繼以四先生。《續金華叢書序》云：「二曰理學，香溪《心箴》，導其先河。東萊呂氏，麗澤講席。北山、魯齋，溯源揚波。仁山、白雲，一脈相嬗。莘莘學子，追蹤鄒魯。咸淳之際，於斯爲盛。」②當然，論者迄今仍多只認四先生爲朱子嫡傳。近歲，我們昌言「浙學復興」，强調四先生兼傳東萊之學，諸論始有所改觀。

（三）從「確守師説」到「要歸於是」

四先生中，何、王歿於宋，金履祥由宋入元，許謙則爲元世名儒。四先生尊德性，道問學，

---

① 張祖年《婺學志》集前序。

② 胡宗楙《夢選樓文鈔》卷上，民國二十五年刊本。

遞相師傳，百餘年間亦有前後變化。兼采吕學，即是自王柏後一大變化。另一顯著變化，即從「確守師説」到願爲「朱子之忠臣」，篤於求是。

何基之學，立志以定本，恭敬以持志，力學以致知，篤守朱、黄之傳，虚心體察，不欲參以己意，不以立異爲高。王柏《何北山先生行狀》稱「思之也精」，「守之也固」。《啓蒙發揮後序》又説：「晚年纂輯朱子之緒論，羽翼朱子之成書，不敢自加一字，而條理粲然，羣疑盡釋。」①《同祭北山何先生》則云：「公獨屹然，堅守勿失」，「發揮師言，以會於歸」②。黄宗羲論云：「北山之宗旨，熟讀《四書》而已」，「北山確守師説，可謂有漢儒之風焉。」③

王柏問學，重視求於《四書集注》《周易本義》之内，然好探朱子發端而未竟之義，考訂索隱朱子所未及，視此爲繼朱子之志，較何基已有變化。葉由庚《壙誌》云：「先生學博而義精，心平而識遠，考訂羣書，如干將、莫邪，所向肯綮，迎刃自解。凡文公發其端而未竟，致其疑而未決，與夫諸儒先開明之所未及者，莫不該攝融會，權衡裁斷，以復經傳之舊」，「上自羲畫，下逮魯經，莫不索隱精訂，以還道經之舊，以承考亭之志，確乎其任道之勇也！」金履祥《祭魯齋

① 王柏《魯齋王文憲公文集》卷五，明崇禎間刻本。
② 王柏《魯齋王文憲公文集》卷十九。
③ 黄百家《金華學案》。

先生文》云：「論定諸經，決訛放淫。辯析羣言，折衷聖人。究其分殊，萬變俱融。會諸理一，天然有中。見其全體，靡所不具。」①

金履祥爲王柏所授，重於求是，不標新奇之論，亦不拘於一説，欲爲「朱子之忠臣」。《論孟集注考證跋》云：「文公《集注》，多因門人之問更定，其問所不及者，亦或未修，而事跡名數，文公亦以無甚緊要略之，今皆爲之修補。或疑此書不無微牾者，既是再考，豈能免此？但自我言之，則爲忠臣；自他人言之，則爲讒賊爾。此履祥將死真切之言，二三子其詳之！」②李桓《論孟集注考證序》云：「其於《集注》也，推其意之未發，佐其力之不及，以簡質之文，達精深之義，而名物度數、古今實事之詳，一皆表其所出。後儒之説，可以爲之羽翼者，間亦採摭而附入之。觀之時若不同，實則期乎至當，故先生嘗自謂朱子之忠臣。夫忠臣者，固不爲苟同，而其心豈欲背戾以求異哉？蓋將助之而已矣。斯則《考證》之修所以有補於《集注》者也。」③

許謙承履祥之傳，於先儒之説未嘗處不敢苟同，敷説義理，歸於平實，考據訓詁，「要歸於

① 金履祥《仁山文集》卷三。
② 金履祥《孟子集注考證》，《率祖堂叢書》本。
③ 陸心源《皕宋樓藏書志》卷十，清同治、光緒間刻《潛園總集》本。

是」。黄溍《白雲許先生墓誌銘》云：「先生於書無不觀，窮探聖微，斬於必得，雖殘文羡語，皆不敢忽。有不可通，則不敢强。於先儒之説，有所未安，亦不敢苟同也。讀《四書章句集注》，有《叢説》二十卷。敷繹義理，惟務平實」，「讀《詩集傳》，有《名物鈔》八卷。正其音釋，考其名物度數，以補先儒之未備，仍存其逸義，旁採遠援，而以己意終之。讀《書集傳》，有《叢説》六卷。時有與蔡氏不能盡合者，每誦金先生之言曰：『自我言之，則爲忠臣；自他人言之，則爲讒賊。』要歸於是而已。」①

四先生之學，從何基「確守師説」，到金履祥、許謙「要歸於是」，乃其前後一大變化。四先生傳朱子之學，重於涵養功夫、踐履真實。何基常是一室危坐，存此心於端莊静一之中，研精覃思。履祥從學何、王，何基示曰「省察克治」，王柏示曰「涵養充拓」，履祥服之終身，常若有所未足。許謙習静，晚年尤以涵養本原爲務，講授之餘，齋居凝然。應典《八華精舍義田記》云：「迨其晚年，有謂：聖賢之學，心學也。後之學者雖知明諸心，非諸事，而涵養本原，弗究弗圖，則雖博極群書，修明勵行，而與聖賢之心猶背而馳也。」②

① 黄溍《金華黄先生文集》卷三十二。

② 党金衡纂修《道光東陽縣志》卷十，民國三年石印本。

（四）發揮表箋，漢宋互參

何基「確守師説」，毋主先入，毋師己意，虛心體察，述自得之意，名其著述曰「發揮」，所撰有《易學啓蒙發揮》《易大傳發揮》《大學發揮》《中庸發揮》《語孟發揮》《太極通書西銘發揮》。《近思録發揮》未詮定而殁，金履祥與同門汪蒙、俞卓續抄校訂，付其家藏之。柳貫《金公行狀》云：「凡文公語録、文集諸書，商確考訂之所及，取其已定之論，精切之語，彙敘而類次之，名爲《發揮》，已與諸書並傳於世矣。而若文公、成公所輯周、程、張子之微言曰《近思録》者，宜爲宋之一經，而顧未有爲之解者，亦隨文箋義，爲《近思録發揮》，未詮定而文定殁。」

自王柏以下，雖力戒先入之見，不標榜己意，然欲爲通儒，折衷羣言，出入經史百家，索隱朱子發端而未竟之義，考訂朱子所未及之書，故不苟同先儒之見，且倚重於訓詁考據，已不能不與何基有異。所著述於「標抹點書」「發揮」外，或名「考證」，或曰「精義」「衍義」「疏義」「指義」，或曰「表注」「叢説」。王柏考訂羣書，葉由庚《壙誌》稱「無一書一集不加標注，於《四書》《通鑑綱目》，精之又精。一言之題，一點之訂，辭不加費而義以著明，無非發本書之精髓，開後學之耳目」。又論其與何基異同云：「北山深潛沖澹，精體默融，志在尚行，訒於立言；魯齋通睿絶識，足以窮聖賢之精藴，雄詞偉論，足以發理象之微著。」履祥出入經史，天文地理、禮樂刑法、田乘兵謀、陰陽律曆無不究研。謂古書有注必有疏，作《論孟集注考證》，以爲朱子《集注》有疏，補所未備，增釋事物名數。注解《尚書》，推本父師之意，正句畫段，提其章旨，析其義理之微，考證文字之誤，表於四闡之外，曰《尚書表注》。柳貫《行狀》云：「研窮經義，以究窺聖賢心術之微；歷考傳注，以服襲儒先識鑒之確。無一理不致體驗，參伍錯綜，所以約其變；無一書不加點勘，鉛黄朱墨，所以發其凡。」許謙《上劉約齋書》云：「其爲學也，於書無所不讀，而融會於《四書》，貫穿於《六經》，窮理盡性，誨人不倦，治身接物，蓋無毫髮歉，可謂一世通儒。」①許謙追步王、金，欲爲一世通儒。黄溍《白雲許先生墓誌銘》云：「先生於天文地理、典章制度、食貨刑法、字學音韻、醫經數術，靡不該貫，一事一物，可爲傳聞多識之助者，必謹志之。至於釋老之言，亦皆洞究其藴，謂學者孰不日闢異端，苟不深探其隱，而識其所以然，能辨其同異、别其是非也幾希。」許謙每念履祥所言欲爲「朱子之忠臣」、「要歸於是」，所著《詩集傳名物鈔》《讀書叢説》《讀四書叢説》，考訂索隱，以補先儒所未備，存其逸義，而終以己意。在王、金、許三家看來，其著述不離於孔孟遺意，惟求是求真，乃可繼朱子之志。

四先生著述，無論彙敘發揮、隨文箋義，抑或考證衍義、辨誤訂譌，都不離於言説義理。王、金、許三家治學，與何基有所不同。總體以觀，有三大特點：一是治《五經》而貫穿性理，治《四書》而倚重訓詁考據，《四書》《五經》融會貫通。二是以理學爲本，兼采漢學。漢、宋兼

① 許謙《許白雲先生文集》卷三，明成化二年陳相刻本。

采，本爲東萊所長，三家蓋以朱學爲主，兼采東萊。三是欲爲通儒之學，貫穿經史百家，重於世用，不避「博雜」之嫌，此亦與東萊之學相通。

二、四先生治《四書》《五經》及其史學、文學

四先生長於《四書》，自王柏以下，《五經》貫通，兼治史學，重於文獻。其治《四書》，義理闡説與訓詁考據并重；治《五經》，疑古考索，尚於求是，并重義理；研史則經史互參，會通朱、吕；詩文雖其餘事，不離於講學家風習，然發攄性靈，陶冶性情，文以載道，裨益教化，各具其致。以文章合於道，扶翼經義、世教，通於世用，故金、許傳人尚文風氣日盛。以下分作論述：

（一）《四書》學

朱子之學，萃於《四書集注》。門人黄榦得其傳，有《四書通論》。世推四先生爲朱子適傳，亦以其得朱門《四書》之傳也。

何基從學黄榦，黄榦臨别告以熟讀《四書》，道理自見。何基以此爲讀書爲學之要，教門人治學以《四書》爲主，以《朱子語録》爲輔。嘗曰：「學者讀書，先須以《四書》爲主，而用

《語録》以輔翼之」，「但當以《集注》之精嚴，折衷《語録》之疏密；以《語録》之詳明，發揮《集注》之曲折。」王柏《行狀》稱「此先生編書之規模也，他書亦本此意」。何基後又覺得《四書》「義理自足」，當深探本書，「截斷四邊」。王柏稱「此先生晚年精詣造約，終不失勉齋臨分之意」（《何北山先生行狀》）。

王柏得北山之教，深味其旨，教門人爲學亦以《四書》爲本。寶祐二年，履祥來學，問讀書之目，告以「自《四書》始」。是年冬，履祥作《讀語論管見》，凡有得於《集注》言意之外者則録之。王柏讀後，勸説當沉潛涵泳於《集注》之内，有所自得，不當固求言外之意，發爲新奇之論①。履祥終生沉潛涵泳不輟，作《論孟集注考證》。殁前一歲，即大德六年，在金華城中講學，以《大學》爲第一義，諸生執經問難，爲之毫分縷析，開示藴奥，因成《大學指義》一書。許謙聞履祥緒論，精研《四書》。黄溍《白雲許先生墓誌銘》稱其每戒學者曰：「聖賢之心盡在《四書》，而《四書》之義備於朱子。顧其立言，辭約意廣，讀者或得其粗，而不能悉究其義。或以一篇之致自異，而初不知未離其範圍。世之詆訾貿亂、務爲新奇者，其弊正坐此耳。始予三四讀，自以爲了然，已而不能無惑，久若有得，覺其意初不與己異，愈久而所得愈深，與己意合者，亦大異於初矣。童而習之，白首不知其要領者何限？其可以易心求之哉！」

① 王柏《金吉甫管見》，《魯齋王文憲公文集》卷九。

四先生闡説性理，遞相師承，治《四書》皆所擅長。何基有《大學發揮》《中庸發揮》《語孟發揮》，王柏有《論語通旨》《論語衍義》《魯經章句》《孟子通旨》《批點標注四書》，金履祥有《大學疏義》《中庸表注》《論語集注考證》《孟子集注考證》，許謙有《讀四書叢説》。從朱子《四書章句集注》《四書或問》，到黄榦《四書通釋》，再到四先生著述十餘種，可見四先生《四書》學淵源，亦可見朱學流傳及其盛行浙東之況。

何基《四書發揮》，取朱子已定之論，精切之説，以爲發揮，守師説甚固，研思亦精。王柏、金履祥、許謙三家，傳何基之學，復繼朱子之志，索隱微義，考證注疏，以爲羽翼。其索隱考證，倚於訓詁考據，以性理爲本，重於求是。許謙《論孟集注考證序》云：「先師之著是書，或櫽栝其説，或演繹其簡妙，或攄其幽，發其粹，或補其古今名物之略，或引羣言以證之。大而道德性命之精微，細而訓詁名義之弗可知者，本隱以之顯，求易而得難。吁！盡在此矣。」吴師道《讀四書叢説序》稱《四書》自二程肇明其旨，至朱子集其大成，然一再傳之後，泯没畔涣，「其能的然久而不失傳授之正，則未有如於吾鄉諸先生也。蓋自北山取《語録》精義，以爲《發揮》，與《章句集注》相發明；魯齋爲標注點抹，提挈開示；仁山於《大學》有《疏義》《指義》，《論》《孟》有《考證》，《中庸》有《標抹》，又推所得於何、王者，與其己意併載之」，「今觀《叢説》之編，其於《章句集注》也，奥者白之，約者暢之，要者提之，異者通之，畫圖以形其妙，析段以顯其義。至於訓詁名物之缺，考証補而未備者，又詳著焉。其或異義微牾，則曰：『自我言之，則爲忠臣，自他人言之，則爲殘賊。金先生有是言也。』此可以見其志之所存矣」（《吴禮部文集》卷十七）。《四庫全書總目》著録《論孟集注考證》，《提要》云：「其書於朱子未定之説，但折衷歸一，於事蹟典故，考訂尤多。蓋《集注》以發明理道爲主，於此類率沿襲舊文，未遑詳核，故履祥拾遺補闕，以彌縫其隙，於朱子深爲有功」，「然其旁引曲證，不苟異，亦不苟同，視胡炳文輩拘墟迴護，知有注而不知有經者，則相去遠矣。」此可見四先生《四書》學及其「家法」之大端。

（二）《五經》學

朱子研《易》《詩》，并涉獵禮制，而東萊則《五經》貫通。何基於《五經》僅《易經》有撰著，仍題曰「發揮」。其治《四書》，雖與《五經》參讀，大抵「發揮師言，以會於歸」。自王柏以下，不惟尊德性，且好治經研史。王、金、許三家研討《五經》，既通於朱子經學，又通於東萊經學及文獻之學。概言之，一是崇義理而并事訓詁考據。二是好纂輯、音釋、標抹、考訂、表注，以翼經傳。三是好考證名物度數，補先儒之未備。四是不苟同，不苟異，「要歸於是」。前已言及，此更舉例以明之。

王柏於《五經》皆有撰述，著《讀書記》十卷、《讀詩記》十卷、《讀春秋記》八卷、《書附傳》四十卷、《詩可言》二十卷、《詩疑》二卷、《書疑》九卷、《涵古易説》一卷、《大象衍義》一卷、《左氏正傳》十卷等。葉由庚《壙誌》稱其嗜於索隱考訂，好「復經傳之舊」，「先生一更一定，皆有授證，一析一合，不添隻字，秩秩乎其舊經之完也，炳炳乎其本旨之明也」。并舉其大端如：於《易》，作《易圖》，推明《河圖》《洛書》先後。謂《河圖》爲先天後天之宗祖，逐位奇偶之交，後天爲統體奇偶之交。古之册書，作上下兩列，故《易》上下經非標先後。謂今之三百五篇非盡孔子之三百五篇，孔子所删，或有存於閭巷浮薄之口者，漢儒概謂古詩，取以補亡。乃定二《南》各十一篇，還兩兩相配之舊，退《何彼穠矣》《甘棠》歸之《王風》，而削去《野有死麕》。若風、雅、頌，亦必辨其正變，次其先後，謂鄭、衛淫詩，皆當在削。

世人或稱經以講解辯訂而明，釐析類合則陋，王柏則不以爲然，好參訂疑經。何基嘗告之：「治經當謹守精玩，不必多起疑端。有欲爲後學言者，謹之又謹可也。」①然王柏終勇於「任道」「求是」，《書疑序》云：「不幸秦火既焰，後世不得見先王之全經也。惟其不全，固不可得而不疑。所疑者，非疑先王之經也，疑伏生口傳之經也。讀書者往往因于訓詁，而不暇思經文之大體，間有疑者，又深避改經之嫌，寧曲説以求通，而不敢輕議以求是」，「聖人之經不可改，伏氏之言亦不可正乎？糾其繆而刊其贅，訂其雜而合其離，或庶幾乎得復聖人之舊，此

① 戴殿江《金華理學粹編》。

有識者之不容自已。」①

後世於王柏疑經，頗多争議。錢維城《王柏删詩辯》：「宋儒之狂妄無忌憚，未有如王柏之甚者也」，「朱子惟過於慎，故寧爲固而不敢流於穿鑿，而孰知一再傳之後，其徒之肆無忌憚，乃至於此也。」②成僎《詩説考略》卷二《王柏詩疑之舛亂》：「夫以孔子所不敢删者，而魯齋删之；以孔子所不敢變易者，而魯齋變易之。世儒猶以其淵源於朱子而不敢議，此竹垞所以嗤爲無是非之心也。」《四庫全書總目》著録《書疑》九卷，《提要》云：「然柏之學，名出朱子，實則師心，與朱子之謹嚴絶異」，「柏作是書，乃動以脱簡爲辭，臆爲移補」，「至於《堯典》《皋陶謨》《説命》《武成》《洪範》《多士》《多方》《立政》八篇，則純以意爲易置，一概托之於錯簡」，「是排斥漢儒不已，並集矢於經文矣，豈濂、洛、關、閩諸儒立言垂教之本旨哉？托克托等修《宋史》，乃與其《詩疑》之説並特録於本傳，以爲美談，何其寡識之甚乎？」又著録《詩疑》二卷，《提要》云：「《書疑》雖頗有竄亂，尚未敢删削經文。此書則攻駁毛、鄭不已，並本經而攻駁之；攻駁本經不已，又並本經而删削之。」爲之辯護析論者亦多。如胡鳳丹《重刻王魯齋詩疑序》：「朱子所攻駁者《小序》耳，於本經未嘗輕置一議也。先生黜陟《風》《雅》，竄易篇次，非

① 王柏《魯齋王文憲公文集》卷五。
② 錢維城《茶山文鈔》卷八，清乾隆四十一年眉壽堂刻本。

惟排詆漢儒，且幾幾乎欲奪宣聖删定之權而伸其私説。其自信之堅，抑何過哉」，「是書設論新奇，雖不盡歸允當，而本其心所獨得，發爲議論，自成一家，俾世之讀其書者足以開拓心胸，增廣識見，引而伸之，觸類而長之，未始非卓犖觀書之一助也。」①皮錫瑞《論王柏書疑疑古文有見解特不應並疑今文》：「王氏失在並今文而疑之耳，疑古文不得謂其失也。」「王氏知古文之僞，不知今文之真。其並疑今文，在誤以宋儒之義理準古人之義理，以後世之文字繩古人之文字。」「《書疑》多本前人，亦非王氏獨創，特王氏於《尚書》篇篇獻疑，金履祥等從而和之，故其書在當時盛行，而受後世之掊擊最甚。平心而論，疑經改經，宋儒通弊，非止王氏，皆由不信經爲聖人手定。（注：王氏《詩疑》删鄭、衛詩，竄改《雅》《頌》，僭妄太甚，《書疑》猶可節取。）」②王柏以義理治《詩》《書》，索隱太過，不免其弊，後人盡黜之則未當，宜小心考求，平允論之。

金履祥承王柏疑經之緒，以爲秦火之後全經不存，漢儒拘於訓詁，輕於義理，循守師傳，曲説不免。亦自勇於「任道」「求是」。其考訂諸經，用力最多乃在《尚書》，有《尚書注》十二卷、《尚書表注》二卷。《尚書表注序》稱全書不得見，「考論不精，則失其事迹之實；字辭不

---

① 胡鳳丹《退補齋文存》卷一，清同治十二年退補齋鄂州刻本。

② 皮錫瑞《經學通論》，清光緒間思賢書局刻本。

辨，則失其所以言之意」，「夫古文比今文固多且正，但其出最後，經師私相傳授最久，其間豈無傳述附會」，「後之學者，守漢儒之專門，開元之俗字，長興之板本，果以爲一字不可刊之典乎？幸而天開斯文，周、程、張、朱子相望繼作，雖訓傳未備，而義理大明，聖賢之心傳可窺，帝王之作用易見」①。履祥鈎玄探賾，折衷群説，力求平心易氣，不爲浚深之求，無證臆決，考訂較王柏爲慎。《四庫全書總目》著録《尚書表注》二卷，《提要》云：「大抵攟摭舊説，折衷己意，與蔡沈《集傳》頗有異同。其徵引伏氏、孔氏文字同異，亦確有根原。」胡鳳丹《重刻尚書表注序》云：「故先生之功在注釋，而先生之志在表章。以視抱經硜硜索解於章句之末者，其相去爲何如耶？」陸心源《重刊金仁山先生尚書注序》云：「《尚書》則用功尤深，《表注》一書，爲一生精力所萃。是書即《表注》之權輿，訓釋詳明，頗多創解。」②

按柳貫《行狀》，履祥歿時，所注書僅僅脱稿，未及正定，悉以授門人許謙。許謙遵其遺志，讎校刻板以傳。許謙考訂諸經，用力尤勤者在《詩》《書》，撰《讀書叢説》六卷、《詩集傳名物鈔》八卷，長於正音釋、考證名物度數。讀《春秋三傳》，撰《温故管窺》。讀《三禮》，參互考訂，發明經義。句讀標抹《九經》《儀禮》《三傳》，注明大旨要解、錯簡衍文。吴師道《詩集傳名

① 金履祥《仁山文集》卷三。

② 金履祥《書經注》集前序，《十萬卷樓叢書》本。

物鈔序》云：「君念朱《傳》猶有未備者，旁搜博采，而多引王、金氏，附以己見，要皆精義微旨，前所未發。又以《小序》及鄭氏、歐陽氏《譜》世次多舛，一從朱子補定。正音釋，考名物度數，粲然畢具。其有功前儒，嘉惠後學，羽翼朱《傳》於無窮，豈小補而已哉！」（《吴禮部集》卷十五）《名物鈔》羽翼《詩集傳》，猶金履祥作《論孟集注考證》爲《集注》之疏。王柏重訂《詩經》篇目，《名物鈔》取用之，然未盡鑒採《詩疑》。蓋《名物鈔》於朱子《詩集傳》、王柏《詩疑》各有訂正。要之，折衷群説，能指明師説之不然。《四庫全書總目提要·詩集傳名物鈔》云：「研究諸經，亦多明古義。故是書所考名物音訓，頗有根據，足以補《集傳》之闕遺。惟王柏作《二南相配圖》」，「而謙篤守師説，列之卷中，猶未免門户之見」，「然書中實多採用陸德明《釋文》及孔穎達《正義》，亦未嘗株守一家」。許謙繼履祥作《讀書叢説》，大指類於《名物鈔》，以《書集傳》出於朱子門人蔡沈之手，尤當疏注辨明。《叢説》多有與《書集傳》意見不合者。張樞《讀書叢説序》云：「先生嘗誦金先生之言曰：『在我言之，則爲忠臣，在人言之，則爲殘賊。』要歸於是而已，豈不信哉！」《四庫全書總目提要·讀書叢説》云：「謙獨博核事實，不株守一家，故稱《叢説》」，「然宋末元初説經者多尚虚談，而謙於《詩》考名物，於《書》考典制，猶有先儒篤實之遺，是足貴也。」

（三）史學

歷來論四先生之學，大都明其傳朱子之統，講説性理。至於自王柏以下兼采東萊史學、文獻之學，研經兼通史，宗程朱兼取法於漢儒，則鮮有討論。

浙學興起之初，吕祖謙、陳亮諸子好讀史，朱熹指爲「博雜」，告誡門人讀書以《四書》爲本。何基謹守師説，問學欲求朱子之醇。王柏、金履祥、許謙欲爲一世通儒，出入經史百家，研史與治經相發明，雖與東萊經史不分、漢宋互參、重於文獻有所不同，但也多有相通之處。此一變化，一定程度上體現了王柏等人向浙學的回歸。

王柏標注《通鑑綱目》，著《續國語》四十卷、《擬道學志》二十卷、《江右淵源》五卷、《雜志》二卷、《地理考》二卷等書。金履祥著《通鑑前編》十八卷、《舉要》二卷。《尚書表注》經史互證，探求義理，綜概事跡，考正文字，《通鑑前編》亦取此義。司馬光作《資治通鑑》，周威烈王二十三年之前事未載，劉恕《外紀》紀前事，不本於經，而信百家之説。履祥以爲出《尚書》諸經者爲可考信，出子史雜書者多流俗傳聞、鄙陋之説，因撰《通鑑前編》，一以《尚書》爲主，下及《詩》《禮》《春秋》，旁采舊史諸子，表年繫事，考訂辨誤，斷自唐堯，以下接《資治通鑑》。履祥《通鑑前編序》兼言朱、吕，云：「朱子曰：『古史之體可見也，《書》《春秋》而已。《春秋》編年通紀，以見事之先後；《書》則每事别紀，以具事之始末。』」「今本之以經，翼之以史子傳記，附之以諸家之論。且考其繫年之故，解其辭事，辨其疑誤。如東萊吕氏《大事記》，而不敢盡倣其例。」朱子編《通鑑綱目》，裁剪《通鑑》，考訂嫌於疏淺。東萊邃於史，《大事紀》頗有史裁。如《四庫全書總目提要·大事紀》所云：「當時講學之家，惟祖謙博通史傳，不專言性命。《宋史》以此黜之，降置《儒林傳》中，然所學終有根柢」，「凡《史》《漢》同異，及《通鑑》得失，皆縷析而詳辨之。又於名物象數旁見側出者，並推闡貫通，夾注句下」。履祥頗取法《大事紀》，第不盡倣其例。即經史不分而言，履祥較王柏更近於東萊。《通鑑前編》一書，履祥生前未遑刊定，臨殁屬之許謙。天曆元年《通鑑前編》刻行，鄭允中采録進呈。《元史·金履祥傳》評云：「凡所引書，輒加訓釋，以裁正其義，多儒先所未發。」許謙著《觀史治忽幾微》。黄溍《白雲許先生墓誌銘》云：「倣史家年經國緯之法，起太皞氏，訖宋元祐元年秋九月尚書左僕射司馬光卒，備其世數，總其年歲，原其興亡，著其善惡。蓋以爲光卒，則宋之治不可復興。誠一代理亂之幾，故附於續經而書孔子卒之義，以致其意也。」

王、金、許三家研討經義，兼及治史，以史翼經，與東萊史學有相通處，然相較東萊經史并重，經史不分，仍有所不同。

（四）文學

宋代理學大興，儒者「大要尚道義而下詞章」，昌學古者「崇理致，黜崛奇而主平易，忌艱深而貴敷暢」，又恐沿襲而少變，故「其詞紆餘而曲折」。後來學者「融之以訓詁，發之以論說，專務明乎理，是以其詞詳盡而周密。其於詩也亦然」①。朱、陸、吕爲講學大家，不廢詩文。四先生尊德性、道問學，詩文亦自可觀，各自有集。

總體來説，四先生文章扶翼經義、世教，文以載道，闡明義理，裨益教化，通於世用。詩發攄性靈，陶冶性情，既爲悟道之具，又得天機自然之趣，超然物表，不事雕琢藻繢，非激壯之音，亦無寒蹙之態。

王柏《何北山先生行狀》稱何基：「以其餘事言之，先生之文，温潤融暢；先生之詩，從容閒雅，皆自胸中流出，殊無雕琢辛苦之態。雖工於詞章者，反不足以闖其藩籬。」王柏早歲爲文章，縱心古文、詩律，有《長嘯醉語》。及師北山，乃棄所學，餘力所及，文集尚有七十五卷之多，又編《文章指南》十卷、《朝華集》十卷、《紫陽詩類》五卷等集。何基文章「温潤融暢」，詩歌「從容閒雅」，而王柏文章於温雅外，尚多雄偉之辭，詩於沖澹外，復好剛健之調。楊溥《魯齋集序》云：「金華王文憲公，天資高爽，學力精至，以其實見發爲文章，足以明道德。使其見用，足以建事功，而卒老於丘園，惜哉！若其詩歌，又其餘事也。」《四庫全書總目提要·魯齋集》云：「其詩文雖亦豪邁雄肆，然大旨乃一軌于理。」

① 張以寧《甑山存稿序》，《翠屏文集》卷三，明成化間刻本。

金履祥詩文自訂爲四集，又編集《濂洛風雅》七卷。唐良瑞《濂洛風雅序》云：「『詩者，志之所之也。』志有正有偏，有通有蔽，則詩有純有駁，有晦有明。故偏滯之詞，不若中正之發，而放曠悲愁之態，不若和平沖淡之音」，「然皆涵暢道德之中，歆動風雩之意，淡平者有淳厚之趣，而浩壯者有義理自然之勇」，「竊以爲今之詩，非風雅之體，而濂洛淵源諸公之詩，則固風雅之意也。」①履祥詩和平沖澹，不事字句工拙，不倚於奇崛跳踉、發揚蹈厲之辭。文則湛深經史，辭義高古，醇潔精深，非矜句飾字者可比。徐用檢《仁山金先生文集序》云：「愚惟先生之文，析微徹義，自成一家言；律詩取意而不泥律，古風宣而語勁，純如也。」

許謙與履祥相近，詩沖澹自然，文湛深經史，辭意深厚，然亦有變化，即詩歌理氣漸少，文頗有韓、柳、歐、蘇法度。黄溍《白雲許先生墓誌銘》云：「文主於理，詩尤得風人之旨。」《四庫全書總目提要·白雲集》云：「謙初從金履祥遊，講明朱子之學，不甚留意於詞藻，然其詩理趣之中頗含興象。五言古體，尤諧雅音，非《擊壤集》一派惟涉理路者比。文亦醇古，無宋人語録之氣，猶講學家之兼擅文章者也。」

四先生之學傳朱一脈，自王柏以下有變，詩文自王柏以下亦有一小變，至許謙及北山後學更有一大變，能文之士日衆，宋濂、王禕則其尤著者。文爲載道之器，道爲出治之本，文道

---

① 唐良瑞《濂洛風雅》集前序。

不相離，乃許謙及其門人所持重之義。許謙延祐二年《與趙伯器書》云：「道固無所不在，聖人修之以爲教，故後欲聞道者，必求諸經。然經非道也，而道以經存；傳注非經也，而經以傳顯。由傳注以求經，由經以知道，藴而爲德行，發之爲文章事業，皆不倍乎聖人，則所謂行道也。」①皇慶二年（一三一三），元仁宗詔復科舉，至是年始開科取士。許謙發爲此論，非爲科舉。王褘《宋景濂文集序》追溯金華文章源流，稱南渡後，吕祖謙、唐仲友、陳亮「其學術不同，其見於文章，亦各自成其家」，范浚、時少章「皆博極乎經史，爲文温潤縝練，復自成一家之言」，入元以後，柳貫、黄溍精文章，「羽翼乎聖學，而黼黻乎帝猷」，又有四先生傳朱學，理學遂以猋爲盛。因論云：「所貴文章之有補者，非以其明夫理乎？理之明，不由其學術之有素乎」，「然爲其學者，上而性命之微，下而訓詁之細，講説甚悉。其頗見於文章者，亦可以驗其學術之所在矣」②。《送胡先生序》又辯稱吕、唐、陳之學「雖不能苟同，然其爲道皆著於文也，其文皆所以載道也，文義、道學，曷有異乎哉」。金、許以道學名家，胡長孺、柳貫、黄溍、吴師道以文知名，「雖若門户異趨，而本其立言之要，道皆著於文，文皆載乎道，固未始有不同焉者」，「以故八十年間，踵武相望，悉爲世大儒，海内咸所宗師。夫何後生晚進，顧乃因其所不

① 許謙《許白雲先生文集》卷四。
② 王褘《王忠文公集》卷五，明嘉靖元年刻本。

同而疑其所爲同，言道學者以窮研訓詁爲極致，言文章者以修飭辭語爲能事，各立標榜，互相排抵，而不究夫統宗會元之歸，於是諸公之志日微，而學術之弊遂有不可勝言者矣」①。

黄百家纂《金華學案》，留意北山一脈前後變化，於宋濂傳後案云：「金華之學，自白雲一輩而下，多流而爲文人。夫文與道不相離，文顯而道薄耳。雖然，道之不亡也，猶幸有斯。」學案前又有案語：「而北山一派，魯齋、仁山、白雲既純然得朱子之學髓，而柳道傳、吴正傳以逮戴叔能、宋潛溪一輩，又得朱子之文瀾，蔚乎盛哉！」有一派學問，有一派文章。此説有其道理，但稱金華之學「多流而爲文人」，歸柳貫、宋濂等人文章爲「朱子之文瀾」，仍未盡然。自王柏以下，北山一脈文章已非僅朱子之文餘波。且北山一脈文道不相離，尚文別有意屬，許謙、王禕言之已明。全祖望承黄百家之説，《宋文憲公畫像記》更論云：「予嘗謂婺中之學，至白雲而所求於道者疑若稍淺，觀其所著，漸流於章句訓詁，未有深造自得之語，視仁山遠遜之，婺中學統之一變也。義烏諸公師之，遂成文章之士，則再變也。至公而漸流於佞佛者流，則三變也。猶幸方文正公爲公高弟，一振而有光於先河，幾幾乎可以復振徽公之緒。惜其以凶終，未見其止，而并不得其傳。」②其説亦未可盡信。金、許傳人多文章之士，亦躬行之士，文章

① 王禕《王忠文公集》卷七。

② 全祖望《鮚埼亭集外編》卷十九，清嘉慶十六年刻本。

明道經世，載出治之本。此乃一時風氣。迨孝孺以金華一脈好文而不免輕於明道，遂糾正其偏。此亦一時風氣。

三、四先生與「浙學之中興」

學術史發展變遷，是一種歷史存在，也是學術批評接受的結果。明人此一述朱，彼一述朱，審視宋元學術多於此下論其合與不合。清初學者著意區分漢、宋，兼采居主。乾嘉而後，宗漢流行，學者多不囿於述朱之説。近四百年來，有關四先生的認識，深受時代學術風尚影響。而清初以後，學者又頗沿《宋元學案》之論，以迄於今。以下略述四先生與浙學中興之關係及其學術史意義。

（一）從《金華學案》到《北山四先生學案》

清康熙間，黄宗羲以周汝登《聖學宗傳》、孫奇逢《理學宗傳》未粹，多所遺闕，撰《明儒學案》，繼而發凡《宋元學案》，子百家纂輯初稿。清道光間何紹基重刊本《宋元學案》卷八十二爲《北山四先生學案》，總目標云：「黄氏原本，全氏修定。」卷端録全祖望案語：「勉齋之傳，得金華而益昌。説者謂北山絶似和靖，魯齋絶似上蔡，而金文安公尤爲明體達用之儒，浙學之中興也。述《北山四先生學案》。」王梓材案：「是卷梨洲本稱《金華學案》，謝山《序録》始稱《北山四先生學案》。」自黄宗羲發凡起例，至何紹基刊百卷本，《宋元學案》成書歷時逾百五十年。書成於衆手，黄百家、楊開沅、顧諟、全祖望、黄璋、黄徵乂、王梓材、馮雲濠等各有補訂。《北山四先生學案》究何人所撰？檢黄璋、徵乂父子校補《宋元學案》稿本，知原出百家之手。稿本第十七册收《金華學案》不分卷，抄寫不避「胤」、「弘」；「玄」字凡三見，兩處不避，一處缺末筆。由是知寫於康熙間，即道光重刊本所標「黄氏原本」。然爲録副，非百家手稿。至於宗羲生前得見此否，則未可知。百家《金華學案》，祖望改題《北山四先生學案》。細作考證，《北山四先生學案》實馮雲濠、王梓材據《金華學案》另一録副本，參酌黄璋、徵乂校補本（黄直垕謄清稿），訂補成稿，而非據全氏修訂本增删而成。馮、王誤以爲所見《金華學案》録副即「梨洲原本」，亦即「謝山原稿」，《北山四先生學案》所標注全氏「修」、「補」大都未確。不過，二人發揮全氏校補《宋元學案》之義，博徵文獻，廣大其流，《北山四先生學案》遂成大觀。從《金華學案》到《北山四先生學案》，不僅見後世如何認識評價四先生，亦可見學風轉移於學術史撰著之作用。

元末明初，黄溍、杜本、宋濂、王禕、蘇伯衡、鄭楷皆專視四先生爲朱學嫡傳。宋濂學於柳貫，爲金履祥再傳，念吕學之衰，思繼絶學。鄭楷《翰林學士承旨宋公行狀》載：「婺實吕氏倡道之邦，而其學不大傳」，「先生既間因許氏門人而究其説，獨念吕氏之傳且墜，奮然思繼其絶學。」①王禕《宋太史傳》傳述此語②。在諸子看來，「吕氏之傳且墜」終有未妥。

明人論四先生，大抵以述朱爲中心。章懋有志復興浙學，《楓山語録》稱「吾婺有三巨擔」，其一即「自何、王、金、許没，而道學不講」。戴殿泗《金華三擔録》載其語曰：「自朱子一傳爲黄勉齋，再傳爲何、王、金、許，而東萊吕公則親與朱子相麗澤者也。道學正宗，我金華實得之。」③周汝登《聖學宗傳》過於疏略，未登録黄榦、四先生。劉鱗長欲「以浙之先正，呼浙之後人」，編《浙學宗傳》，自楊時至陳龍正得四十一人。宋元十家，朱、陸、吕、何、許、金、王并在列。四先生與宋濂、劉基、方孝孺、吴沉等八人，皆見於《北山四先生學案》。自王守仁以下共十七人，皆陽明一脈。一部《浙學宗傳》，上半部爲東萊、北山之學，下半部爲陽明之學。鱗長《浙學宗傳序》云：「弔寶婺舊墟，撫然嘆曰：『於越東萊先生，與吾里二亭夫子，問道質疑，卒揆於正，教澤所漸，金華四賢，稱朱學世嫡焉，往事非邈也。』擊楫姚江，溯源良知，覺我明道

① 程敏政《明文衡》卷六十二。

② 王禕《王忠文公集》卷二十一。

③ 戴殿泗《風希堂文集》卷四，清道光八年九靈山房刻本。

學，於斯爲盛。」①

黄宗羲、百家《宋元學案》以朱、陸爲綱，論列南宋至元代之學，未及爲東萊立學案。《金華學案》附宗羲、百家案語數則，可見其論四先生及北山之學大概。卷首列百家案語，述作《金華學案》大旨，即以北山一派爲朱學嫡傳，故獨立一案。全祖望於樸學大興之際，傳浙東史學、東萊文獻，創爲《東萊學案》《深寧學案》，重提朱、陸、吕三家並立之説，修訂其他諸案。《北山四先生學案》雖非出於祖望修訂，然全氏《序録》提出一個重要命題，即金履祥「尤爲明體達用之儒，浙學之中興也」。黄璋、徵乂父子未盡解其意，校補《金華學案》，以校讎爲多。馮雲濠、王梓材能味謝山之旨，校補《北山四先生學案》，沿於全氏所言兩點，即「勉齋之傳，得金華而益昌」、「浙學之中興」，廣而大之，遍及南北學者。所顯現四先生一脈，非復金華學者之學，而爲宋末至明初學術之主流。《金華學案》改題《北山四先生學案》，蓋亦寓此意。

以上略述《北山四先生學案》由來。述四先生之學，不當非僅摘某作某説、某作某評而已。惟有明其源流，始可知其大體，考其通變。

① 劉麟長《浙學宗傳》，明末刻本。

（二）四先生與浙學中興之關係

以今論之，浙學中興有廣義、狹義之别。從狹義言，金履祥學問出入經史，明體達用，沿何、王上承朱、黄，又接麗澤遺緒。此殆全氏發爲此論之意。從廣義言，四先生繼東萊之後，重振東浙之學，北山一脈延亘至明初，蔚爲壯觀，足以標誌浙學中興。東萊、永康、永嘉開啓浙學風氣，朱、陸之學亦傳入，相與滲透，互爲離立，共成浙學源頭。浙學凡歷數變，就大者言，一變而爲北山之學，再變而爲陽明之學，三變而爲梨洲之學，四變而爲樸學浙派。全氏雖不言之，未必不有此看法。此就廣義略説四先生及北山一脈與浙學中興之關係。

其一，自何基爲始，朱學「得金華益昌」。金華本東萊講學之地，麗澤學人遍東南，以金華爲最多。東萊之學衰没，而有何、王崛起，金華成爲朱學興盛之地，此亦朱熹身前所未料及。其時金華傳朱者，尚有朱子門人楊與立，字子權，浦城人，知遂昌，因家於蘭溪，學者稱船山先生。著有《朱子語略》二十卷。又有何基兄何南，號南坡，亦師黄榦。然引朱學昌於金華，何基最爲有力。王柏以下，傳朱爲主，兼法東萊。四先生重新構建浙學一脈理學宗傳。金履祥《北山之高壽北山何先生》：「維何夫子，文公是祖。是師黄父，以振我緒」，「昔在理宗，維道之宗。既表程朱，亦躋吕張。謂爾夫子，纘程朱緒。」①所編《濂洛風雅》亦可見大端。集中收周敦頤、程顥、程頤、張載、邵雍、朱熹、張栻、吕祖謙、何基、王柏、王佖等人詩文。王崇炳《濂洛風雅序》：「《濂洛風雅》者，仁山先生以風雅譜婺學也。吾婺之學，宗文公，祖二程、濂溪。則其所自出也，以龜山爲程門嫡嗣，而吕、謝、游、尹則支；以勉齋爲朱門嫡嗣，而西山、北溪、撝堂則支。由黄而何而王，則世嫡相傳，直接濂洛。程門之詩以共祖收，朱門之詩以同宗收，非是族也，則皆不録，恐亂宗也。」②

其二，因四先生倡朱學，浙學播於江左，流及大江南北。查容《朱近修爲可堂文集序》：「宋南渡後，吕東萊接中原文獻之傳，倡道於婺，何、王、金、許遂爲紫陽之世嫡，慈湖楊氏又爲象山之宗子，而浙之理學始盛矣。」③朱學之傳幾遍大江之南，而金華、台州特盛。趙汝騰、蔡抗、楊棟官金華，嘆麗澤講席久空，延王柏主之。台州上蔡書院落成，台守趙星緯聘王柏主教席。王柏至則首講謝良佐居敬窮理之訓，推轂朱學播傳於台州。高弟子張㬢僑寓江左，至元中行臺中丞吴曼慶延致江寧學宫講學，中州士大夫欲子弟習朱子《四書》，多遣從遊。金履祥

①　金履祥《仁山集》卷一。
②　王崇炳《濂洛風雅》集前序。
③　沈粹芬、黄人編《國朝文匯》卷十七，宣統元年上海國學扶輪社石印本。

與門人許謙、柳貫各廣開講席，許謙及門弟子至逾千人。黃溍《白雲許先生墓誌銘》：「屏迹八華山中，學者翕然贏粮笥書而從之。居再歲，以兄子喪而歸，户屨尤多，遠而幽冀齊魯，近而荆揚吴越，皆百舍重趼而至。」

其三，《四書》學之盛，爲浙學中興之基石。東萊談義理，研《論》《孟》，未如朱熹用力勤且專。朱門弟子多撰《四書》之説，以爲羽翼。自何基承黄榦之教，治學以《四書》爲本始，《四書》遂爲北山一脈所擅。四先生撰著前已述之，其學侣、門人、後學纂述亦富有，葉由庚《論語纂遺》、倪公晦《學庸約説》、潘墀《論語語類》、孟夢恂《四書辨疑》、牟楷《四書疑義》、陳紹大《四書辨疑》、范祖幹《大學大庸發微》、葉儀《四書直説》、吕洙《大學辨疑》、吕溥《大學疑問》、戚崇僧《四書儀對》、蔣玄《中庸注》《四書箋惑》等皆是。《四書》學之盛，不惟推動浙學復興，亦成浙學傳承重要内容。

其四，《五經》貫通，兼治諸史，爲浙學復興之助。自王柏以下，北山一脈勤研《五經》，兼治諸史。王柏、汪開之、戚崇僧等人追溯家學，皆源出東萊。黄百家《金華學案》僅戚崇僧小傳言及「貞孝先生紹之孫也，家學出于吕氏」，馮、王校補《北山四先生學案》沿之，復增數則文字，述及北山學者家學源於吕氏：《文憲王魯齋先生柏》小傳下馮雲濠案云：「父瀚，東萊弟子。」《汪先生開之》小傳爲參酌《金華府志》新增，有云：「東萊弟子獨善之孫也。」《修職王成齋先生瑊》小傳爲參酌《王忠文公集》新增，有云：「其子瀚受業吕成公之門，其孫文憲公柏傳道于何文定，得于朱子門人黄文肅公。先生于文憲爲諸孫，又在弟子列，未嘗輒去左右。」既述朱子師傳，又述家學出於吕氏，蓋發揮全氏所言「浙學之中興」之意。《五經》及史學撰著，北山一脈著述頗豐。王柏、金履祥、許謙撰述前已述之，其學侣、門人、後學撰著如倪公晦《周易管窺》，倪公武《風雅質疑》，周敬孫《易象占》《尚書補遺》《春秋類例》，黄超然《周易通義》二十卷、《或問》五卷、《發例》三卷、《釋象》五卷，張翌《釋奠儀注》《喪服總數》《四經歸極》《闕里通載》及《孝經口義》一卷，張樞《三傳歸一》三十卷、《刊定三國志》六十五卷、《續後漢書》七十三卷、《林下竊議》一卷、《宋季逸事》，吴師道《春秋胡傳補説》、《易書詩雜説》八卷、《戰國策校注》十卷，孟夢恂《七政疑解》《漢唐會要》，楊剛中《易通微説》，牟楷《九書辯疑》《河洛圖書説》《春秋建正辯》《深衣刊誤》，范祖幹《讀書記》《讀詩記》《羣經指要》，唐懷德《六經問答》，胡翰《春秋集義》，戚崇僧《春秋纂例原旨》三卷、《昭穆圖》一卷、《歷代指掌圖》二卷，馬道貫《尚書疏義》六卷，戴良《春秋經義考》三十二卷、《七十子説》、《鄭氏家範》三卷，楊璲《注詩傳名物類考》，徐原《五經講義》，宋濂、王禕等纂《元史》，宋濂《浦陽人物記》《平漢録》《皇明聖政紀》，王禕《續大事記》七十七卷等皆是。北山一脈經學所擅，乃在《易》《詩》《春秋》，亦與東萊相近。其《五經》學成就與《四書》學相埒，史學次之。

（三）中興浙學之功及學術史貢獻

自四先生崛起，朱學與浙學交融於東浙，陸學復播於四明，朱、陸、吕三家並傳，其間會融、分立不一，肇開浙學新格局。以四先生爲代表的浙學中興，意味著朱學的繁榮及東萊之學的賡續。從浙學流變來看，吕祖謙、陳亮、葉適爲初興，四先生及北山後學爲中興，陽明一脈爲三興，其後更有蕺山、梨洲之四興，樸學浙派之五興。從婺學流變來看，吕祖謙、陳亮、唐仲友稱初興，四先生爲再興，柳貫、黄溍、吴師道、宋濂、王禕、方孝孺諸子爲三興，其後金華之學漸衰。自陽明而後，浙學中心移至紹興，金華學壇不復舊觀。

論四先生與浙學及理學之關係，以下諸説皆可鑒採：黄溍《吴正傳文集序》：「近世言理學者，婺爲最盛。」①方孝孺《文會疏》：「浙水之東七郡，金華乃文獻之淵林」，「自宋南渡，有吕東萊，繼以何、王、金、許，真知實踐，而承正學之傳。復生胡、柳、黄、吴，偉論雄辭，以鳴當代之盛，遂使山海之域，居然鄒魯之風。」②魏驥《重修麗澤書院記》：「四賢之學，其道蓋亦出於東萊派者也」，「竊念書院，昔人雖爲東萊之設，朱、張二先生亦嘗講道其地，人亦蒙其化者，曷

---

① 黄溍《金華黄先生文集》卷十八。

② 方孝孺《遜志齋集》卷八，明嘉靖四十年張可大刻本。

若於今書院論其道派，以朱、吕、張三先生之位設之居堂之中，而併何、王、金、許四先生之位設居其傍，爲配以享之。」①章鋆《重修崇文書院記》：「吾浙自唐陸宣公蔚爲大儒，至宋吕成公得中原文獻之傳，昌明正學，厥後何、王、金、許，逮明方正學、王陽明、劉蕺山，以及國朝陸清獻，其學者粹然一出於正，千百年來，流風尚在。」②張祖年《婺學志》亦具識見，其説可與《宋元學案》相參看。祖年作《婺學圖》，以范浚、吕祖謙、朱熹、張栻爲四宗，以「麗澤講學」爲婺學開宗。黄榦傳朱、吕、張之學，四先生即朱、吕、張之嫡脈。祖年之譜四先生，視閾較黄百家《金華學案》稍闊大。

四先生學術史貢獻，王褘《元儒林傳》言之詳且確矣，其論曰：「程氏之道，至朱氏而始明；朱氏之道，至金氏、許氏而益尊。用使百年以來，學者有所宗嚮，不爲異説所遷，而道術必出于一，可謂有功於斯道者矣。大抵儒者之功，莫大于爲經。經者，斯道之所載焉者也。有功于經，即其所以有功于斯道也。金氏、許氏之爲經，其爲力至矣，其於斯道謂之有功，非耶？」③商輅《重建正學祠記》亦有見解：「三代以下，正學在《六經》，治道在人心，非有諸儒闡

① 魏驥《南齋先生魏文靖公摘稿》卷六，明弘治間刻本。
② 章鋆《望雲館文稿》，清光緒十四年刻本。
③ 王褘《王忠文公集》卷十四。

明之，則天下貿貿焉，又惡知孔孟之書爲正學之根柢，治道之軌範」，「四先生生東萊之鄉，出紫陽之後，觀感興起，探討服行，師友相成，所得多矣」，「夫正學具於《六經》，原於人心者，其體也；見於治道者，其用也。《六經》既明，則人心以正，治道以順，而正學之功，於斯至矣。然則四先生有功於《六經》，即有功於正學；有功於人心，即有功於治道。」①

世人於四先生之貢獻，仍不無異辭，如吕留良《程墨觀略論文》三則其二云：「程子曰：今之學有三，而異端不與焉，一訓詁，一文章，一儒者。余按：今不特儒者絶於天下，即文章、訓詁皆不可名學，獨存者異端耳。昔所謂文章，蘇、王之類也；訓詁，則鄭、孔之類也。今有其人乎？故曰不可名學也。而有自附於訓詁者，則講章是也。儒者正學，自朱子没，勉齋、漢卿僅足自守，不能發皇恢張。再傳盡失其旨，如何、王、金、許之徒，皆潛畔師説，不止吴澄一人也。自是講章之派，日繁月盛，而儒者之學遂亡，惟異端與講章觭互勝負而已。」②陸隴其《松陽鈔存》卷上引吕氏此説，論云：「愚謂吕氏惡禪學，而追咎於何、王、金、許以及明初諸儒，乃《春秋》責備賢者之義，亦拔本塞源之論也。然諸儒之拘牽附會，破碎支離，潛背師説者

① 商輅《商文毅公集》卷十，明萬曆三十年劉體元刻本。
② 吕留良《吕晚村先生文集》卷五，清雍正三年吕氏天蓋樓刻本。

誠有之，而其發明程朱之理以開示來學者，亦不少矣。」①姚椿《何王金許合論》辯説：「至謂四氏之説，或有潛畔其師者，雖陸氏亦有是言。夫毫釐秒忽之間，誠不可以不辨」，「自漢學盛行，競言訓詁，學使者試士，至以四先生之學爲背繆。夫四先生之學，愚誠不敢謂其與孔、孟、程、朱無絲毫之異，然言漢學者，不敢詆孔、孟，而無不詆程、朱。詆程、朱者，詆孔、孟之漸也。夫既以程、朱爲非，則其于四先生也何有？是視向者觝排之微辭，其相去益以遠矣。夫四家言行，各有所至，要皆力務私淑，以維朱子之緒，其居心不可謂不正，而立言不可謂不公。」②又引許謙《與趙伯器書》「由傳注以求經，由經以知道，藴而爲德行，發之爲文章事業」之説③，論云「四氏之學，大約盡於此言」④。所言庶幾允當矣。

① 陸隴其《松陽鈔存》卷上，清刻《陸子全書》本。
② 姚椿《晚學齋文集》卷一，清咸豐二年刻本。
③ 許謙《許白雲先生文集》卷三。
④ 姚椿《晚學齋文集》卷一。

四、四先生著述概況

宋元人著述體例，不當以今之標準來衡論。四先生解經，重於義理，自王柏以下，兼重訓詁考據，講求融會貫通。其解經之法，承朱、吕著述之統，諸如編次勘定、標抹點書、句讀段畫、表箋批注、節録音釋，皆以爲真學問，與經傳注疏之學相通。在王柏等人看來，經書篇目勘定次第、去取分合，意義甚而在撰文立説之上，「標抹點書」亦撰著之一體。故王柏《行狀》盛贊何基「無一書一集，不加標注」①，「無一書一集，不施朱抹，端直切要」②。葉由庚《壙誌》稱説王柏「無一書一集，不加標注」，「一言之題，一點之訂，辭不加費而義以著明」。柳貫《金公行狀》載金履祥「無一書不加點勘，鉛黄朱墨，所以發其凡」。黄溍《墓誌銘》謂許謙句讀《九經》《儀禮》《三傳》，鉛黄朱墨，明其宏綱要旨，錯簡衍文。因此，四先生「標抹點書」，當亦列入著述。四先生著述數量，以王柏最富，何基最少，金履祥、許謙數量大體相當。以下分作考述：

① 王柏《何北山先生遺集》卷四附録，《金華叢書》本。

② 王柏《何北山先生遺集》卷四附録。

（一）何基著述

葉由庚《壙誌》稱何基「志在尚行，訒於立言」。《金華叢書》本《何北山先生遺集》卷四録王柏《行狀》稱：「先生平時不著述，惟研究考亭之遺書」，編類《大學發揮》十四卷、《中庸發揮》八卷、《易大傳發揮》二卷、《易啓蒙發揮》二卷、《太極通書西銘發揮》三卷，「有力者皆已板」，又有《近思録發揮》未刊定，《語孟發揮》未脱稿，「《文集》一十卷，裒集未備也」。何基次子何鉉《北山先生文定公家傳》稱：「先生不甚爲文，亦不留稿，今所裒類《文集》，得三十卷。從先生遊者，惟魯齋王聘君剛明造詣，問答之書前後凡百數。」①《文定公壙記》又云：「《文集》三十卷，編未就。」②《宋史》本傳稱《文集》三十卷，吴師道《節録何、王二先生行實寄文史局諸公》則曰：「先生集三十卷，而與王公問辨者十八卷。」③王柏撰《行狀》，不見於明刻本《魯齋集》，亦罕見他集載及。《金華叢書》本作「《文集》一十卷」，其「一」字疑爲「三」字之誤。檢萬曆《金華府志》卷十六《人物》之《何基傳》，摘録王柏《行狀》，作「《文集》三十卷」。康熙《金華

① 《東陽何氏宗譜》卷二，清咸豐己未重修本。
② 《東陽何氏宗譜》卷二，清咸豐己未重修本。
③ 吴師道《吴禮部文集》卷二十。

縣志》卷七《雜志類》著録《北山集》三十卷，亦可證之。

何鉉《北山四先生文定公家傳》云：「其他諸經有標題者，皆未就緒，今不復見成書矣。」吴師道《節録何、王二先生行實寄文史局諸公》稱何基：「所標點諸書，存者皆可傳世垂則也。」①以上諸書外，何基尚有「標抹點書」數種：

《儀禮點本》，佚。吴師道《題儀禮點本後》：「北山何先生標點《儀禮》，其本用永嘉張淳所校定者。某從其曾孫景瞻借得之……夫以難讀之書，使按考注疏，切訂文義，以分句讀，非數月之功不可。今蒙先正之成而趣辦于半月之間，可謂易矣。……張淳校本，朱子猶有未滿。今先生間標一二，于字音圈法甚畧，或發一二字而餘不及，蓋使人必其自求之耳。今悉仍其舊，而不敢有所增也。」②

《四書點本》，存佚未詳。吴師道《請傳習許益之先生點書公文》：「何氏所點《四書》，今温州有板本。」又，《題程敬叔讀書工程後》：「北山師勉齋，魯齋師北山，其學則勉齋學也。二公所標點，不止於《四書》，而《四書》爲顯。」程端禮《程氏家塾讀書分年日程》卷一「自八歲入學之後」條言讀《四書》應至爛熟爲止，仍參看「何北山、王魯齋、張達善句讀、批抹、畫截、表

① 吴師道《吴禮部文集》卷二十。
② 吴師道《吴禮部文集》卷十八。

注、音考」①。

何基標抹其他經傳之書，俟再考證。其著述雖少，不計標抹之書，亦逾六十卷。

（二）王柏著述

王柏考訂羣書，經史子集，靡不涉獵，著述逾八百卷。王三錫《題文憲公集後》：「生平博覽群書，參微抉奥，往往發前人所未發，當時著述八百餘卷。」②馮如京《重刻魯齋遺集序》：「闡《六經》，羽翼聖傳，即天文地理，旁及稗史，靡不精究，著述不下八百餘卷。」③吴師道《節録何、王二先生行實寄文史局諸公》詳記王柏著述：「有《讀易記》《讀書記》《讀詩記》各十卷、《讀春秋記》八卷、《論語衍義》七卷、《太極圖衍義》一卷、《伊洛精義》一卷、《研機圖》一卷、《魯經章句》三十卷、《論語通旨》二十卷、《孟子通旨》七卷、《書附傳》四十卷、《左氏正傳》十卷、《續國語》四十卷、《闡學之書》四卷、《文章續古》三十五卷、《文章復古》七十卷、《濂洛文統》二百卷、《擬道學志》二十卷、《朱子指要》十卷、《詩可言》二十卷、《天文考》一卷、《地理

① 黄宗羲等《宋元學案》卷八十七。
② 王柏《魯齋王文憲公文集》。
③ 王柏《魯齋集》，清順治十一年馮如京刻本。

考》二卷、《墨林考》十六卷、《大爾雅》五卷、《六義字原》二卷、《正始之音》七卷、《帝王曆數》二卷、《江右淵源》五卷、《伊洛指南》八卷、《涵古圖書》一卷、《詩辨説》一卷、《書疑》九卷、《涵古易説》一卷、《大象衍義》一卷、《雜志》二卷、《周子》二卷、《發遣三昧》二十五卷、《文章指南》十卷、《朝華集》十卷、《紫陽詩類》五卷、《文集》七十五卷、《家乘》五十卷。又有親校刊刻諸書,無不精善。比年嫈屢毁,散落已多。」所載諸書通計七百九十四卷,標抹諸經尚未記。

吴師道《敬鄉録》卷十四又云:「北山所著少,而有諸書發揮,傳布已久。魯齋所著甚多,比年燼於火,傳抄者僅存。」德祐二年以後,王柏著述大都散失。至元二十六年至二十七年間,金履祥募得諸稿,攜同門士各以類集,雜著卷帙少者用《朱子大全集》之例各附入,編爲《王文憲公文集》。履祥《魯齋先生文集目後題》:「今存於《長嘯醉語》者,蓋存而未盡去也」,「間因述所考編,以求訂證,謂之《就正編》。迨至端平甲午,學成德進,粹然一出於正。自是以來,一年一集,以自考其所進之淺深,所論之精粗。自甲午至癸卯,凡五卷,謂之《甲午稿》。其後類述倣此,《甲辰稿》二十五卷、《甲寅稿》二十五卷、《甲子稿》二十五卷。其雜著成編者,《論語衍義》七卷、《涵古圖書》一卷、《研幾圖》一卷、《詩辯説》二卷、《書疑》九卷、《涵古易説》一卷、《大象衍義》一卷、《太極衍義》一卷。其餘編集不在此數也。其程課、交際、出處、事爲、著述前後,則見於《日記》。履祥又嘗集公與北山先生來往問答之詞,爲《私淑編》」,「《就正編》

《大象衍義》，北山先生亦俱有答語，與履祥所集《私淑編》，當依《延平師友問答》之例，別爲一書。但《大象》乃公所拈出，謂爲夫子一經，故其《衍義》亦自入集。講義雖嘗刊於天台而未盡，間亦有再講者，今皆入集。」所述《長嘯醉語》《就正編》《日記》《上蔡書院講義》、履祥所輯王柏與何基往來問答之《私淑編》，皆不見於吴師道《節録何、王二先生行實寄文史局諸公》載記。《詩辯説》二卷，即《詩疑》二卷。《讀易記》十卷、《讀書記》十卷、《讀詩記》十卷不傳，今未詳《詩辯説》《書疑》諸書與之内容重複之况。

今人程元敏撰《王柏之生平與學術》，《自序》云：「王氏遺書，爲世人所習知者，不過《書疑》《詩疑》及《魯齋文集》而已。及檢書目，又得《研幾圖》與後人纂輯之《魯齋正學編》。復於《程氏讀書工程》中，見《正始之音》全文。而《詩準》《詩翼》，諸家目録誤題爲何、倪二氏所作者，亦因考之縣志而正其誤，於是總得七書。然去魯齋本傳所言八百卷之數尚遠。因更考其師友與元明人著作，復得魯齋佚詩文數百條。」①第二編《著述考》，按經、史、子、集詳考王柏著述，今録吴師道《節録行實》列目未書、金履祥《魯齋先生文集目後題》所未載及，鑒采程元敏考據，列之如下，并略作補證：

《易疑》，佚。王崇炳雍正七年序金履祥《大學疏義》：「魯齋博學弘文，著書滿車，今所存

---

① 程元敏《王柏之生平與學術》，華東師範大學出版社，二〇一一年，第五頁。

亦少，而《大學定本》《詩疑》《禮疑》《易疑》等編，曾於四明鄭南溪家見之。」①

《繫辭注》二卷，佚。《授經圖》卷四《諸儒著述》附歷代《三易》傳注，云：「《繫辭注》二卷，王柏。」然程元敏謂「殊可疑」。

《禹貢圖説》一卷，佚。見《聚樂堂藝文目録》《萬卷堂書目》《金華經籍志》《經義考》。

《詩考》，佚。康熙《金華縣志》著録。

《禮疑》，佚。王崇炳嘗於鄭性家見之。

《紫陽春秋發揮》四十卷，殘。見葉由庚《壙誌》引王柏題《春秋發揮》。

《春秋左傳注》二十卷，佚。《授經圖》卷十六《諸儒著述》附歷代《春秋》傳注著録。然程元敏謂「洵可疑」。

《大學疑》，殘。《晁氏寶文堂分類書目》著録。

《大學定本》，佚。王崇炳嘗於鄭性家見之。

《訂古中庸》二卷，佚。《經義考》著録。

《標抹點校四書集注》，佚。宋定國等《國史經籍志》載王柏「手校《四書集注》二十四册，抄本」。吴師道《題程敬叔讀書工程後》：「某頃年在宣城見人談《四書集注》批點本，亟

① 金履祥《大學疏義》，《金華叢書》本。

稱黄勉齋，因語之曰：『此書出吾金華，子知之乎？』其人咈然怒而不復問也。……四明程君敬叔著《讀書工程》以教學者，舉批點《四書》例，正魯齋所定，引列於編首者，而亦誤以爲勉齋，毋乃惑於傳聞而未之察歟？」程端禮《程氏家塾讀書分年日程》卷一言熟讀《四書》，仍參看「何北山、王魯齋、張達善句讀、批抹、畫截、表注、音考」，卷二《批點經書凡例》列《勉齋批點四書例》，即吴師道所言「正魯齋所定」。又，吴師道《請傳習許益之先生點書公文》：「王氏所點《四書》及《通鑑綱目》，傳布四方。」程元敏《著述考》既列此條，又列《批點標注四書》一條：「《批點標注四書》二卷，殘。」《批點標注四書》又見《經義考》《金華經籍志》著録。細察吴師道《題程敬叔讀書工程後》《請傳習許益之先生點書公文》，所標注《四書》，即《四書集注》。

《標抹點校資治通鑑綱目》五十九卷，佚。見葉由庚《壙誌》、吴師道《請傳習許益之先生點書公文》。

《朱子繫年録》，佚。見王柏《朱子繫年録跋》。

《重改庚午循環曆》，殘。見王柏《重改庚午循環曆序》。

《重改石筍清風録》十卷，殘。見王柏《重改石筍清風録序》。

《（魯齋）故友録》一卷，殘。王柏編，見萬曆《金華縣志》存《自序》。

《魯齋清風録》十五卷，殘。見王柏《魯齋清風録序》。

《考蘭》四卷，殘。見王柏《考蘭序》。

《陽秋小編》一卷，佚。見王柏《跋徐彦成考史》。

《天地萬物造化論》一卷，存。王柏撰，明周顒注。

《批注敬齋箴》十章，佚。朱熹箴，王柏批注。金履祥《濂洛風雅》卷一録《敬齋箴》，注云：「王魯齋嘗批注，又講于天台。」

《上蔡書院講義》一卷，殘。金履祥《魯齋先生文集目後題》：「《講義》雖嘗刊於天台而未盡。」吴師道《題程敬叔讀書工程後》篇末注：「魯齋亦有《類聚朱子讀書法》一段，在《上蔡書院講義》中。」

《天官考》十卷，佚。《世善堂書目》著録。

《雅藏録》，佚。見王柏《跋寬居帖》。

《朱子詩選》，佚。見王柏《朱子詩選跋》。

《朱子文選》，佚。見宋濂《題北山先生尺牘後》。

《雅歌集》，殘。見王柏《雅歌序》。

《五先生文粹》一卷，佚。《聚樂堂藝文目録》《萬卷堂書目》《千頃堂書目》著録。

《勉齋北溪文粹》，殘。王柏編，何基增定。見王柏《跋勉齋北溪文粹》。

《詩準》四卷、《詩翼》四卷，存。《四庫全書總目提要》：「舊本題宋何無適、倪希程同撰」，

「疑爲明人所僞托。觀其《岣嶁山碑》全用楊慎釋文，而《大戴禮·几銘》並用鍾惺《詩歸》之誤本，其作僞之迹顯然也。」程元敏考辨以爲臺圖藏明郝梁刻《詩準》四卷、《詩翼》四卷，爲王柏所編集，四庫館臣所見之本乃僞作①。又考何欽字無適，咸淳五年夏卒。倪普字君澤，改字希程，婺州人，淳祐十年進士，歷官刑部尚書、簽書樞密院事。今按：《詩準》《詩翼》，宋本尚存國圖。哈佛燕京圖書館藏明朱紱等編《名家詩法彙編》十卷，萬曆五年刻本（四册），卷九爲《詩準》，卷十爲《詩翼》，卷端皆題：「宋金華王柏選輯，明潛川徐珪校正，潛川談輮編次。」末附王柏淳祐三年《序》、楊成成化十六年《序》、嘉靖二年邵鋭《序》。王柏《序》：「友人何無適、倪希程前後相與編類，取之廣，擇之精，而又放黜唐律，法度益嚴。予因合之，前曰《詩準》，後曰《詩翼》。」是書殆王柏次定之力爲多，《詩準》《詩翼》當題何欽、倪普編類，王柏次定。

程元敏輯考《上蔡師説》《魯齋詩話》等，嫌於牽强，其他大都詳覈，多所發明。

（三）金履祥著述

金履祥著述，按徐袍《宋仁山金先生年譜》：寶祐二年，作《讀論語管見》；咸淳六年，自弱冠以後至是歲雜詩文三册，彙爲《昨非存稿》；德祐元年，自咸淳七年至是歲雜詩文二册，

① 程元敏《王柏之生平與學術》上册，第四二八頁。

自題《仁山新稿》；至元十七年，撰成《資治通鑑前編》，凡十八卷，《舉要》二卷；至元二十八年，自德祐二年至是年雜詩文二册，自題《仁山亂稿》；至元二十九年，是歲以後雜詩文題《仁山噫稿》；元貞二年，編次《濂洛風雅》成；大德六年，《大學指義》成。又有《大學疏義》，早年所作；《尚書表注》《尚書注》《論語集注考證》《孟子集注考證》，不知成於何年；編王柏與何基往來問答之詞爲《私淑編》。

以上通計之，凡十四種。標抹批注又有數種：

《樂記標注》，佚。柳貫《金公行狀》：履祥疑前儒《樂記》十一篇之説，反復玩繹，「則見所謂十一篇者，節目明整，了然可考，而《正義》所分，猶爲未盡，於是一加段畫，而旨義顯白，無復可疑」①。

《中庸標注》，佚。吴師道《讀四書叢説序》：「仁山於《大學》《論》《孟》有《考證》，《中庸》有《標抹》。」②章贄《仁山金文安公傳畧》：「若《大學疏義》《中庸標注》《論孟考證》，我成祖皆載入《大全》，固已萬世不磨矣。」③吴師道《題程敬叔讀書工程後》「金氏《尚書表注》《四書疏義考

① 柳貫《柳待制文集》卷二十。
② 吴師道《吴禮部文集》卷十一。
③ 金履祥《仁山先生金文安公文集》卷五，清雍正九年東藕堂刻本。

證》」注云：「金止有《大學疏義》《論孟考證》。」

何、王。」

《四書集注點本》，佚。吴師道《請傳習許益之先生點書公文》：「金氏、張氏所點，皆祖述

《禮記批注》，存。江西省圖書館藏宋本《鄭注禮記》二十卷，顧廣圻《跋》：「此撫州公使庫刻本《禮記》，是南宋淳熙四年官書，於今日爲最古矣。」書中批注千餘條，黄靈庚先生考證謂履祥批注。今按：《禮記》卷四《王制第五》「凡四海之内，九州」以下數章，眉批：「履祥按：方百里，惟以田計。青、兖、徐、豫，山少田多，故疆界若狹。冀與雍，田少山多，故疆界其闊。」可與履祥《答趙知縣百里千乘説》相參證。履祥有《中庸標注》《大學指義》《大學疏義》《樂記標注》，其中《中庸》《大學》無批注，《樂記》僅間有夾批注明數字之音，則不可解。

《夏小正注》，存。國圖藏明刻本楊慎集解《夏小正解》一卷，卷端題：「戴氏德傳，王氏應麟集校，金氏履祥輯。」國圖藏清乾隆十年黄叔琳刻本《夏小正》一卷，卷端題：「戴德傳，金履祥注，濟陽張爾岐稷若輯定，北平黄叔琳崑圃增訂，海虞顧鎮備九參校。」二本所載履祥注，皆録自《通鑑前編》。

《仁山文集》，存。履祥詩文先後自訂爲四稿，集久散落。明正德間，董遵收拾散佚，刻爲《仁山先生文集》五卷，卷一至卷四爲履祥自作詩文，卷五爲附録。正德刻本不存，今傳明萬曆二十七年金應騶等校刻本、明抄本、舊抄本等，雖有三卷、四卷、五卷之異，然皆祖于正德

本，僅有篇目多寡、附録增删之異。

（四）許謙著述

許謙著述，按黄溍《白雲先生墓誌銘》：《讀四書叢説》二十卷；《詩集傳名物鈔》八卷；《讀書叢説》六卷；《温故管窺》若干卷；《治忽幾微》若干卷。又有《三傳義例》《讀書記》「皆稿立而未完」；門人編《日聞雜記》「未及詮次」；有《自省編》，「晝之所爲，夜必書之，迨疾革，始絶筆」。載及書名者，以上凡九種。朱彝尊《經義考》卷一百九十四著録《春秋温故管闚》，云：「未見。陸元輔曰：先生於《春秋》有《温故管闚》，又著《三傳義例》。《義例》未成。」①錢大昕《元史藝文志》卷一著録《春秋温故管闚》《春秋三傳義疏》。《義疏》，當即《義例》。以上九種外，黄溍《墓誌銘》載及而未言書名，及所未載及者，又有十餘種：

《假借論》一卷，佚。焦竑《國史經籍志》卷二著録「許謙《假借論》一卷」②。《焦氏筆乘》卷六載及「許謙《假借論》」③。并見《千頃堂書目》《元史藝文志》著録。

---

① 朱彝尊《經義考》卷一百九十四，清乾隆二十年盧見曾續刻本。
② 焦竑《國史經籍志》卷二，明刻本。
③ 焦竑《焦氏筆乘》卷六，明萬曆三十四年謝與棟刻本。

《詩集傳音釋》二十卷，存。《經義考》卷一百十一著録《羅氏復詩集傳音釋》二十卷，存。云：「按：曹氏静惕堂有藏本，乃合白雲許氏《名物鈔》而音釋之。」①《鐵琴銅劍樓目録》卷三著録元刊本《詩集傳音釋》二十卷：「題東陽許謙名物鈔音釋，後學羅復纂輯。黄氏《千頃堂書目》始著於録，流傳頗少。《凡例》後有墨圖記云：『至正辛卯孟夏，雙桂書堂重刊。』猶元時舊帙也。其書全載集傳，俱雙行夾注，音釋即次集傳末，墨圍『音釋』二字以别之」，「蓋以《名物鈔》爲主，更采他説以附益之，與《凡例》所云正合。然此但摘録許書音釋，而其考訂名物則不具載，且音釋亦間有不録者。」②

《絳守居園池記注》一卷，存。《四庫全書總目提要》：「唐樊宗師撰，元趙仁舉、吴師道、許謙注」，「皇慶癸丑，吴師道病其疏漏，爲補二十二處，正六十處。延祐庚申，許謙仍以爲未盡，又補正四十一條。至順三年，師道因謙之本，又重加刊定，復爲之跋。二十年屢經竄易，尚未得爲定稿，蓋其字句皆不師古，不可訓詁考證，不過據其文義推測，鉤貫以求通。」

《四書集注點本》，佚。吴師道《請傳習許益之先生點書公文》：「乃金氏高弟，重點《四書章句集注》。」

① 朱彝尊《經義考》卷一百十一。
② 瞿鏞《鐵琴銅劍樓目録》卷三，清光緒間常熟瞿氏家塾刻本。

《儀禮經注點校》，佚。吴師道《儀禮經注點校記異後題》：「許君益之點抹是書，按據注疏，參以朱子所定，將使讀者不患其難。」①黄溍《白雲許先生墓誌銘》：「於《三禮》，則參伍考訂，求聖人制作之意，以翼成朱子之説」，「又嘗句讀《九經》《儀禮》《三傳》，而於其宏綱要旨，錯簡衍文，悉别以鉛黄朱墨，意有所明，則表見之。其後友人吴君師道得吕成公點校《儀禮》，視先生所定，不同者十有三條而已，其與先儒意見吻合如此。」

《九經點校》，佚。見上引黄溍《白雲許先生墓誌銘》。吴師道《請傳習許益之先生點書公文》稱許謙「重點《四書章句集注》，及以廖氏《九經》校本再加校點。他如《儀禮》、《春秋》《公》《穀》二『傳』並注，《易程氏傳》、朱氏《本義》，《詩朱氏傳》，《書蔡氏傳》，朱子《家禮》，皆有點本，分别句讀，訂定字音，考正謬訛，標釋段畫，辭不費而義明。用功積年，後出愈精，學士大夫咸所推服」。宋末廖瑩中刊《九經》，即《周易》《尚書》《毛詩》《禮記》《周禮》《左傳》《論語》《孝經》《孟子》，有《孝經》，無《儀禮》，有《論語》《孟子》，無《公羊傳》《穀梁傳》。故黄溍《墓誌銘》並舉《九經》《儀禮》《三傳》。許謙校點，除句讀外，尚訂定字音，考正訛謬，標釋段畫。

《三傳點校》，佚。見上引黄溍《白雲許先生墓誌銘》、吴師道《請傳習許益之先生點書公

---

① 吴師道《吴禮部文集》卷十五。

文》。許謙《春秋温故管闚》《春秋三傳義疏》并佚，與《三傳點校》殆各沿其例爲書。

《書蔡氏傳點校》，佚。許謙《回南臺都事鄭鵬南浼點書傳書》：「近辱蕭侯傳示教命，俾點《書傳》。舊不曾傳點善本前輩，方欲辭謝，又恐有幸盛意，遂以己意謾分句讀」，「圈之假借字樣，舊頗曾考求，往往與衆不合，今以異於衆者，具别紙上呈。標上舊題爲《蔡氏書傳》。謹按：古來傳注，必先題經名，然後曰某人注」，「乞命善書者易題曰《書蔡氏傳》，庶幾於義而安。」①又一書云：「某比辱指使點正《書傳》，不揣蕪陋，弗克辭謝，輒分句讀，汙染文籍。」②鄭雲翼字鵬南，延祐二年官南臺都事，延祐六年遷廣東道肅政廉訪使，泰定元年陞兵部尚書。許謙應雲翼之請點校蔡沈《書集傳》，吴師道《請傳習許益之先生點書公文》亦言及是書，今未見傳。

《易程氏傳點校》，佚。見上引吴師道《請傳習許益之先生點書公文》。其不名《程氏易傳》，《回南臺都事鄭鵬南浼點書傳書》已言之。

《易朱氏本義點校》，佚。見上引吴師道《請傳習許益之先生點書公文》。《易朱氏本義》，即《周易本義》。其不名《朱氏易本義》，《回南臺都事鄭鵬南浼點書傳書》已明之。

---

① 許謙《許白雲先生文集》卷三。
② 許謙《許白雲先生文集》卷四。

《詩朱氏傳點校》，佚。見上引吴師道《請傳習許益之先生點書公文》。《詩朱氏傳》，即《詩集傳》。其不名《朱氏詩傳》，《回南臺都事鄭鵬南浼點書傳書》已明之。

《家禮點校》，佚。見上引吴師道《請傳習許益之先生點書公文》。

《典禮》，佚。許鴻烈《八華山志》卷中《金仁山、許白雲立謚咨文》：「若《三傳義疏》《典禮》《讀書記》，皆未脱稿者也。」末署「元至正七年八月初九日」①。此又見於清宣統三年重修本《桐陽金華宗譜》卷一，題作《爲金、許二先生請謚咨文始末》。黄溍《墓誌銘》僅言「有《三傳義例》《讀書記》，皆稿立而未完」。《典禮》，疑爲《三傳典禮》。許謙熟於古今典禮政事，黄溍《墓誌銘》：「搢紳先生至於是邦，必即其家存問焉。或訪以典禮政事，先生觀其會通而爲之折衷，聞者無不厭服。」今難得其詳，俟再考證。

《八華講義》，佚。許謙《八華講義》：「講問辨析，有分寸之知，敢不傾竭爲諸君言？苟所不知，不敢穿鑿爲諸君誑。」②許謙講學八華山中，四方來學。《八華山志》卷中《道統志》收許謙題《八華講義》及所撰《八華學規》《童稚學規》《答門人問》。《八華講義》蓋爲講義之題，非止一篇題作，未刻行，久佚。明正德間陳綱重刻《許白雲先生文集》，改《八華講義》作《金華講義》。

① 許鴻烈《八華山志》卷中，民國戊寅重修本。
② 許謙《許白雲先生文集》卷四。

《歷代統系圖》，佚。戚崇僧《白雲歷代指掌圖説》：「白雲先生《歷代統系圖》，自帝堯元載甲辰，迄至元十三年丙子，總三千六百三十三年，取義已精，愚約爲《指掌》，以便觀玩。」末署「至正乙酉，金華戚崇僧述」①。崇僧爲許謙高弟子，字仲咸，金華人。著有《春秋纂例原指》三卷、《四書儀對》二卷、《歷代指掌圖》二卷等書。雍正《浙江通志》著録《歷代指掌圖》二卷，注云：「金華戚崇僧著，見黄溍《戚君墓誌》。」②《歷代指掌圖》二卷，今佚。按崇僧《序》，其書乃據許謙《歷代統系圖》「約爲《指掌》」。季振宜《季滄葦書目》著録「抄本《歷代統系圖》，一本」③，未詳即許謙之書否。

《許氏詩譜鈔》，存。吴騫《元東陽許氏詩譜鈔跋》：「元東陽許文懿公嘗以鄭、歐之譜世次容有未當，别纂《詩譜》，繫於《詩集傳名物鈔》」，「特所序諸國傳世曆年甚悉，有足資討覈者。爰爲輯訂，附於《詩譜補亡》之後。」④許謙不滿於鄭玄《詩譜》、歐陽修《詩譜》，以爲世次有所未當，别纂《詩譜》，附《詩集傳名物鈔》各卷之末，未單行。吴騫輯訂《詩譜補亡》，從《名物

---

① 《蓉麓戚氏宗譜》卷二，民國十九年庚午重修本。
② 雍正《浙江通志》卷二百四十三，清文淵閣《四庫全書》本。
③ 季振宜《季滄葦書目》，清嘉慶十年黄氏士禮居刻本。
④ 吴騫《愚谷文存》卷四，清嘉慶十二年刻本。

鈔》採録《許氏詩譜》一書，有拜經樓刻本。

《白雲集》，存。黄溍《白雲許先生墓誌銘》：「其藏於家者，有詩文若干卷。」不言集名。按《八華山志》，東陽許三畏字光大，自幼師事許謙，許謙殁，「乃萃其遺稿，手鈔家藏，待後以傳，賴以不墜」。明人李伸幼時得許謙殘編於祖妣王氏家，皆許氏手稿，明正統間編次《白雲集》四卷。成化二年，張瑄得金華陳相之助，刻行於世。正德間，金華陳綱重刻之，改題《白雲存稿》。

五、關於《全書》整理的幾點説明

四先生自王柏以下貫通經史，考訂羣書，著述弘富。據各類文獻著録可知，王柏著作逾八百卷，金履祥、許謙著作亦多。何基篤守師説，其書題作「發揮」者即有七種，《文集》三十卷裒集未備。惜四先生著述大都散佚，今存不足三十種，多爲精華。如何基著作，胡鳳丹編《何北山先生遺集》四卷，凡詩一卷、文一卷、《解釋朱子齋居感興詩》一卷、附録一卷，篇章寥寥。然四先生解經沿朱、吕之統，若考訂篇目、編類勘定、標抹點校、句讀段畫、批注音釋等，皆爲所重，以爲真學問，可羽翼經傳，有補聖賢之學。此次編纂四先生傳世著述，囊括四部，廣作蒐討，復作甄選，批注、次定之書，亦在收録範圍，冀得四先生著作大全。

前此已述「北山四先生」之目其來有自，故兹編四先生著述名曰《北山四先生全書》（以下簡稱《全書》）。《全書》分爲「何基卷」「王柏卷」「金履祥卷」「許謙卷」凡四編，别附《北山四先生全書外編》（以下簡稱《外編》）一册。收録内容如下：

何基卷：《何北山先生遺集》四卷。

王柏卷：《書疑》九卷；《詩疑》二卷；《研幾圖》一卷；《天地萬物造化論》一卷；《魯齋王文憲公文集》二十卷。

金履祥卷：《尚書注》十二卷；《尚書表注》二卷；《禮記批注》二十卷；《宋金仁山先生大學疏義》一卷；《論語集注考證》十卷；《孟子集注考證》七卷；《通鑑前編》十八卷、《舉要》二卷；《仁山先生文集》三卷；《濂洛風雅》七卷。

許謙卷：《讀書叢説》六卷；《讀四書叢説》八卷；《詩集傳名物鈔》八卷；附《詩集傳名物鈔音釋纂輯》二十卷；《許白雲先生文集》四卷；《絳守居園池記注》一卷。

《全書》并收四先生批注、編類之書，惜所得已尠，僅金履祥編《濂洛風雅》、許謙等人《絳守居園池記注》一卷而已。何基《解釋朱子齋居感興詩二十首》，胡鳳丹已編入《何北山先生遺集》。王柏《正始之音》不分卷，收入《魯齋王文憲公文集》附録。楊慎輯解《夏小正解》一卷、吴騫編訂《許氏詩譜鈔》一卷，分從《資治通鑑前編》《詩集傳名物鈔》中輯録，且有文字改易，雖單行於世，《全書》不重複收録。羅復纂輯《詩集傳音釋》二十卷，亦與《名物鈔》重複，且有改易，然今存《名物鈔》最早傳本爲明抄二種，《詩集傳音釋》存元正至雙桂書堂刊本，可相參證，故附收之。

又有四先生詩文佚篇、講學語録、零句斷章，散見他書。《全書》則廣考方志史料、經史典籍、宗譜家乘、别集總集，勾稽佚篇，以詩文爲主，録爲補遺，附於各集之後。《全書》補遺增至二百餘篇。大略《何北山先生遺集》增《補遺》二卷，凡詩文、語録各一卷，更補附録三卷。《魯齋王文憲公文集》增《補遺》、附録各一卷。《仁山先生文集》增《補遺》二卷、附録四卷。《許白雲先生文集》增《補遺》二卷、附《八華山志》一種、附録五卷。至於王柏、金履祥、許謙語録、雜著，可輯爲條目者尚有不少，因考校非短時可畢功，姑俟將來。

另外，整理者各竭其力，輯録年譜、碑傳志銘、序跋題贈等爲附録，凡一家之資料，分附各卷後，而四先生合評之資料則另編为《外編》一册，綴於《全書》之末。

本次整理之特點，大體有以下四點：

一是内容全備，首次結集。本書所收四先生著述，盡量蒐羅完備，拾遺補缺，并附研究資料之集成。四先生著作已出整理本數種，《全宋詩》《全宋文》《全元詩》《全元文》各沿體例，收録四先生詩文。《全書》之整理或酌情鑒採前賢時哲已有成果，廣泛蒐討有價值校本，以成新編；或别覓良善底本、校本，新作董理；或未有整理本，首次進行校勘標點。至於蒐輯補遺、編類附録，用力頗勤。故《全書》編校之事可謂首創，求全、求備、求精，雖未臻其目標，然自有新意，覽者可察之。

二是底本、校本良善。在當前條件下，搜集購訪底本、參校本已較過去爲易，然亦非没有難度。先是用時幾近半年進行調查研究，甄選整理底本、參校本。如許謙《讀四書叢説》，今傳八卷本，有元刻本、清刻本及抄本多種。國圖藏元刻本八卷，《讀論語叢説》三卷原缺，常熟瞿氏以所得德清徐氏藏元刻本配之，遂爲合璧本。國圖藏清嘉慶間何元錫影抄元本與《宛委別藏》本《讀論語叢説》三卷，并據德清徐氏舊藏本影寫。國圖藏元刻本八卷殘帙，又藏舊抄本八卷，據元刻本寫録，顯非據於德清徐氏舊藏元本。臺北故宫博物院藏元刻本八卷，有清佚名校注。國圖藏瞿氏鐵琴銅劍樓影元抄本，據合璧本影抄。浙圖藏明藍格抄本八卷，何元錫刻本、《經苑》本、《金華叢書》本。此外，又有國圖藏嘉慶間本，參校殘元本五卷、舊抄本八卷、明藍格抄本八卷等本。今訪得諸本，詳作考訂，乃以元刻八卷合璧本爲底

三是勾稽拾遺。以四先生著述多散佚，遍檢方志、宗譜、總集等，勾稽佚作，用力仍多在詩文，所得逾二百篇。如《魯齋集》輯佚詩六十六首、詞一闋、文十七篇。《仁山集》輯佚作四十三篇、附存疑六篇，約當本集三之一。《白雲集》輯佚文三十四篇（含殘篇二篇）、佚詩十四首及許謙之子許亨文二篇，約當本集四之一。

四是立足考據。在研究的基礎上進行校點整理，有關考證涉及版本源流、篇目真僞、文獻輯佚等方面。如《仁山文集》，傳世明抄本、舊抄本庶幾見正德本原貌，而抄寫多誤字，萬曆刻本經履祥裔孫校勘，訛誤爲少，勝於後來春暉堂、東藕堂及退補齋諸刻。東藕堂刻本有補

苴之功，惜文字臆改居多，徒增歧説，非别有善本據依。《金華叢書》本、《四庫全書》本少有校讎之功，復多擅改之弊，實無足觀。故此次整理，以萬曆刻本爲底本，僅參校明抄本、舊抄本、春暉堂刻本、東藕堂刻本。又如輯佚，翻覽宗譜數千種，所得篇目亦豐。然據宗譜勾稽，可信度下方志一等。宗譜良莠不齊，時見攀附僞托之作，且編集校印多不精，故異姓之譜常見一人同篇，同宗之譜時見一篇分署多人。或一望而知假托，或詳考而始明真僞，採輯遂不得不慎。附録資料亦然，篇目真僞亦需考辨。如《芋園叢書》本《金氏尚書注》集前《金氏尚書注自序》末署「寶祐乙卯重陽日，蘭溪吉父金仁山書」，實宋人方岳之筆，見於《秋崖集》卷四十《滕和叔尚書大意序》，朱彝尊《經義考》作「方岳序」，不誤。《碧琳琅館叢書》本《金氏尚書注》集前亦録此僞作。《芋園叢書》本《金氏尚書注》又有《金氏尚書注序》，并是僞托。《碧琳琅館叢書》本《金氏尚書注》又有王柏《金氏尚書注跋》一篇，末署「歲在丁巳仲春望日，桐陽叔子金履祥書於桐山書軒」，實方時發之筆。署柳貫《書經周書注敍》及佚名《金氏尚書注跋》，皆係僞托。今人蔡根祥、許育龍等已證《芋園叢書》本、《碧琳琅館叢書》本《金氏尚書注》繫僞作。今鑒取相關成果，詳作考辨，盡量避免僞作羼入。

《全書》整理之議，始於二〇一四年。先是浙江師範大學與金華市政協合作編纂《吕祖謙全集》，歷時八年，成十六册，二〇〇八年由浙江古籍出版社印行。繼與金華市委宣傳部合作編纂《重修金華叢書》，歷時七年，彙輯二百册，二〇一三至二〇一四年由上海古籍出版社印行。其時我們以復興浙學爲己任，提倡從基礎文獻梳理與學術史建構兩方面對浙學展開研究，以爲四先生有功浙學匪小，整理四先生之書亟爲當前所需，遂於《重修金華叢書》首發式上，倡議整理《北山四先生全書》。經多方呼籲，金華市委宣傳部於二〇一七年聯合浙師大啓動《全書》編纂，委托我們負責組織團隊，開展整理工作。陳開勇、王錕、慈波、崔小敬、宋清秀教授，孫曉磊、鮑有爲、方媛、李鳳立、金曉剛博士先後參與進來。二〇二〇年，《全書》入選「浙江文化研究工程」重大項目。前後歷時四年，今夏終於完稿。各書整理者名氏已標册端，此不一一介紹。黄靈庚、李聖華擬定體例，通讀全稿，并各自承擔校勘任務。

《全書》整理出版，無疑是浙學研究史上一件盛事。我們參與其中，投入心力，可謂人生之幸事。在此衷心感謝金華市委宣傳部副部長曹一勤女士，浙師大副校長鍾依均教授，上海古籍出版社高克勤社長、奚彤雲編審、劉賽副編審給予大力支持，一編室黄亞卓、楊晶蕾編輯等人悉心校讀全稿，多所訂正，使得《全書》得以減少訛誤，在此一併表示謝意。

由於整理者學識水平所限，《全書》整理定會存在不妥及錯誤之處，祈盼讀者不吝指正。

黄靈庚　李聖華

二〇二一年九月二十日

凡例

一、《全書》所收四先生著述，在廣徵版本基礎上，考訂其源流、異同、得失、優劣，從而裁定底本與校本。金律刻《率祖堂叢書》本、胡鳳丹編《金華叢書》本及文淵閣《四庫全書》本（簡稱「庫本」），皆因擅自改易而慎爲取用。大體庫本在棄用之列；若其他版本難稱良善，始取《率祖堂叢書》本、《金華叢書》本用作底本，或作校補之用。

二、《全書》校勘、輯佚以及各書附録編集，皆留意考證，力求黜僞存真。因補遺之文托名僞作不乏其見，且多得自宗譜家乘，慮其編纂校印良莠不齊，故採輯謹慎，以免濫入。

三、《全書》整理成於衆手，分册出版，整理者名氏標於册端。各册均由整理者撰寫前言或點校説明，以述明本册整理情況。底本卷端或標編次、校刊名氏，今均省去，於書前點校説明略載述之。

四、《全書》校勘大體遵循以下規則：一般底本不誤，他本誤者，不出校記。底本文字顯有譌誤，如訛、脱、衍、倒等，宜作改易，撰寫校記。偶有文字漫漶殘損者，用他本校補；無可補者，用缺字符□標識，并出校記。諱字回改，古人刻抄習見己、已、巳不分之類，徑用其正字。異體字、通假字、古今字，均不出校。虛字非關涉文意者，亦不出校。校記不徒列異文，間列考據，庶明其是非、高下。

整理説明

王　錕

一　何基其人

何基（一一八八—一二六九），字子恭，金華人，以其居北山之陽，學者稱北山先生。其祖何松，宋孝宗乾道二年進士，歷官朝散郎，徽州通判，爲官清廉，爲學刻苦，交友多善士。其父何伯慧（按：王柏《何北山先生行狀》，何鉉《北山先生文定公家傳》都作「伯慧」，只有元脱脱的《宋史·何基列傳》及一些明清人依據該傳所寫的傳文爲「伯熭」，可能是刊誤，當以「伯慧」爲正。），曾任臨川縣丞，承議郎，主管台州崇道觀。何基小時氣質清弱，逾小學始受師訓，舉止端莊，寡於言笑，與群兒不同。少時嘗師從鄉人陳震習舉子業，他不喜程課而喜義理之學。時賢有以廉潔稱名者，何基説：「廉潔乃士大夫分内事，何足爲高。」（《何北山先生遺集》卷四《何北山先生行狀》）陳震大奇之。

當弱冠時，何基隨父伯慧居江西，伯慧任臨川縣丞，而朱熹大弟子黄榦正好是臨川縣令，何基兄弟受父命就學於黄榦門下。黄榦「首教以爲學須先辦得真實心地，刻苦工夫而後可。

隨事誘掖，始知伊洛之淵源」(《何北山先生行狀》)。何基之母蔣氏與黃榦夫人朱氏友善，親如姐妹，她經常用朱氏家訓來教何基。黃榦對何基的臨別之教，便是「讀熟《四書》，使胸次浹洽，道理自見」(《何北山先生行狀》)。「臨別之教」是黃榦繼承朱子理學的「心法」，也是何基終身服膺的爲學之法。

告別黃榦之後，何基從江西回到金華，隱居家鄉盤溪的老宅，按照黃榦之教，潛心理學，又讀諸家百史、制度數學，悉究其旨，同時翛然於水竹之間，以至人們很少知道他的學問。後來，朱子門人楊與立一見推服，人們才知何基精於朱子理學。於是，「好學之士，次第汲引，而願執經門下」(《何北山先生行狀》)。何基態度謙和，誨人不倦，不以師道自命，允許學生和他辯難討論，其門人弟子頗多。宋理宗淳祐四年(一二四四)，黃榦弟子趙汝騰鎮守金華，對何基「首加延聘，且以名聞於朝」(《何北山先生行狀》)。但他堅辭不受，並賦詩說：「閉關方喜得幽棲，何用邦侯更品題。自分終身守環堵，不將一步出盤溪。」(《何北山先生行狀》)表達了自己田居求志，慨然於「爲己之學」。宋理宗景定四年(按：《宋史·何基傳》一説是「景定五年」，但參考《宋史·理宗記》等史料當爲「景定四年」)，下詔准特補何基爲迪功郎、添差爲婺州州學教授兼麗澤書院山長，他以老病力不足而辭。他在《辭牘》中說：「某少受學勉齋黃先生，授以紫陽夫子之傳，自此服膺講習，辛勤探索，每愧天分不强，年齒浸暮，義理之藴難窺，師友之淵源日遠，汲汲欲自修分以内事，以是與世幾成隔絶，故非竊隱逸之行以爲高也。」(《何北山先生遺集》卷一)這段話清楚地表達了他探索義理之學，承繼道統，弘揚朱子理學的志願。稍後，理宗崩而度宗繼位，度宗咸淳初年（一二六五），皇上授何基爲史館校勘兼崇政殿説書，並表達了仰望和起用大儒的殷切之意，何基力辭不就，後不得已又特改授承務郎主管華州西嶽廟，他又辭讓不受，並賦詩明志説：「皓首何妨一布衣。」（《何北山先生行狀》）咸淳戊申（一二六九），終以布衣而逝，葬於金華縣循理鄉油塘之原，享年八十一歲。國子祭酒楊文仲奏請朝廷，賜謚「文定」，故史書又稱爲「何文定」。

何基服膺朱子理學，終生講習不輟，弟子王柏説他「平時不著述，惟研究考亭之遺書，兀兀窮年，而不知老之已至」（《何北山先生行狀》）。可見，何基重踐行而不喜著書，即便他有所著述，也不過是對朱子理學的發揮而已。何基的著作有《儀禮標注》（按：該書有關何基的文獻多不提及，然吴師道曾讀該書並寫題記。參見吴師道《題儀禮點本後》，《禮部集》卷十八）、《大學發揮》十四卷、《中庸發揮》八卷、《易啓蒙發揮》二卷、《大傳發揮》二卷、《太極通書西銘發揮》三卷等。除以上在當時已刊行外，還有《近思録發揮》未校稿，《論孟發揮》未脱稿。後學柳貫説：「文定確守師傳，參訂訓義，於《易大傳》《本義》《啓蒙》《大學中庸章句》《論孟集注》《太極圖》《通書》《西銘》之外，凡文公《語録》《文集》諸書商確考訂之所及，取其已定之論，精切之語，彙敘而類次之，名爲發揮。」由此可知，何基以「發揮」名之的著作，都是輯録了《朱子語類》《朱子文集》中朱子本人對《周易本義》《周易啓蒙》《大學中庸章句》《論孟集注》《太極圖》《通書》《西銘》

《近思録》等著作的解釋條目，它們是朱子訓詁解釋的選編，不是他本人單獨的著作（《待制集》二十卷《仁山先生金公行狀》）。另外何基還有文集三十卷（按：王柏的《何北山先生行狀》説文集有十卷，而《宋史·何基列傳》説文集有三十卷。由於何基文獻絶大部分散佚，很難考定誰説正確），可惜大部分已經散佚，現有清人胡鳳丹編輯的《何北山先生遺集》四卷，成爲研究何基學術彌足珍貴的資料。《何北山先生遺集》號稱四卷，其實何基本人著作只有三卷，第四卷只是輯録了弟子及其後人所做的傳記遺事，其中以王柏的《何北山先生行狀》最爲原始可靠。

何基篤信朱子學，一生以承繼道統，弘揚朱子理學爲己任，他的理學，主要表現在道統論、天道論、四書之發揮、心性論和實踐工夫幾方面。

二　何基之學

（一）道統論

受朱子、黄榦的影響，何基非常重視道統的承繼問題，他本人應有關於道統的討論，但由於其著作絶大部分散佚，因此他直接討論道統的文字無緣得見，然而在僅存的文獻中，我們仍可以發現其「蛛絲馬跡」。何基説：「某少受學勉齋黄先生，授以紫陽夫子之傳，自此服膺講習，辛勤探索，每愧天分不强，年齒浸暮，義理之藴奥難窺，師友之淵源日遠，汲汲欲自修分以内事，以是與世幾成隔絶，故非竊隱逸之行以爲高也。」（《何北山先生遺集》卷一《辭牘》）這段話表達了他自己繼承朱子、黄榦所傳道統的願望。在《解釋朱子感興詩二十首》時他又説：「（朱子）上接魯鄒之正傳，自濂洛開端以來，其泛掃廓大之功，未有尚焉者也。」（《何北山先生遺集》卷三《解釋朱子感興詩二十首》）即認爲朱子承接周敦頤、二程而上續孔子、孟子之道統。這段話事實上隱含着何基的道統世系：即孔子—孟子—周敦頤—程顥、程頤—朱子—黄榦。另外，何基的高弟王柏，有許多關於道統的論述，並提出了從孔子—孟子—周敦頤—二程—楊時—李延平—朱子—黄榦—何基的道統世系圖，而這些觀點，以王柏與何基幾十年頻繁問學往來的經歷，何基肯定了解甚至默認同意。因此，何基的道統論，一定程度上可以從王柏的道統論中去體認。王柏認爲，朱學之禁寬鬆後，理學出現了發展的好時機，然而無奈「老師宿德，相繼零落，後生晚輩，散漫無依，不見典刑，無所則效。而科舉利禄之誘反甚於前，其能卓然自立者難矣」。惟有何基堅守自立，以弘揚朱學爲己任，成爲後生晚輩的典範（《何北山先生行狀》）。王柏認爲其師功不可埋没，便直接把他納入朱學的道統。他説：「鄒魯云遠，天啓濂洛。理一分殊，以覺後覺。龜山之南，宗旨是將。羅李授受，集於紫陽。」（《何北山先生遺集》卷四《同祭北山何先生》）而何基獨能堅守朱子之説，承繼朱子以來的道統，還把「理一分殊」作爲朱子道統的宗旨。

另外，從金履祥的論述中，也可以一窺何基的道統觀。金履祥曾説：「自朱子之夢奠，以及勉齋之既殂，口傳耳受者，或浸差其精藴；而好名假實者，又務外以多誣。惟先生纂師言以發揮，剔衆説之繁蕪，以爲朱子之言備矣，學之者惟真實之心地與刻苦之工夫，能此者，雖不及吾門可也。」（《何北山先生遺集》卷四《祭北山先生文》）爲此，他寫詩贊曰：「維何夫子，文公是祖。是師黄父，以振我緒。」（《仁山集》卷一《北山之高壽北山何先生》）金履祥認爲，只有何基得朱學正傳，並能篤信堅守，引導後學入理學之正宗。爲此，他提出了自周敦頤、二程、楊時、羅從彦、李侗、朱子、黄榦以至何基、王柏的道統圖，强調了何基在傳授朱、黄正統中的重要地位。不僅如此，金履祥還説：「自堯舜以至孔曾思孟，又千五六百而後有程朱，前者曰『以是傳之』，後者曰『得其傳焉』，不知所傳者何事歟？蓋一理散於事物之間，俱真實而非虚，事事物物莫不各有恰好之處。所謂『萬殊而一本，一本而萬殊』。先生蓋灼見於此，故廣採精擇以求而篤信恪守以居，著於語默出處之義，而粹於踐履之實、存養之腴，又間嘗指此以示門人也，此其傳授之符乎？」（《何北山先生遺集》卷四《祭北山先生文》）這段話裏的「萬殊而一本，一本而萬殊」，實際是「理一分殊」的另一種説法。金履祥認爲，何基把「理一分殊」作爲朱子所傳道統的宗旨，並把它傳給後學。由此可見，金履祥和王柏都認爲，何基是朱子道統的嫡傳，並把「理一分殊」作爲所傳道統的「不二法門」。當然，平心而論，「理一分殊」很難説是堯、舜傳至孔、曾、思、孟，孔、曾、思、孟又傳至周、程的「法門」，但説它是朱子理學的「法門」卻不爲過。

正是何基繼承和揭明了朱子「理一分殊」之說，對其所開啓的金華理學産生了重大的影響。

（二）天道論

何基的天道思想，包括宇宙觀、太極陰陽論、理氣論，以及與之相關的理一分殊之説。何基認爲，宇宙之間，只是陰陽二氣流行運轉。在解釋《朱子感興詩》第一首「崑崙大無外，旁薄下深廣。陰陽無停機，寒暑互來往」詩句時，他説：「盈天地間，别無物事，一陰一陽流行其中，實天地之功用，品彙之根柢。」（《何北山先生遺集》卷三《解釋朱子齋居感興詩二十首》）即天地間只是一陰一陽氣化流行，陰陽之氣的流行是天地萬物的活動發用；一陰一陽氣化流行，形成萬物。因此，陰陽之氣是萬事萬物得以産生的根源。在解釋第二首「吾觀陰陽化，升降八紘中。前瞻既無始，後際那有終」時又説：「此氣拍塞，無一處不周，無一物不到。所謂『直看』者，是上自開闢以來，下至千萬世之後，只是這個物事流行不息」（同上）。即古今往來，氣無處不在，無物不有，它是普遍的、永恒的，即他所謂「淑氣遍萬象」是也。然而何基認爲，説陰陽，便帶著太極，太極陰陽不可分離。他説：「太極固是陰陽之理，言陰陽則太極已在其中。」（同上）太極是什麽？太極就是陰陽之理。在這裏，何基直接繼承了朱子的太極觀。朱子説：「天地之間，只有動静兩端，循環不已，更無餘事，此之謂易。而其動其静，則必有所以動静之理焉，是則所謂太極者也。」（《朱子文集》卷四十五）朱子認爲，太極是動静之理。而動静與陰陽一樣，是説氣之流行活動。氣之動，則爲陽；氣之静，則爲陰。因此，動静就是陰陽；而動静之理，就是陰陽之理。可見，何基説「太極爲陰陽之理」，其實就是朱子所謂的「太極爲動静之理」，是對朱子「太極爲動静之理」的另一種表達。另外，還有直接的材料可以證明何基完全繼承朱子的太極觀。他曾説：「《太極説》本自明白，以其無形而實有理，故曰『無極而太極』；以其有理而卻無形，故曰『太極本無極』。」（《何北山先生行狀》）「無形而實有理」，是朱子對「太極」最有創造性的解釋，也是朱子理學的標志之一。何基的這段話，表面上是對周敦頤《太極圖説》中「無極而太極」和「太極本無極」的解釋，而以「無形而實有理」來解釋太極，實際是對朱子太極觀的直接繼承。可見，何基與朱子一樣，都把太極當作使陰陽二氣繼起生生的「所以然之理」，認爲太極是陰陽二氣生生化化的主宰或動因。綜上所説，何基把宇宙萬物的生成看作爲陰陽二氣流行運轉的結果，而太極是引起陰陽二氣流行運轉的原因。陰陽因太極之理才能流行運轉，而太極之理因陰陽之氣才能存在和表現，太極與陰陽之間相互關聯、不可分離，共同形成豐富多彩的宇宙。

太極陰陽問題，實際與理氣問題直接相關。何基對理氣關係的討論，集中體現於《孟子集注考》僅存的一段殘文裏。他説：「張子所謂『虚』者，不是指氣，乃是指理而言。蓋謂理，形而上者，未涉形氣，故爲虚爾。以下面『合虚與氣』證之，見得此『虚』字是自然之理。蓋謂有此太虚自然之理，而因名之曰天。故曰『由太虚，有天之名』。然自然之理，初無聲臭之可名也，必其陽動陰静、消息盈虚，萬化生生，其變不窮，而道因可得而見。蓋虚底物事在實上見，無形底因有形而見，故曰『由氣化，有道之名』。蓋天以理之自然，言太虚之體也；道以理之運行，言太虚之用也。至就人身看，則必氣聚而成人，而理因亦聚於此，方始有五常之名。故曰『合虚與氣，有性之名』。所謂『合虚與氣』者，非謂性中有理又有氣，不過謂氣聚而理方聚，方可指此理爲性爾。『合』字不過如周子『二五妙合』之意。太極二五，有則俱有，固非昔離今合，但兩事分開看，則有以見其合爾。『合性與知覺，有心之名。』蓋心統性情，性者，理也；情者，氣之所爲也。故曰『合性與知覺，有心之名』。朱子嘗謂其説得甚精，但辛苦耳！證得孟子此章，卻是分曉。」（《何北山先生遺集》卷一《孟子集注考》）這段話是何基對《孟子集注》「盡心章句上」第一章注釋的解釋。在這一章裏，孟子説：「盡其心者，知其性也。知其性，則知天矣。存其心，養其性，所以事天也。」朱子在解釋此章句時，引用張載在《正蒙》中的句子作爲注文，即「由太虚，有天之名；由氣化，有道之名；合虚與氣，有性之名；合性與知覺，有心之名」。何基在《孟子集注考》中，對張載的這段話進行了解釋。在這段解釋中，體現了何基的理氣觀。何基認爲，理是形而上者，它未涉及形氣，是「虚底物事」；理是無聲無臭、無形無相的。氣是形而下者，是生物的材料；氣是實的、有形的東西。然而，理雖無形，但可以從氣化流行及萬物生生的情狀中得以體現。即所謂「虚底物事在實上見，無形底因有形而見」。氣是生物的材料，凝聚生成有形之物，理也聚於物之中而成爲物之性。所以説：「性者，理也。」就人上看，心之理，就是性；心之情，就是氣的所爲。何基認爲，一物之中，有理也有氣；無無理之氣，也無無氣之理，理與氣相互統一、不可分離。理與氣一有則俱有，不可分先後，更不可説今日有一理，明日才有一氣。他認爲，理與氣之間相互統一，無有間隙，然而理與氣畢竟不同，不可混爲一談。即所謂「兩事分開看，則有以見其合」。理與氣之間，是一種「二而一，一而二」的關係，而這種觀點，與朱子的理氣觀是一致的。朱子也説：「所謂理與氣，此決是二物，但在物上看，則二物渾淪，不可分開，各在一處，然不害二物之各爲一物也。若在理上看，則雖未有物，而已有物之理，然亦但有其理而已，未嘗實有是物也。大凡看此等處，須認得分明，有兼始終，方是不錯。」（《朱子文集》卷四十六《答劉叔文》）

當然，何基論「理」，不僅僅是對朱子的繼承，而且對「理」還有新的闡發。何基説：「理者，乃事物恰好處而已。天地間惟一理，散在事事物物，雖各不同，而就其中各有一恰好處。此所謂『萬殊一本，一本萬殊』者也。三聖所謂『中』，孔子所謂『一貫』，而《大學》所謂『至善』，亦是此意。自古聖聖相去率數百年，而謂自是傳之者，都是做到此耳」。（《何北山先生遺集》卷一《與門人張潤之書》）何基認爲，天地間的事事物物都有其「恰好處」，此「恰好處」就是不偏不倚、在中之意，也是「至善」「有理」的意思。以「恰好處」説「理」，雖早見之於朱子，但何基不同於朱子的地方，就是把「恰好處」等同於「中」「至善」。他指出，天地之間總有一理，其散在萬物，則事事物物有「恰好處」，就是事事物物有理；統合事事物物之理，就是總説的「一理」。此即

「一理萬殊，萬殊一理」之意。

理是宋代理學的核心概念，而較早以理爲核心觀念者是二程，對理作深入分析者是朱子。朱子認爲理有二義：一是作爲天地萬物最終依據的根原之理；「根原之理」即前面所謂的「所以然之理」或太極，它是陰陽二氣生生化化的主宰、動因。一是一物所具之理。對於「根原之理」，限於篇幅，這裏暫不論述，下面只説後一意義上的「理」。朱子説：「故理之在是物者，亦隨其形氣而自爲一物之理。」（《朱子文集》卷五十八《答徐子融》）一物之理，是一具體事物所具有的定理或所當然之理，它是「物之爲物」所呈現的條理和確定性。朱子認爲，事事物物莫不各有自己的「定理」（《朱子語類》卷十四），莫不各有自己的「條理界瓣」。桃有桃之理，李有李之理；牛有牛之理，馬有馬之理。一事物之所以生成爲自己而不是他物，就是因爲它呈現了不同於他物的「文理」「界限」「定理」。而「界限」「定理」，就是指具體事物受特定之理的限定。朱子説：「理則就其事事物物各有其則者言之。」這裏所謂的「則」，就是指每一事物所具的定理、確定性或特性而言。

何基的「事物的恰好處」，相當於朱子的「事物之理」。何基論事物之理，與朱子最大的不同是他側重從實質上説理，因爲「恰好處」具有價值和道德判斷的意涵，而朱子是從形式上説理，因爲所謂的「條理」「文理」「界限」「定理」側重於邏輯推理和認知的意涵。當然，朱子所謂實質意義上的事物之理就是「性」，而「性」雖然具體是指仁義禮智信五常之性，也具有濃厚的價值和道德判斷的意涵，但與何基以「事物的恰好處」説理有很大的區别。可以説，以「事物的恰好處」説理，這是何基不同於朱子而有其創造發明的地方。

（三）對朱子遺書的護翼及解釋

何基對朱、黄道統的承繼，具體表現在他對朱子遺書終生的研讀和闡發上。而以殘存的文獻資料看，對朱子《易啓蒙發揮》《太極通書西銘發揮》《四書章句集注》及朱子《感興詩》的闡明最能體現這一點。

研讀《四書》及其《集注》，是朱子學派的主要特色之一。黄榦對何基的臨别之教，便是「讀熟《四書》，使胸次浹洽，道理自見」。而何基終生服膺「臨别之教」，平時只研究朱子的《四書集注》等遺書。在他本就不多的幾十卷著述中，除《易啓蒙發揮》二卷、《大傳發揮》二卷、《太極通書西銘發揮》三卷外，《大學發揮》《中庸發揮》《論孟發揮》《孟子集注考》等同《四書》有關論著占了大部分。何基的《四書發揮》大部分散佚，編者從金履祥的《論孟集注考證》、許謙的《讀四書叢説》、王肇晉的《論語經正録》輯得四十多條。何基終生研讀《四書集注》，以探索義理。他讀《四書》的方法，前後有所變化。起初，何基要求學者把《四書集注》與朱子的《語録》加以參讀。他説：「學者讀書先須以《四書》爲主，而用《語録》以輔翼之。大抵《集注》之説精切簡嚴；《語録》之説卻有痛快處，但衆手所録，自是有失真者。但當以《集注》之精嚴，折衷《語録》之疏密；以《語録》之詳明，發揮《集注》之曲折。此先生編書之規模也，他書亦本此意。」（《何北山先生行狀》）這裏所説的「《四書》」，就是《四書章句集注》的簡稱，而「語録」是《朱子語録》的簡稱。所謂「用《語録》以輔翼之」，實際就是以《朱子語録》中有關討論《四書》内容的條目，來進一步解釋、發揮《四書集注》中的相關内容，使《四書集注》更加清晰化、明朗化，便於學者學習。在晚年，何基又强調讀《四書集注》本書的重要性。他説：「近温習《四書》，覺得義理自足，意味無窮；須截斷四邊，只將本書深探玩繹，方識其趣，若將諸家所録來添看，意思反覺散緩。」（同上）晚年他反對以《四書集注》與朱子《語録》參讀。由此可見，何基讀《四書集注》的方法前後有變化，前期明顯偏於「窮理」或「博」，後期明顯偏於「涵養」或「約」。這種研讀方法的前後變化，折射了何基爲學從「博」到「約」、從「道問學」至「尊德性」的變化過程，也説明何基晚年的學問更加精進，更符合其師黄榦的「臨别之教」。然而，無論是《四書集注》與《語録》參讀，還是只深玩《四書集注》本書，他都以讀《四書集注》作爲學問的根本，這一點他終生未變。與朱子一樣，何基常常告戒弟子，讀書入道的次序，應當以《大學》爲先。

當然，何基讀《四書》，不僅是固守朱子、黄榦之師法，也有創新發揮之處。何基認爲，讀《四書》要與《五經》參讀。例如他説：「謂箕子所以告武王者，綱領宏碩，條目明備，議論又自精深嚴密，本末畢舉，因參以《大學》《中庸》，其大本大經，蓋有不約而符契者。曰『敬五事』，則『明明德』之謂；曰『厚八政』，則『新民』之謂；曰『建皇極』，則『止於至善』之謂；至於皇極，則有休證而無咎證，有仁壽而無鄙夭，則『致中和，天地位，萬物育』之謂，蓋皇極之極功也。」（同上）這是把《書經》《洪範》篇與《大學》《中庸》結合起來相互參讀的例子。其中「敬五事」，是天地間的大法則（即「洪範」）之一，「五事」即：一曰貌，二曰言，三曰視，四曰聽，五曰思。貌曰恭，言曰從，視曰明，聽曰聰，思曰睿，恭作肅，從作乂，明作哲，聰作謀，睿作聖。簡單地說，「五事」即是指貌之恭、言之從、聽之聰、視之明、思之睿，它是人在貌、言、視、聽、思上所應該具有的美德，而「明明德」來自於《大學》，也是指人所具有的昭明的德行。所以，何基認爲，《尚書》的「敬五事」，就是《大學》的「明明德」，它們的精神是一致的。而「八政」是天地間的大法則之一，「八政」即：一曰食，二曰貨，三曰祀，四曰司空，五曰司徒，六曰司寇，七曰賓，八曰師。「八政」是指君王勸民力農，重貨物使用，祭祀鬼神，建造房屋，以禮樂教化民衆，以刑罰防懲作奸犯科者，迎來送往以待來賓，練軍隊以防禦賊寇等，實際蘊含君王養民、教民而使民安居樂業、涵養新風之意。而《大學》「新民」之策，也是包涵養民、教民之意。所以，何基認爲，君王「八政」之舉措，就是《大學》中「新民」之策。皇極是天地間的大法則之一，皇極即《尚書·洪範》中「皇建其有極……無偏無陂，遵王之義；無有作好，遵王之道；無有作惡，遵王之路。無偏無黨，王道蕩蕩；無黨無偏，王道平平；無反無側，王道正直。會其有極，歸其有極。斂時五福，用敷錫厥庶民。惟時厥庶民於汝極，錫汝保極。凡厥庶民，無有淫朋，人無有比德，惟皇作極。凡厥庶民，有猷有爲有守，汝則念之；不協於極，不罹於咎，皇則受之」。（按：王柏以爲，「皇建其有極」之後應接「無偏無陂，遵王之義……無反無側，王道正直。會其有極，歸其有極」之句，今采用之。）而「無偏無陂」「無黨無偏」「無反無側」，就是「至中」「大中」之意，是對「皇極」的解釋。也就是説，皇極即是「至中」，它與《中庸》「執中」之意相一致。《洪範》的這段話是説，治理天下如果堅守「皇極大中」的法則，則一人、一家、一國乃至天下則可和美有福，也就是《中庸》「致中和，天地位，萬物育」之意。所以，何基説「『致中和，天地位，萬物育』之謂，蓋皇極之極功也」。從上述分析可以看出，何基把《洪範》之「敬五事」與《大學》之「明明德」、《洪範》之「厚八政」與《中庸》之「新民」、《洪範》之「皇極」與《中庸》之「中和」等觀點結合起來解釋，頗能融通無礙而無牽强附會之嫌，足見何基能在熟讀《四書》、深玩《五經》之基礎上有所創新發明。由此可見，何基倡導《四書》與《五經》參讀，必是深造自得之語而決非虚言！只可惜其著作大多散佚，不能見其更多的論述，只能於上述例子豹斑管窺，體味他讀《四書》時的發明創新了。

還有，何基於《五經》的研習頗有心得，對朱子的經説也有所發明。如他説：「讀《詩》别是一法，與讀諸經不同，先須十分掃蕩胸次令潔净，卻要吟哦上下，從容諷詠，使胸中有所感發興起，方爲有功。」（《何北山先生行狀》）這裏是説，讀《詩經》必須掃除由前人注疏而來的成見，直接從《詩》本身出發，反復吟誦，從詩句所引發的情志中，去體味《詩經》的真意。而此種讀

《詩》方法，與朱子主張的放棄《詩序》而直接讀本經的方法是一致的。對於《易經》，何基撰有《繫辭發揮》。此書雖已遺失，但在殘存的《繫辭發揮序》中可見，何基認爲朱子的《周易本義》和《周易啓蒙》最能明了易道；認爲《易》本爲卜筮而作，讀《易》須觀爻象辭探索占象之精義，不必牽强附會外來的義理；有伏羲《易》、文王《易》、孔子《易》。同時又感於《周易本義》和《周易啓蒙》是兩本書，差異較大，學者很難把它們融會貫通，於是他晚年把《朱子文集》與《朱子語録》中所論辯《周易》本義的内容，隨章編於《周易本義》之後，使之條分縷析、首尾兼備，使《周易本義》的内容更加清晰明白。不僅如此，何基還把《周易本義》的象辭，參附於《周易啓蒙》所示的卦爻變占之後，使《周易本義》與《周易啓蒙》之精義打通而結合起來，這不僅使學者更能讀《易》，而且使學者更好地理解朱子易學的真意。因此，何基的《繫辭發揮》對當時學者讀《易》的確有所幫助。

另外，何基對朱子的詩文非常熟悉，他對詩句能考其源流，直指要害，而且析理分明，用意篤實，不牽强附會，頗有朱子學問的風範。如何基解釋《齋居感興詩二十首》時指出，該組詩第一至四首，是説陰陽太極及心性氣質，簡明形象地表達了《太極圖説解》和《西銘解》中的基本思想。而第五至七首則評論司馬光《資治通鑑》之缺失，可以説是對《資治通鑑綱目》思想的概括。第十至十四首説到伏羲、堯舜禹三聖、周公、孔子、顏回、曾子、子思、孟子的修養方法，以及二程、周敦頤的遺緒，則是説「道統」，這可以説是反映了《二程遺書》《論孟精義》

《大學章句》及《中庸章句》等著述的基本思想；第十五至十六首是對佛、道思想的辯駁，這可以説是朱子與吴楫、李宗思（伯諫）辯論儒佛之異的回響。而第八至九首以及第十七、十八至二十首説持敬養心之法，可以説是對《盡心説》《仁説》《中和説》等思想的概括。可以説，《齋居感興詩二十首》，是對朱子理學精髓的概括，也是朱子理學的詩化表達。總之，何基對《齋居感興詩二十首》的解釋，既體現了何基對朱子理學的繼承，又體現了他對朱子之學的護翼。

（四）心性工夫論

心性修養論是朱子理學的核心。他特别强調格物致知，但其學問的根本和歸宿仍是心性修養工夫。爲此，朱子提出了「居敬涵養」和「格物致知」並用的修養方式。黄榦教人非常重視持敬存養，其對何基的臨别之教，就是讓他讀熟《四書》來涵養心性。

何基嘗謂學者爲學以立志爲先。立志貴堅，規模貴大，然後躬行踐履，死而後已（《何北山先生行狀》）。在心性修養上，何基繼承了朱子、黄榦的方法。他在寫給王柏的《魯齋箴》中説：「惟人之生，均稟太極。萬理森然，成其物則。知覺虚靈，是謂明德。或蔽而昏，則由氣質。曷開其明，曷去其塞。復其本然，惟學之力。……誠明兩進，敬義偕立。一唯領會，萬理融液。」（《何北山先生遺集》卷一）這段話的「太極」即是天理；明德，即是仁義禮智之性；「誠」即是誠敬，「明」是知善；「敬義」即是「敬以直内，義以方外」的簡稱，也就是内心誠敬，行事明理之意。何基認爲，人性禀自天理，天理在人心便是仁義禮智之明德。然人心之明德常被物欲昏蔽，要去其昏蔽而恢復人本然之明德，既要内心持敬涵養，又要知得事物之理。爲此，他主張「敬義雙修」的方法。何基説：「『主一』者，指示所以『持敬』之要，若止曰整齊嚴肅，則難捉摸。惟曰『主一』，則用力之方昭然易見。然所謂『主一』者，静固要一動，亦要一静。朱子所謂身在是則心在是，而無一息之離，此静中之『主一』也。所謂事在是則心在是，而無一念之離，此動中之『主一』也。若『無適』二字，則又是爲『主一』兩字再下注脚，謂如心在東，而復移之西，又移之南之北，則是静不『主一』，他有所適而非敬矣！又如本是一事，而復二，以二又參以三，則是動不『主一』，他有所適而非敬矣！『主一』自然無適，無適方爲『主一』，此兩語只是展轉相解，只觀程子『主一之謂敬，無適之謂一』二語，敬之爲敬，可得而持矣！」（金履祥《論孟集注考證》卷一）值得注意的是，何基在主張「敬義雙修」的基礎上，似乎更重視「致知」工夫。他説：「一敬由來入道門，須臾不在便非仁；直須認取惺惺法，莫作回頭錯應人。」「善惡分明雖兩歧，念端差處只毫釐。怕將私意爲天理，所以先民貴致知。」（《何北山先生遺集》卷二《雜詩三首》）這裏的「一敬」「惺惺法」就是「居敬涵養」的意思，這段話表明何基在肯定「居敬」的同時，似乎也看重「致知」。總之，何基的心性修養，主張「誠明兩進，敬義偕立」，這與朱子「居敬涵養」「格物致知」的修養方式是一致的，也是對朱子修養功夫的繼承。

當然，心性修養論不只是一套言説，更重要的是看它能否在日常生活中真正踐履，能否通過它養成儒家的氣象和人格。事實上，從何基的行狀來看，對心性修養問題，他不僅思考至精，而且還在日常生活中堅守踐行。王柏描述他行事時説：「（何基）無疾言，無遽色，無窘步，無叱喝聲。不匿情，不逆詐，不伐善，不較利害。事父母盡其孝愛之道，婉容柔色，以得其歡心；事兄長盡其和孺之樂，恭敬退讓，曾無間言。處族媚崇仁厚之風，交朋友盡忠告之責。御童僕婢妾，則寬而有制；見田夫野叟，必勞之有恩。貧困者必施，不計其有無；患難者必救，不問其遠近。捐逋已責，不以爲難；遷善改過，尤極其勇。凡聞一善言，見一善行，喜形於色，若己有之。或朝政有闕，四方有警，憂形於色，至忘寢食。是以父母愛之，兄弟懷之，族姻德之，朋友信之，閭里尊之，海内慕之……蓋其澹然無欲，不屈於萬物之下；立乎其大，得友於千載之上。此皆尊德性、道問學之功也。」（《何北山先生行狀》）據《家傳》記載，他平生無他嗜好，几案蕭然。書册之外，無一長物。家傳柳法，而先生加之和婉。楷書行草，各有法度，望而知其爲道德之器。然泓楮之間，一無所擇，顧獨嗜書册。家藏萬卷，悉皆手讐。窗外緑竹如織，愛之不忍翦伐。風日清和，徜徉梅竹之間。故有詩曰：「萬卷詩書真活計，一山梅竹自清風。」體度悠然，嘗賦《暮春感興》之詩，有「静中觀物化，胸次得浩養」之句。何基日常踐履之實，可見一斑。在朱子學禁、諸老零落而學統失傳之際，何基摒棄科舉功名利禄的誘惑，卓立堅守，苦心服膺並闡揚朱子學。有記載説：「況自僞學胎禍天降，割於斯文，考亭輟響，伊洛之學孤立無助，勉齋先生續遺音於絃斷絲絶之餘，鼓而和者不過十餘人……而老師宿德相繼零落，後生晚輩散漫無依，科舉利祿之誘反甚於前，其能卓然自立者難矣。先生鍾山川清淑之氣，加以師友切磨之功，其所成就甚大。先皇帝知先生而不輕於用，將以爲燕翼之深謀。」（戴殿江《金華理學粹編》卷二《理學大宗》）正是在他堅守弘揚下，上承朱、黄，下開王柏、金履祥、許謙，北山學派建立，成爲宋元之際的朱學正宗，在理學史上居功甚偉，影響深遠。有後人在評價何基的志行學問時説：

先生之學，立志以定其本，居敬以持其志，力學以致其知，躬行以踐其實。其於言語、文字之間，不立異以爲奇。間有微詞奧義，則必研精覃思，耐煩無我，以待其融會自得。（何鉉《北山先生文定公家傳》）

先生嘗謂「學莫先於立志，每讀朱子《遠遊歌》，見其立志之初，便已有此規模。……爲學之始，須有此大規模，又須不問難易，不顧生死，以必至爲期」。此先生之「立志以定其本」也。先生又謂「聖狂之分，奚翅天淵之遠，然其端甚微，只在一念放收之間」。又曰：「自古聖賢，唯一敬畏之心，曾子臨終，露以語人，則是謹謹畏畏度一生。」此先生之「居敬以持其志」也。又曰：「規模不大，則心志不堅；新工不加，則舊學日退。然義理無窮，吾輩講學，正要相與合力，精思明辨，討一個分曉的當處」。故先生於聖經賢傳，及諸子百史，制度象數，莫不究其源委，此先生之「力學以致其知」也。至先生之爲人，深潛純粹，無疾言遽色，處倫常以孝友，接姻族以仁讓，御僕婢以寬和；而於辭受出處之際，

尤以謹廉耻爲先。此先生之「躬行以踐其實」也。（《何北山先生正學編序》）

總之，何基終其一生，以承擔朱子理學道統爲己任，不求官、不慕利，汲汲於「爲己之學」，並成就了非凡的人格和氣象，後人稱贊説：「北山如良玉温潤。」（《白雲集》卷首《白雲集原序》）當然，何基並非不關心國家天下的「隱士」，宋、金荆襄一帶的戰事令晚年的他縈繞於懷。當時，朝廷權臣主張遣使講和，金華人王子文時任樞密院編修兼權檢討，力主抗戰，何基憂心國事，密切關注時局，才有所謂「廟堂議和、子文除擢之問」，可惜被朝廷起用時他已是耄耋之年，昏病衰老，不能爲國做事，故屢辭徵召。可見，北山先生是知行合一、學修並重的醇儒。也正因爲如此，北山先生爲儒林所尊重，四方之士從學者甚衆，其師門廣大，綿延數百年，成爲宋元之際至明初浙學的重鎮。

最後必須指出，南宋時期隨着政治、經濟中心的南遷，學術思想重心也相應南移。南宋孝宗、光宗時期，學派林立，理學思想繁榮。其中，福建的朱熹，湖南的張栻，浙江的吕祖謙，共追濂洛淵源，同倡周程之學。他們交往講論，相互砥礪，名重當世，時稱「東南三賢」。同時，江西陸九淵揭標心學，浙江陳亮、葉適言事功，與朱子往來論戰，共同促進了南宋理學的大盛。一一八〇年，張栻中年而逝，其後學或守胡安國經學之餘緒，或歸服朱子之學，張栻之學難以爲繼。一一八一年，吕學中堅吕祖謙盛年而卒，由於缺乏强有力的向心力，其後學或歸向江西陸學，或歸浙江功利學派，吕學衰微。功利學派在陳亮、葉適之時雖異軍突起，然二人卒後，後學不振。陸九淵之後，江西陸氏後學多因淺薄無根而沉淪，而浙江的「慈湖學派」成爲陸學的中堅。張栻、吕祖謙、陸九淵、陳亮相繼零落之後，唯朱子碩果僅存，年壽最長，晚年其學益熟，宿儒耆老，雖在黨禁嚴酷的環境中，仍是衆望所歸，其學傳播愈廣。朱子門徒遍及閩、浙、贛、蘇等省。重要的有西山蔡元定、勉齋黄榦、九峰蔡沈、北溪陳淳、潛庵輔廣、撝堂劉炎、木鐘陳埴、南湖杜煜、直龍圖詹體仁等，他們都開館授徒，傳授朱學，護衛師門甚力，可謂後學林立，蔚爲大觀。在此期間，真德秀和魏了翁對朱子理學正統地位的確立，功不可没。真德秀爲直龍圖詹體仁的弟子，而魏了翁問學於潛庵輔廣，他們同屬於朱子的再傳弟子。真德秀和魏了翁在宋理宗寶慶至端平年間曾官至高位，他們以發揚朱子理學爲己任，爲朱子理學的傳播和官方的認可起了很大的作用。端平前後，朱子高弟如黄榦、陳淳、蔡沈、真德秀、魏了翁相繼去世，朱門一時零落。端平之後，朱子學在浙江得以傳承振興，全祖望説：「端平以後，閩中、江右諸弟子，支離、舛戾、固陋無不有之，其能中振之者，北山師弟爲一支，東發爲一支，皆浙産也。」（《宋元學案》卷八十六《東發學案》）其中的東發，就是指黄震。黄震，字東發，浙江慈溪人。黄震師從王文貫，而王文貫師事余端臣，余端臣學於潛庵輔廣，可見黄震是輔廣的三傳弟子。黄震雖是浙江朱學中興的重要人物，然其後學乏人。而真正能中興朱子理學者，以北山四先生最重要。何基是黄榦的學生，朱學第二代傳人，由他開創的北山學脈在中國思想學術史上占有極重要的地位，兹有必要了解他的生平、著述和思想學術。

三　何基之著述

何基的著作，據《北山先生文定公家傳》云：「因取而彙次之，名曰《發揮》，凡《大學》十四卷，《中庸》八卷，《易大傳》二卷、《啓蒙》二卷，《太極圖説 通書 西銘》三卷，諸公已板行於世，惟《近思録發揮》未校正，《語孟發揮》未脱稿。其他諸經有標題者，皆未就緒，今不復見成書矣，學者以爲憾。先生不堪爲文，亦不留稿，今所裒類《文集》得三十卷。」（《東陽何氏宗譜》卷二，咸豐己未年重修本）這是何基的兒子何鉉所寫的家傳，羅列了何基的著述，這些著述除《大學》十四卷外，其他著述都可從其弟子後學王柏、金履祥、許謙、吴師道等人的相關記述中得到印證，當屬可靠的記録。又據《何北山遺集》卷末所載，何基著述存佚情況，大體列之如下：

《易學啓蒙發揮》二卷，佚。

《易繫辭發揮》二卷，佚。

《大傳發揮》二卷，佚。

《大學發揮》四卷，佚。

《中庸發揮》八卷，佚。

《語孟發揮》，佚。

《太極通書西銘發揮》三卷，佚。

《近思録發揮》，佚。

《金華何北山先生正學編》一卷，存。《率祖堂叢書》本。

《何北山先生遺集》四卷，清光緒八年退補齋《金華叢書》刻本。

何基《發揮》諸書，均已亡佚。《大學發揮》應爲十四卷，這在王柏的《行狀》及吴師道的《代請立北山書院文》中可以印證，故《遺集》卷末云「四卷」乃誤。就其文集來説，據吴師道《節録何王二先生行實寄史局諸公》云：「先生集三十卷，而與王公問辨者十八卷。」又據《何北山遺集》胡鳳丹序云：「《宋史》載基文集三十卷，《金華縣志》及《婺志粹》載《北山集》十卷，今均未見。」由此可見，何基的文集自南宋末開始散佚，至元明之間尤其嚴重。現僅存明人趙鶴輯的《金華何北山先生正學編》一卷、清人胡鳳丹輯刻的《何北山先生遺集》四卷。現代以來，雖然文獻刊布漸多，但是迄今未有一部較好的何基文集。因此，在趙鶴、胡鳳丹輯本的基礎上，依靠新刊布文獻，甚有必要重新全面輯録、整理何基的著述。

《金華何北山先生正學編》的版本，現有兩個系統：一是明正德年間，金華知府趙鶴選取吕祖謙、何基、王柏、金履祥、許謙五先生之文輯成《金華正學編》。萬曆年間，蘭溪唐邦佐又選章懋之文增入，重新刊刻，書名仍稱《金華正學編》，共十二卷，時任金華知府張朝瑞作序。二是清乾隆年間，金華東藕塘仁山後裔金律將《金華正學編》中六先生文選録出，刊刻單行。

其中《金華何北山先生正學編》一卷，内容大體依唐邦佐選本，但也有新增篇目，如《與陳誠齋論先天後天圖》《與門人張潤之書》等，又增加關於何基的遺事。相關字詞亦有出入，如唐邦佐選本的《孟子集注》，金律本作《孟子集注考》。此外，金律本將原來卷首的趙鶴、張朝瑞的序删除，代以程開業《重刻金華正學編序》。從版式、字體來看，二者均迥異。可見，金律本在選文内容上雖大體承襲前者，但非遞修或後刻，實爲新的版本。

金律輯的《金華何北山先生正學編》收録的文章有：《繫辭發揮序》、《孟子集注考》、《魯齋箴》、《感興人心妙不測章解》、《感興静觀靈臺妙章解》、《感興朱光遍炎宇章解》、《感興大易圖象隱章解》、《與誠齋陳公論先天後天圖》、《與門人張潤之書》（三篇）、《辭牘》（三篇），以及《遺事》（鄭遠）、《行狀》、《祭文》、《行狀告成祭》（王柏）、《挽詩三》（金履祥）、《宋謚先生文定誥》、《代請立北山書院文》（吴師道）。

關於《何北山先生遺集》，據胡鳳丹序説：「金華理學吕成公開之，繼之者何、王、金、許四先生也。王有《魯齋集》、金有《仁山集》、許有《白雲集》，余皆刊入《金華叢書》。獨文定遺集，《四庫》既未收其書，即私家收藏各目亦未著録。按《宋史》載基文集三十卷，《金華縣志》及《婺志粹》載《北山集》十卷，今均未見。壬午秋養病多暇，命兒輩檢輯羣編，得文定序一、考一、箴銘三、論一、書三、辭牘三、五古二、七古三、五七律三首、五七絶十四首、讀《朱子感興詩》評語十九則，釐爲三卷。附以王文憲之贈序，金文安之壽詩及殁後之謚命、行狀、祭文、挽詩，綴諸卷末，刊而列於四先生文集之中。」

將《金華何北山先生正學編》(簡稱《正學編》)與《何北山先生遺集》對比發現：《正學編》所收録佚文只是《遺集》收録量的三分之一，且《正學編》一卷中，除解讀《感興詩》四則以及後學後人所寫的遺事、行狀、祭文等六篇文章，由於編排體例分别置於《遺集》第三、四卷外，其他十篇文章置於《遺集》第一卷，且文章排列順序没有任何變化。由此可知，胡鳳丹輯刻的《何北山先生遺集》參照了金律的《正學編》無疑。另外，《遺集》第一卷增加從《濂洛風雅》輯出的《潛夫井銘》《蒲圻周令君銘》兩篇。《遺集》第二卷主要是從《濂洛風雅》等書中輯出的古詩二十二首；《遺集》第三卷是讀《朱子感興詩》評語十九則，其中的四則應來自於《正學編》，其他十五則從其他文獻中輯出，具體來源未注明。《遺集》第四卷除《正學編》有的遺事（鄭遠）、行狀、祭文、行狀告成祭（王柏）、挽詩三（金履祥）、宋謚先生文定誥、代請立北山書院文（吴師道）外，增加了明清人所寫的紀傳類文章十九篇。《何北山先生遺集》有退補齋《金華叢書》刻本。民國《叢書集成初編》本和今人黄靈庚主編的《重修金華叢書》本，均據《金華叢書》本影印。

本書主體部分點校，以清光緒八年退補齋《金華叢書》本《何北山遺集》四卷爲底本，以東藕塘奎光閣藏版乾隆乙丑刻的《金華何北山先生正學編》一卷爲對校本。《正學編》未收録的文獻則以《魯齋集》《仁山集》《濂洛風雅》等文獻參校。

補遺部分，主要從黄靈庚先生《重修金華叢書》所收的家譜、地方志等文獻中輯出署名何基的零散著作，加以彙編點校。在此過程中，還參考了《全宋文》《全宋詩》所載何基詩文，結合何基門人弟子的著述，去其重複。新輯何基散佚詩六首、贊五篇、宗譜序五篇、跋兩篇、銘三篇、語録四十條。新輯的佚詩文，參酌張玉潔撰、慈波指導的碩士論文《北山先生何基研究》的「附録一」部分，在此表示謝意。

附録部分，是從家譜、地方志、文集等文獻中摘録了《何北山先生遺集》正文未收録的有關何基的紀傳、雜評類長短不同的近百篇文章，這些文章多由何基子弟、後學同調所寫，分爲碑傳志銘、師友酬贈、序跋題贊、後人記評四類，並按朝代順序先後排列，便於讀者閱讀。

何北山先生遺集卷一

繫辭發揮序

《圖》《書》出而《易》之數顯，卦爻畫而《易》之象明，蓍策設而《易》之占立。曰數，曰象，曰占，是三者乃聖人作《易》之大用，舍是則無以爲《易》。一以貫之，則畫前太極之妙，又《易》道之根源也。在昔伏羲氏繼天立極，不過因造化自然之數，推卦畫自然之象，倣蓍策自然之變，作爲卜筮，以告夫後世，使人得以決疑成務，而不迷吉凶，惟若指塗云爾。至文王之繫彖，周公之繫爻，雖曰因事設教，丁寧詳密，然又不過即卦象之所值，依卜筮以爲訓，俾之觀變玩占，避凶趨吉，以爲處己應物之方，而不失其是非之正而已。觀其爲書，廣大悉備，冒天下之道；變通不窮，盡事物之理。然其於《易》道之根源，義理之精藴，未始數數言也。迨夫世變日下，《易》之爲用，浸淫於術數，故夫子《十翼》之作，始一以義理言之，而不專求之象數占筮之間。是固因俗淳漓，爲教不得不然也。然聖人之書，本末不遺，而顯微無間，極深研幾，固以爲開物成務之方，洗心藏密，亦豈忘與民同患之志？今觀《大傳》之篇，高極於陰陽變化之理，精究於性命道德之微。雖其閎遠藴奥，未易窺測，然而細研之，則亦莫非象數之深旨，與夫占筮之妙用。至所謂君子居則觀象玩辭者，則又使人雖平居無事，亦得以從容玩釋，即燕閒靜一之中，而自得夫齋戒神明之用。推之日用云爲，有不待列蓍求卦而占自顯者，視羲、文之《易》，其爲教益備，爲用益廣，爲理益精耳。紫陽子朱子自少玩《易》，盡洗諸儒之曲説，而獨得四聖之本心，謂《易》本爲卜筮而作。故觀爻象者，要當深探占象之精意，而不必强合以外來之義理。至夫子《大傳》，雖曰發天之藴，莫非極致，然亦不過窮象數之本原，括卦爻之凡例。若其微辭奥義，則又曲暢旁通，因而及之。故其言曰：「周子《通書》有云：『聖人之精，畫卦以示；聖人之藴，因卦以發。』以是觀之，經文主於占象者，畫卦以示之精也。《大傳》詳於義理者，因卦以發之藴也。」其説的確簡明。聖人復起，不易斯言矣。始愚讀《大傳・説卦》諸篇，見其淵微浩博，若無津涯，而説者類皆汗漫不精，涣散無統。及得朱子《本義》之書，沈潛反覆，犁然有會於吾心，洙泗微旨，乃可得而尋繹。然其詞尚簡嚴，未能盡達也。因遍閲《文集》《語録》諸書，凡講辨及此者，隨章條附於《本義》之後，首尾畢備，毫析縷解，疑義罔不冰釋。標曰《朱子繫辭發揮》，因藏之笥櫝，以備遺忘。畏齋王君，用功《程傳》，頃以精本刻梓盱江，謂《大傳》未有善解。見愚所編《發揮》，愛之不釋，已刊之家塾，蓋將融會二先生之書，以求經傳之深旨。書成，復俾基題識其首。乃本朱子論《易》之意，僭述梗槩，與同志共焉。至若朱子指示所以讀《繫》《傳》之要旨，已具見於綱領，兹不贅敘，亦在乎善讀之而已。

孟子集注考

張子所謂「虚」者，不是指氣，乃是指理而言。蓋謂理，形而上者，未涉形氣，故爲虚爾。以下面「合虚與氣」證之，見得此「虚」字是指自然之理。蓋謂有此太虚自然之理，而因名之曰天。故曰「由太虚，有天之名」。然自然之理，初無聲臭之可名也，必其陽動陰静，消息盈虚，萬化生生，其變不窮，而道因可得而見。蓋虚底物事在實上見，無形底因有形而見，故曰「由氣化，有道之名」。蓋天以理之自然，言太虚之體也；道以理之運行，言太虚之用也。至就人身看，則必氣聚而成人，而理因亦聚於此，方始有五常之名，故曰「合虚與氣，有性之名」。所謂「合虚與氣」者，非謂性中有理又有氣，不過謂氣聚而理方聚，方可指此理爲性爾。「合」字不過如周子「二五妙合」之意。太極二五，有則俱有，固非昔離今合，但兩事分開看，則有以見其合爾。「合性與知覺，有心之名。」蓋心統性情，性者，理也；情者，氣之所爲也。故曰「合性與知覺，有心之名」。朱子嘗謂其説得甚精，但辛苦耳！證得孟子此章，却是分曉。

魯齋箴

王子會之名其齋曰「魯」，既爲記以自警，復俾其友人何某子恭父作箴揭之。某謂王子非魯者也，而自以爲魯，豈不以昔者曾子之在孔子見謂爲魯，而一貫之妙，獨參得之，蓋將從事於篤實堅苦之學，以收曾氏之功也與？其志可謂遠矣。乃爲之箴曰：

惟人之生，均禀太極。萬理森然，成其物則。知覺虛靈，是謂明德。或蔽而昏，則由氣質。曷開其明，曷去其塞。復其本然，惟學之力。昔者子輿，萬世標的。始病於魯，竟以魯得。匪得於魯，實學之績。確固深純，精察嚴密。稽其功用，有始有卒。履薄臨深，是警是飭。日省者三，猶懼或失。講辨聖門，是纖是悉。戰戰兢兢，寸累銖積。誠明兩進，敬義偕立。一唯領會，萬理融液。彼達如賜，乃弗能及。孰謂參魯，收功反亟。卓哉王子，追縱在昔。有扁斯名，朝警夕惕。勿病於魯，謂質難易。勿安於魯，謂思無益。由魯入道，有曾可式。氣質之偏，則懲則克。義理之微，則辯則析。知行兼盡，内外交迪。確乎其志，前哲是述。人十己千，明乃可必。從而上達，則在不息。滅裂鹵莽，乃吾自賊。歸咎於魯，豈不大惑。我作斯箴，侑坐是勒。勿貳爾心，服膺無斁。

潛夫井銘

井道之成，功在上出。既潔既甃，斯可用汲。體常用周，繄井之德。勿慕有孚，是謂元吉。射鮒與禽，井道幾息。渫而勿用，井則何失。我卜斯井，寒泉之食。匪惟食之，亦以觀德。惟泉有源，其來罔極。惟德有本，其進無斁。我泉日新，我德日益。相彼井矣，爲吾之則。井泥斯廢，心茅則塞。我作斯銘，井陰是勒。有不潔修，明神其殛。《濂洛風雅》

蒲圻周令君銘

十室之邑，有民有社。可以行志，可以宣化。胡彼不仁，謂邑爲債。貪斤暴斧，椎剥是怯。恂恂周公，冰雪自清。循良之績，與世作程。靈山之原，其梠其檉。彌千萬年，德人之塋。《濂洛風雅》

與誠齋陳公論先天後天圖

文王序卦，其次第必當有説，但今不可得見，雖先天有圖，可以倣做，然先聖後聖，各有規模，必不規擬畫圖也。《先天》法象自然，不勞安排，而無所不合，所以爲妙。《後天圖》雖可倣此佈置，但妨礙處多。只如十二辟卦，已不復有次第，今止可略見大概足矣。

與門人張潤之書

某于部使者之饋，概不敢受。朋友有以孟子幣交而受爲言者，某謂孟子不見儲子而受其幣，此必當時自有此禮，在今日實難引用。蓋其鄙性，自幼不喜人財物之遺，有欲以此爲意者，必作道理避去。守此愚見，以迄於今，今不欲無故破戒也。近來號爲卓犖者，往往挾古人之似而爭以謀利，於辭受間全不知辨。吾人不少反其鋒，何以自拔而少救其弊？

又

理者，乃事物恰好處而已。天地間惟一理，散在事事物物，雖各不同，而就其中各有一恰好處。此所謂「萬殊一本，一本萬殊」者也。三聖所謂「中」，孔子所謂「一貫」，而《大學》所謂「至善」，亦是此意。自古聖聖相去，率數百年，而謂自是傳之者，都是做到此耳。

自古聖賢，惟一敬畏之心。曾子臨終，露以語人，則是謹謹畏畏度一生，做得如此。

辭牘

照對某年月日伏准省劄，備奉聖旨，特補迪功郎，添差婺州州學教授兼麗澤書院山長者。公朝錫命，下逮丘園，推前代之曠典，賁末學之遐蹤，此聖時特異之舉，所以風勵天下，益廣文明之治，甚盛德也。顧某何人，可辱此靖？惟某少受學勉齋黄先生，授以紫陽夫子之傳，自此服膺講習，辛勤探索。每愧天分不强，年齒浸暮，義理之藴奥難窺，師友之淵源日遠，汲汲欲自修分以内事，以是與世幾成隔絶，故非竊隱逸之行以爲高也。今者特旨自天而降，授本州文學員外，兼麗澤書院講席，聞命彷徨，莫知攸措。惟是辭受之宜，所當揆事度理，敢用殫控，冀蒙鈞察。某聞君子之學，固有體用，要必真有可以及人，然後出而任私淑之責。曩者郡太守嘗以開講延聘矣，每至而每辭之者，力不足也。今乃聞朝命而遂起，恝然於先而幡然於後，卻其虚名而取其實爵，於義得安乎？廉耻一事，在吾道中固非深奥，爲士者最所當謹。豈有廉耻尚不知守，而能明師教以淑人心乎？夫下知其不可而辭之，上知其非僞而聽之，此古今辭受之通義也。重念某禀資素弱，自少即苦羸疾，常以安淡泊，薄滋味，絶意世營，庶幾得保暮景。今年幾八十，龍鍾盡見，多動則暈，多言則喘，自度決無有以上稱公朝之屬望，徒切歉然，此一人辭受之至情也。合二者言，前之所陳，於義則爲重；後之所陳，於情則爲切。銜戴雖深，稱塞何有？凜凜震懼而已。夫豆區鍾釜之細，稍知耻者尚不敢輕受，而況朝廷名器之重乎？明知其不可當而冒承之，己固忘其耻心，寧不上辱朝廷之命乎？所有省劄，謹用附本州繳中，伏望公朝特賜敷奏，收回成命，庶使山林賤士識分安身，實涵養之賜。

又

照對某恭准尚書省劄子，景定五年十一月十五日，三省同奉聖旨，除某史館校勘，繼頒御筆，兼崇政殿説書者。竊念某山林賤士，學術暗淺，不自意名徹公朝之聽，昨准省劄，特補迪功郎，添差婺州州學教授兼麗澤書院山長，嘗控瀝忱赤，力申辭免矣。今兹聖君踐祚之初，考證訪落之典，延登俊乂，繼序思不忘，而史館紬書，經帷勸講，首賁草茅一介之士，此聖世累朝不數見之典，前輩大儒，猶懼弗克稱者。顧某平凡陋質，蹤跡不出鄉閭，蒙先皇帝採取於世俗所共棄，崇獎於夢寐所未嘗，雖自揣不勝而終辭，然銜戴恩德，震讋榮寵，常恨無一髪可以報效。忽聞導揚永命，某與扶杖老癃同一痛割。而幸嗣聖當天，萬物咸睹，苟有才長，足堪自竭者，將亟從謳歌來歸之後也。綸命下頒，特恩踵至，視昔宦任，益逾分涯。重念某齒幾八十，多病侵尋，行步莫任支持，舉動類多顛躓，雖在鄉黨，以此亦終歲艱出，而可使勉强於朝廷之上哉？惟有確控所懷，以冀從欲之仁。伏望公朝，亮其陳情，始終非僞，免致薦頒督促之命，益重至再違戾之誅，幸甚幸甚！

又

照對某景定五年十一月十五日，恭惟尚書省劄，備奉聖旨，除某史館校勘，繼頒御筆，兼崇政殿説書。惟某少日獲親有道，篤意修學，而一向養疴林壑，無復當世志。及兹歲暮，衰頽滋甚，步履每藉扶持，耳目久成昏聵，以此多在床榻，筆硯書册，動成委棄，經帷史館之職，實難勝任。昨已具牘，披露忱赤，意謂公朝察其不得已之真情，念不可强之痼疾，特爲敷奏，許其辭免矣。近於八月二十三日，乃復被堂劄，致勤玉音之丁寧，且俾邦侯之勉諭，明命赫然，罔知所措。重念某山林賤士，學識無取，既蒙先皇帝舉累朝之曠典，欲起布衣韋帶之中，而聖天子於訪落初政，又特欲處於廣厦細氈之上，此實書生之殊遇，學者之至榮。况某蚤受父師之教，粗識君臣之義，苟有寸長可見，豈不欲勉强趨班，罄竭愚衷，伸一髮之報？其奈某年益窮，病益夥，只如近者忽患血熱之毒，幾不自存。倘使扶筇前趨，必致顛踣塗路，反爲朝廷之辱。惟公朝俯賜矜原，特許終辭，得以養痾待盡，免致煩瀆天聽，益重其罪，實拜生成之造，惟是仰負大化，不勝惶灼恐懼。

何北山先生遺集卷二

五古

暮春感興

郊原春向深，幽居寡來往。和風日披拂，淑氣遍萬象。草木意欣榮，禽鳥聲下上。静中觀物化，胸次得浩養。緬懷浴沂人，從容侍函丈。舍瑟自言志，宣聖獨深賞。一私盡消融，萬理悉照朗。其人不可見，其意尚可想。我生千載後，恨不操几杖。春服雖已成，童冠乏儔黨。安得同心人，詠歸嗣遺響。《濂洛風雅》

和吴巽之石菖蒲

菖蒲緑茸茸，偏得高人憐。心清境自勝，何必幽澗邊。節老葉愈勁，色定枝不妍。堂中賢主人，與汝俱蕭然。豈不與世接，自遠塵俗沾。《金華詩粹》

七古

題定武蘭亭副本〔一〕

文皇命殉昭陵土，蘭亭神蹟埋千古。率更榻本勒堅珉，璽帝歸裝留定武。薛家翻刻愚貴遊，舊本和龕歸御府。煙塵横空飛渡河，中原荊棘交豹虎。維揚蒼茫駕南轅〔二〕，百年文物不堪補。紛紛好事競新摹，傾敧醜俗亡遺矩。如今薛本亦罕見，髣髴典型猶媚嫵。清歡盛會何足傳，右軍他帖以千數。託言此筆不可再，慨然陳跡興懷語。今昔相視無已時，手掩塵編對秋雨。《濂洛風雅》

【校記】

〔一〕按，此詩亦見王柏《魯齋集》卷二，宋人陳思編《兩宋名賢小集》亦録此詩，歸之王柏。此爲胡鳳丹誤録。

〔二〕「蒼茫」，原作「蒼滊」，據王柏《魯齋集》卷二同題改。

西山孝子吟

君不見東京茅季偉，布褐躬耕具甘旨。烹雞饋母供晨羞，卻辦草蔬爲客禮。北州高士郭林宗，一見驚嗟不能已。又不見唐朝董邵南，窮居行義無與比。朝耕夜讀養雙親，孝格天翁降祥祉。一時好事昌黎公，爲作啓詩歌盛美。兩君制行固已奇，姓名自足垂千祀。更有高賢爲發揮，至今赫然在人耳。幾年見説西山汪，信義當時表閭里。衹今家雖四壁空，卻有賢孫祖風似。力田養親孝行高，千載董茅同一軌。孑然隻影無妻兒，手自耔耘供滫瀡。乃翁喪明三十年，膝下承顔不離跬。三時但務親耕鋤，一日何曾入城市。朝朝敬問衣煗寒，旦旦謹察食豐菲。一畦早韭登春盤，五母黄雞薦秋黍。盡心自足爲親歡，豈必三牲八珍侈。謹身百不貽親憂，父子熙熙和氣裏。翁目雖瞽翁心怡，八十龐眉反兒齒。邇來瓶粟頗不慳，積善固宜天相只。鄉閭詠嘆同一聲，養志如君能有幾。人有詩書君未學，我謂如君真學矣。孝弟是乃百行先，爲仁每必從此始。世人有親不能養，浪著儒冠誠可恥。何如汪君貧窶中，卓然合此秉彝理。拱辰山人孝義家，冰鑒可與郭韓擬。聞君之風喜欲顛，揮灑龍蛇忽盈紙。諸君自感聲氣同，雜以清商間流徵。既經名勝文發揚，一日傳誇滿桑梓。我雖病倦愧不文，亦作長謡紹貂尾。安得是邦賢使君，特爲蜚牋啓丹扆。峨峨雙表旌高門，題作西山汪孝子。名配此山

長不窮，來者人人爲興起。同上

老菊次時所性韻

獨步東籬餐落菊，一幅烏紗漉浮玉。悠然謝客欲醉眠，懶拾枯枝炮脱粟。靖節先生骨已寒，回生何必須神丹。紫陽一字冠青史，名節恃此安如山。義熙一去知幾變，金鈿翠葆猶年年。我生因循顛已華，甚矣今年脱左車。嘲紅弄緑少時態，歲晚相對惟寒花。雨荒深院黄金盡，誰謂顔色埋塵沙。高風雅致隨遇見，簷外玉立横枝斜。同上

五言律句

和會之往拜船山先生至大安中途迷道自警詩

審問方知道，冥行易失岐。每因貪徑捷，多致落嶔巇。浪謂途言惑，先由己意移。知津要端的，直造始無疑。《金華詩録》

七言律句

送淮西左憲知黄州

日向庭闈綵服趨，天邊忽下紫泥書。分銅既佩諸侯印，衣繡仍登使者車。萬竈貔貅須宿飽，九州鴻雁要安居。笑談了卻公家事，指日催歸侍玉除。《濂洛風雅》

五言絶句

寒夜寄友

月色窺人冷，梅花何處香。遥思棲隱客，高嘯白雲鄉。《金華詩粹》

七言絶句

春日閒居

輕陰薄薄籠朝曦，小雨斑斑濕燕泥。春草階前隨意緑，曉鶯花裏盡情啼。《濂洛風雅》《宋詩紀事》

春晚郊行

村煙澹澹日沉西，岸柳陰陰水拍堤。江上晚風吹樹急，落紅滿地鷓鴣啼。《濂洛風雅》

法清寺水珠呈杜季高

壘石爲山已浪呼，小球戲水更名珠。世間何事非虚假，還值先生一笑無。同上

夾竹梅

不染世間兒女塵，任他桃李自争春。也應高潔難爲對，獨有修篁是可人。同上

寬兒輩

丈夫何事怕饑窮，況復簞瓢亦未空。萬卷詩書真活計，一山梅竹自清風。同上

雜詩三首

一敬由來入道門，須臾不在便非仁。直須認取惺惺法，莫作回頭錯應人。

善惡分明雖兩歧，念端差處只毫釐。怕將私意爲天理，所以先民貴致知。

聖門事業遠難攀，立志須同古孔顔。井不及泉猶棄井，山如虧簣未爲山。同上

送王敬巖江東都憲三首

褰帷不憚暑天長，少試平生活國方。吏蠹民冤盡梳洗，要令枯旱變豐穰。

獄情微曖自難明，著意平反或失平。生死兩無纖芥恨，考求須盡察須精。

功夫真處在持操，外澤中乾亦謾勞。獨探聖言求實用，豈同末俗爲名高。同上

繳回太守趙庸齋照牒

閉關方喜得幽棲，何用邦侯更品題。自分終身守環堵，不將一步出盤溪。同上

題徐伯光真

舞雩春服浴沂侶，社飲衣蓑學稼翁。可士可農隨地樂，此心無處不春風。同上

何北山先生遺集卷三

解釋朱子齋居感興詩二十首

朱子自序云：「余讀陳子昂《感遇》詩，愛其詞旨幽邃，音節豪宕，非當世詞人所及。如丹砂空青，金膏水碧，雖近乏世用，而實物外難得自然之奇寶也。欲效其體作十數篇，顧以思致平凡，筆力萎弱，竟不能就。然亦恨其不精於理，而自託於仙佛之間以爲高也。齋居無事，偶書所見，得二十篇。雖不能探索微眇，追跡前言，然皆切於日用之實，故言亦近而易知。既以自儆，且以貽諸同志云。」

崑崙大無外，旁薄下深廣。陰陽無停機，寒暑互來往。皇犧古神聖，妙契一俯仰。不待窺馬圖，人文已宣朗。渾然一理貫，昭晰非象罔。珍重無極翁，爲我重指掌。

右一章　何北山曰：「此章當作三節看，然首尾只一意。首四句，言盈天地間，别無物事，一陰一陽流行其中，實天地之功用，品彙之根柢。次六句，言伏羲觀象設卦，開物成務，建立人極之功。末二句，周子立圖著書，發明易道，再開人極之功。『無極翁』只是舉濂溪之號，猶昔人目范太史爲『唐鑒翁』爾。此篇只是以陰陽爲主，後面諸章，亦多是説此者。而諸説推之太過，蔡仲覺謂此篇言無極太極，不[一]知於此章指何語爲説太極、況無極乎？太極固是陰陽之理，言陰陽則太極已在其中。但此篇若强揠作太極説，則一章語脈皆貫穿不來，此等言語滉瀁，最説理之大病也。」

【校記】

〔一〕「不」，原誤作「六」，據《叢書集成初編》本改。

吾觀陰陽化，升降八紘中。前瞻既無始，後際那有終。至理諒斯存，萬世與今同。誰言混沌死，幻語驚盲聾。倏忽鑿混沌，日鑿一竅，七日而混沌死，語出《莊子》。

右二章　黄勉齋曰：「兩篇皆是言陰陽，但前篇是説横看底，此篇是説直看底。所謂『横看』者，是上下四方，遠近小大，此氣拍塞，無一處不周，無一物不到。所謂『直看』者，是上自開闢以來，下至千萬世之後，只是這個物事流行不息。」

人心妙不測，出入乘氣機。凝冰亦焦火，淵淪復天飛。至人秉元化，動静體無違。珠藏澤自媚，玉韫山含輝。神光燭九垓，玄思徹萬微。塵編今寥落，嘆息將安歸。

右三章　何北山曰：「此章言人心出入無時，莫知其鄉。凝冰焦火，則喜怒憂懼不常之心也；淵淪天飛，則奔逸不制之心也。皆氣之所爲，孟子所謂『放心』也。惟聖人之心，能自爲主宰，如元化之能宰制萬有，故曰『秉元化』也。昔人謂氣爲馬，心爲君；心之出入，蓋隨氣之動静，如乘馬然，故曰『乘氣機』。惟心君則能爲之主宰政事，此之謂『動静體無違』。此『體』字，如以身體道之『體』。蓋其一動一静，此心無不醒定，不曾離這腔子内，此之謂『體曰無違』者：謂雖動静萬變，而無少間斷也。惟其静而常能體之，故和順積中，見面盎背，如玉潤山，珠媚川也。惟其動而常能體之，故神完思清，明無不達，而能燭九垓，徹萬微也。如此豈復有前二者之患？然此聖學也，自世教非古，没一世於詞華利欲之塗，聖賢傳心之要，雖具在方册，而棄爲塵編，曾不顧省。於斯時也，有志於道者，將安歸乎？此所以重發紫陽之嘆息也。」

静觀靈臺妙，萬化從此出。云胡自蕪穢，反受衆形役。厚味紛朵頤，妍姿坐傾國。奔趨不自悟，馳騖靡終畢。君看穆天子，萬里窮轍跡。不有《祈招》詩，徐方御宸極。周穆王西巡狩忘歸，徐偃王僭號。穆王長驅歸周，命楚伐徐。又《左氏傳》曰：「穆王欲肆其邪心，周行天下，祭公謀父作《祈招》之詩，以止王心。」

右四章　何北山曰：「此章言人心至爲虚靈，萬理畢具，酬酢萬務，經緯萬方，孰非此心之妙用，自應役萬物而君之，今反以徇欲之故，此心不宰，坐受耳目鼻口四肢衆形之役而不自覺。飲食男女，固欲之大，然凡物之可喜可好者，亦悉爲化誘，奔趨馳騖，無有止息。穆王車轍萬里，肆其侈心，幾至亡國而後已。看得前章，是言至人盡性，此心不放而常存，故其妙至於光燭徹微；此章是言衆人徇欲，故心常放而不收，其究至於亡國敗家，猶所不顧。此其聖狂之分，奚翅天淵之遠？然其端甚微，只在一念放收之間。此道心所以爲微，人心所以爲危也。古之君子，所以一生戰戰兢兢，至啓手足而後知免，蓋以此也。」

涇舟膠楚澤，周綱已陵夷。況復王風降，故宫黍離離。玄聖作《春秋》，哀傷實在兹。祥麟一以踣，反袂空漣洏。漂淪又百年，僭侯荷爵珪。王章久已喪，何復嗟嘆爲？馬公述孔業，託始有餘悲。拳拳信忠厚，無乃迷先幾。

右五章

東京失其御，刑臣弄天綱。西園植奸穢，五族沉忠良。青青千里草董卓，乘時起陸梁。當塗轉凶悖，當塗，謂魏也。炎精遂無光。桓桓左將軍昭烈，仗鉞西南疆。伏龍一奮躍，鳳雛亦飛翔。祀漢配彼天，出師驚四方。天意竟莫回，王圖不偏昌。晉史自帝魏，後賢盍更張。世無魯連子，千載徒悲傷！

右六章

晉陽啓唐祚，隋末，高祖爲太原留守，領晉陽宫監，太宗與裴寂取宫人私侍高祖，劫以起兵。王明紹巢封。太宗殺巢剌王元吉，以其妃生子明，遂以爲其後。垂統已如此，繼體宜昏風。麀聚瀆天倫，牝晨司禍凶。高宗武后，本太宗才人。乾綱一以墜，天樞遂崇崇。淫毒穢宸極，虐焰燔蒼穹。向非狄仁傑張柬之徒，誰辨取日功？云何歐陽子，秉筆迷至公？唐經亂周紀，凡例孰此容？侃侃范太史，受説伊川翁；《春秋》二三策，萬古開羣蒙。

右七章　何北山曰：「五章至七章，皆是爲温公《通鑑》而作。蓋此詩其首二章，是説陰陽造化，一經一緯。次二章是説人心，一善一惡。論其次序，便當及於經世之事，而古今治亂得失具於史册者，獨温公《通鑑》一書，最爲詳備有法；然温公此書，欲接《春秋》，而一時區處猶間有未盡善者。如此詩三章所指之失，蓋其節目之大者。五章言託始之意，失於先幾。蓋自胡致堂發之，而文公亦謂其然，嘗具其説於《綱目》矣，然猶可也。至如六章七章所指，乃君臣之綱，天經地義，萬世不可易者。今乃出帝室之胄，而以鬼蜮篡賊，接東漢之統；去嗣聖之年，而以牝雞淫婦亂唐室之緒。此則大失，豈可以爲訓誡？故朱子深爲温公惜之，而再修《綱目》之編也。但以温公盛德，素所尊敬，雖咨嗟嘆息，而常婉其詞。如言帝魏歸罪於晉史，而望後賢更張，則所以望公也。既不能然，則嘆無魯仲連以致悲傷之意。又如紀武氏事，罪歐公以周紀亂唐經，而美范太史能削武氏之號，繫嗣聖之年，且歲書「帝在房陵」，謂其得《春秋》之二三策，而其説受之伊川。温公書武氏於《通鑑》，亦不能改六一翁之舊，此義伊川亦嘗言於温公，況范氏實隸修《通鑑》局，分管唐史，此義未有不陳於温公者，但公自不以爲然爾。此皆朱子至不滿於温公言外之意，但其言甚婉切，人不知爲《通鑑》而發。」

朱光遍炎宇，微陰眇重淵。寒威閉九野，陽德昭窮原。文明昧謹獨，昏迷有開先。幾微諒難忽，善端本綿綿。掩身事[一]齋戒，及此防未然。閉關息商旅，絶彼柔道牽。

右八章　何北山曰：「首四句言天道消長之幾，次四句言人心善惡之幾。蓋天地只有一個陰陽，無物不體，無不自人身上透過。故人身氣機〔二〕，實與天地同運。故君子於陰陽初動之時，自當隨時省察，以盡閑邪育德之道。惡則不忽於幾微（與下文「善則養於綿綿」相對），而絶之於早；善則養於綿綿，而充之使大。是以《月令》於冬夏二至，皆有掩身、齋戒之文。夫湛然純一之謂『齋』，肅然警惕之謂『戒』，然後心地清明，有以燭乎善惡之機，而早爲之所。庶幾陽明日盛，而德性益周；陰濁莫乖，而物欲不行耳。至於閉關息商旅，所以養陽氣；用金柅之剛，以止柔道之牽，此又聖人贊化育之事。此篇亦爲在上君子言之，故自吾一身以及天下事物，於陰陽交際之間，莫不盡其扶陽抑陰，長善遏惡之道也。」

【校記】

〔一〕「事」，《正學編》作「自」。

〔二〕「氣機」，《正學編》作「上機」。

微月墮西嶺，爛然衆星光。明河斜未落，斗柄低復昂。感此南北極，樞軸遥相當。太乙有常居，仰瞻獨煌煌。中天照四國，三辰環侍旁。人心要如此，寂感無邊方。

右九章　何北山曰：「上章言人身與天地同運，而常欲扶陽抑陰；此章言人心與辰極同體，而常欲以静制動。兩篇皆説陽陰，亦皆是爲在上之君子言之。」

放勳始欽明，南面亦恭己。大哉精一傳，萬世立人紀。猗歟嘆日躋，穆穆歌敬止。戒㚟光武烈，待旦起周禮。恭惟千載心，秋月照寒水。魯叟何常師？删述存聖軌。

右十章　何北山曰：「此章明列聖相傳心學之妙，惟在一『敬』。仲尼删述《詩》《書》，以存聖軌，而垂法萬世者，其要只此一字。」

吾聞庖犧氏，爰初闢乾坤。乾行配天德，坤布協地文。仰觀玄渾周，一息萬里奔。俯察方儀静，隤然千古存。悟彼立象意，契此入德門。勤行當不息，敬守思彌敦。

右十一章

《大易》圖像隱，《詩》《書》簡編訛。《禮》《樂》刓交喪，《春秋》魚魯多。瑶琴空寶匣，絃絶將如何？興言理餘韻，龍門有遺歌。伊川先生，晚居伊闕龍門之南。

右十二章　何北山曰：「此章言聖人之道，備於六經。自厄於秦火，又汩於經師，而其文字亦且錯亂乖離。如《易》之易置圖書，委棄象學；《詩》《書》以陋儒之小序，冠之篇端，以亂經文；《禮》《樂》則散亡幾盡；《春秋》亦多亥豕之訛。此其簡編，尚且闕謬如此，又况道之精微乎？正如瑶琴寶匣，器雖在而絃已絶，其意且不復傳，將奈何哉？我今欲理其餘韻，亦幸程叔子於此嘗表章條理，深探精思，以續洙泗之絶響，其遺音今幸未泯。此固紫陽之謙詞，然其自任之重，亦有不得而辭者。故訂正四古經，《詩》《書》則斥去小序之陋，而求經文之正意；《易》則還古《易》篇第之舊，而義主占象，以窮羲文之本旨；《禮》《樂》則求其合者，而有經有傳。至於精研龍門之微旨，以上接魯鄒之正傳，自濂洛開端以來，其泛掃廓大之功，未有尚焉者也。」

顔生躬四勿，君子日三省。《中庸》首謹獨，衣錦思尚絅。偉哉鄒孟氏，雄辨極馳騁。操存一言要，爲爾挈裘領。丹青著明法，今古垂焕炳。何事千載餘，無人踐斯境。

右十三章

元亨播羣品，利貞固靈根。非誠諒無有，五性實斯存。世人逞私見，鑿智道彌昏。豈若林居子，幽探萬化原。

右十四章　何北山曰：「此章大旨，只是《太極圖説》『定之以中正仁義而主静』之意。然其主意，是爲鑿智而發。」

王魯齋曰：「此嘆先天《太極圖》之傳，出於隱者。」

飄飄學仙侣，遺世在雲山。盜啓元命秘，竊當生死關。金鼎蟠龍虎，三年養神丹。刀圭一入口，白日生羽翰。我欲往從之，脱屣諒非難。但恐逆天道，偷生詎能安？

右十五章　何北山曰：「生則有死，天道之常，人但當順受其正。今神仙家遺棄事物，遁跡雲山，苦身修煉，以求不死，所爲雖似清高，究其旨意，只是貪生怕死，逆天私己，豈是循理？程子曰：『此是天地間賊。』蓋修身以俟死者，聖賢所以立命也；保煉延年者，道家所以偷生也，又豈有賢者而肯爲此哉？」

西方論緣業，卑卑喻羣愚。流傳世代久，梯接淩空虛。顧盼指心性，名言超有無。捷徑一以開，靡然世事趨。號空不踐實，躓彼榛棘途。誰哉繼三聖，爲我焚其書？

右十六章　何北山曰：「此章言釋氏，始則妄談因緣，痛説罪業，卑淺其論，以誘動愚下之聽，及其久也，又直指心性，肆講空無，閃遁其辭，以惑高明之人。但其言善幻，莫可窮詰。流傳千載，愚者則劫其罪福，而陰奪其生養之資；智者則貪其捷徑，而重爲學術之害。其禍烈於洪水，有能焚其書而散其徒，一空之，以正人心，以厚民生，豈不足以爲聖人之徒而承三聖之功哉？」

聖人司教化，黌序育羣材。因心有明訓，善端得深培。天敘既昭陳，人文亦褰開。云何百代下，學絶教養乖？羣居競葩藻，争先冠儒魁。淳風反淪喪，擾擾胡爲哉？

右十七章　何北山曰：「此詩嘆科舉之弊，每三年，羣天下之士爲一大擾，所得者何益？而斲喪人心，敗亂風俗，其害有不可勝言者。上之人乃重於改作，而不知變，此紫陽所以深嘆也。」

童蒙貴養正，孫弟乃其方。雞鳴咸盥櫛，問訊謹暄涼。奉盂勤播灑，擁篲周室堂。進趨極虔恭，退息常端莊。劬書劇嗜炙，見惡逾探湯。庸言戒軃誕，時行必安詳。聖途雖云遠，發軔且勿忙。十五志於學，及時起高翔。

右十八章　何北山曰：「古人教養童蒙，教之事親之節，教之敬事之方，正其心術之微，謹其言行之常。雖未便進以大學，然其細大必謹，内外交持，所以固其筋骸之束，澄其義理之源，有此質樸，及長而進之大學，自然不費力也。『發軔且勿忙』者，蓋小學且欲收拾身心，涵養德性，以爲大學基本，故欲其且盡其小，而無躐進其大也。『及時起高翔』者，蓋大學則當進德修業，窮理盡性，以收小學之成功，故又欲其進爲其大，而不苟安其小也。」

哀哉牛山木，斤斧日相尋。豈無萌蘖在？牛羊復來侵。恭惟皇上帝，降此仁義心。物欲互攻奪，孤根孰能任。反躬艮其背，肅容正冠襟。保養方自此，何年秀穹林？

右十九章　何北山曰：「此章爲時之已過，而不及小學者發。即文公所謂『持敬以補小學之缺』者是也。但過時而學者，辛苦難成，故有『保養方自此，何年秀穹林』之嘆，蓋惜其用力已晚，而欲百倍其力以至之也。」

玄天幽且默，仲尼欲無言。動植各生遂，德容自清温。彼哉誇毘子，呫囁徒啾喧。但逞言辭好，豈知神監昏？曰余昧前訓，坐此枝葉繁。發憤永刊落，奇功收一原。

右二十章　何北山曰：「『奇功收一原』，是用《陰符經》中『絶利一原，用師十倍』之語。《陰符》此二語，文公極喜之，時時舉揚。有學者問其義，文公嘗爲之解釋曰：『絶利者，絶其二三；一原者，一其元本。豈惟用兵？凡事莫不皆然。倍如功必倍之之謂。』大概謂專一則有功。上文言聵者善聽，聾者善視，皆是專一，故有功也。今講學求道，是欲善其身心，修其德業，此是本原也。而乃榮華其言語，巧好其文章，則是盛其枝葉，失其本根，於學焉得有功？惟發憤而痛加刊落，則是絶其二三之利，而一其本原，故奇功可收也。」

何北山先生遺集卷四　附録

繫辭發揮後序

［宋］王　柏

沖漠無朕，而萬象已具；風氣漸開，而人文漸明。非一聖一賢之所能盡發。故伏羲氏之畫八卦也，仰觀俯察，近取遠取，得《河圖》而後成，雖曰闡陰陽變化之妙，而其用不過教民決可否之疑而已。歷唐虞夏商，有占而無文。至文王始繫之彖，周公繫之以爻，吾夫子又從而爲之傳，更三古四聖人，而《易》之爲書始備，蓋非一時之所能備也。文王變後天之卦，而先天之《易》幾於亡；《大傳》發義理之奥，而變占之用幾於隱。後世不能會通而並觀，於是尚義理者淫於文辭，尚變占者淪於術數，而《易》道始離矣。我朝盛時，邵子密傳羲畫而缺於辭，程子晚繹周經而缺於象，先後不二十年，而從遊非一日，乃不相爲謀，而各自成書，皆臨終而後出，書雖不同，然各極其精微，反若分傳而互足，異哉！《易》道之所以大明也。由是朱子著爲《本義》，謂易本於占，而義爲占而發。懼後楛於見聞，而未易信也，又作《啓蒙》四章。先開其秘而祛其惑，首之以本《圖》、《書》，原畫卦，示《易》之所由始也；次之以明蓍策、考變占，示《易》之所以用也。然亦各爲一書，而學者猶未能融會而貫通之。北山何先生受業勉齋之門，開此義爲最蚤。晚年纂輯朱子之緒論，羽翼朱子之成書，不敢自加一字，而條理粲然，羣疑盡釋。至於引《本義》之象辭，參於變占之後，使千百年離而未合者，兩無遺憾，真有得於「體用一原，顯微無間」之深旨，豈不爲後人之大幸歟？先生無恙時，因約齋王使君請刊梓於盱江，嘗命僕序其首，僕固辭不敢承。先生今亡矣，不可使觀者不知編摩之大意，於是忘其疏鹵，述其略於後云。《魯齋集》

北山之高壽北山何先生

［宋］金履祥

北山之高，表我東底。惟山降神，生我夫子。維何夫子，文公是祖。是師黃父，以振我緒。翼翼夫子，令德在躬。道廣心平，不外以衷。北山之陽，盤溪之將。以處以安，不矯不亢。昔在理宗，維道之崇。既表程朱，亦躋吕張。謂爾夫子，纘程朱緒。鄉士率連，百辟咸譽。咨爾夫子，設教於鄉。即命於家，長此泮宫。夫子曰辭，辭是好爵。王幾道揚，燕翼是託。明明天子，丕承皇考。曰求多聞，曰資有道。天子曰都，咨爾夫子。爲世宗儒，來遊來歌，東觀石渠。夫子曰止，臣非索隱，士各有志，亦既髦只。天子曰猷，諮爾夫子，汝予交修，講殿經帷，爾優爾遊。夫子曰道，惟帝之蹈，臣何庸力，亦聿既髦。天子曰吁，鴻飛冥冥，罔終棄予，廪於宫祠，寓我渠渠。夫子曰由，匪詭匪隨，匪愛匪求，云受奚爲。孑孑干旌，侯伯是將。鳳凰于飛，亦集爰止。北山之陽，優優夷夷。盤溪之流，可以樂飢。明明天子，肇彼四海。樂學師賢，有永無怠。巖巖北山，其高極天。障此東南，利欲之瀾。敢拜稽首，天子萬年。充保四海，好德之端。敢拜夫子，眉壽無愆。金玉爾音，以永斯文！《金仁山集》

何北山先生行狀

［宋］王　柏

先生諱基，字子恭，崇道公仲子也。曾祖溟，故贈朝散大夫，妣吴氏，贈宜人。祖松，故任朝散郎，通判徽州軍州事，贈中奉大夫，妣曹氏，贈令人。父伯慧，故任承議郎，主管台州崇道觀，妣蔣氏，封安人。先生禀氣清而質甚弱，逾小學始受師訓，端重寡言笑，與羣兒異。年浸長，俾從鄉先生國録誠齋陳公震，習學舉子業，陳先生一見奇之。有以達尊廉潔稱讚者，先生曰：「廉潔乃士大夫分内事，何足爲高。」陳先生益奇之。程課若不得已，潛心義理之工居多。陳先生喜而語之曰：「爲學修身之要，義理無窮。」由是益自充拓，若泉之始達，火之始然。弱冠，崇道公宦遊臨川，而勉齋黄先生適爲令。二公言論風旨，制行立事，犂然各有當於心，不啻如同門素友。崇道公見二子而師事焉。首教以爲學須先辦得真實心地，刻苦工夫；隨事誘掖，始知伊洛之淵源；臨别告之以但讀熟《四書》，使胸次浹洽，道理自見。此先生所以終身服習，不敢頃刻忘也。一室危坐，萬卷横陳，存此心於端莊静一之中，窮此理於研精覃思之際。每於聖賢微詞奥義，疑而未釋者，必平其心，易其氣，舒徐容與，不忘不助，待其自然貫通，未嘗參以己意，不立異以爲高，不狗人而少變。蓋其思之也精，是以守之也固。充其知而反於身者，莫不踐其實。無疾言，無遽色，無窘步，無叱喝聲；不匿情，不逆詐，不伐善，不較利害。事父母盡其孝愛之道，婉容柔色，以得其歡心；事兄長盡其和孺之樂，恭敬退讓，曾無間言。處族姻崇仁厚之風，交朋友盡忠告之責。御童僕婢妾，則寬而有制；見田夫野叟，必勞之有恩。貧困者必施，不計其有無；患難者必救，不問其遠近。捐逋已責，不以爲難；遷善改過，尤極其勇。凡聞一善言，見一善行，喜形於色，若己有之。或朝政有闕，四方有警，憂形於色，至忘寢食。是以父母愛之，兄弟懷之，族姻德之，朋友信之，閭里尊之，海内慕之，而不得識其面，天子思之而不能必其來。蓋其澹然無欲，不屈於萬物之下；立乎其大，得友於千載之上。此皆尊德性、道問學之功也。以其餘事言之，先生之文，温潤融暢；先生之詩，從容閒雅，皆自胸中流出，殊無琱琢辛苦之態。雖工於詞章者，反不足以闖其藩籬。先生作字，清勁結密，世傳柳法，無一書一集，不加標注，小楷精肅，見者莫不心開目明。先生文房，巨編山立，無一書一集，不施朱抹，端直切要，讀者莫不意融心服。此皆心德之所發見於事者，雖至微必謹如此。盤溪之上，有宅一區，翛然於水竹之間。山未爲甚深，林未爲甚密，先生遯世不見知而無悶，閭里鮮有知其學問者。自船山楊先生與立一見之後，人始聞之。好學之士，次第汲引，而願執經門下。先生勞謙固拒，雖後生小子，亦不肯受其北面之禮。請問者未嘗不竭盡無餘，而與之言。

嘗謂：爲學莫先於立志。每讀朱子《遠遊歌》，見其爲學立志之初，便已有此規模，晚年亦只是充踐此規模而已。所謂顏子馳堅車、獵險崖，其剛便有凜乎任重道遠、死而後已氣象，使人卓然有立。爲學之始，須有此大規模，又須不問難易，不顧生死，鞠躬盡力，以必至爲期。若出門便已不敢展脚，況南北東西豈有可至之理哉？又曰規模不大，則心志不堅；新工不加，則舊學日退，而知識隨血氣爲之盛衰矣。然義理儘無窮，未易便到極處。則吾輩講學，正要相與合力，精思明辯，大家討一個分曉的當受用處；又各要辦得個耐煩無我之心，耐煩則不厭往復之詳，無我則庶無偏私之蔽；縱有未明，雖十往反而不憚，如是則始得個至當之歸。論讀《詩》別是一法，與讀諸經不同。先須十分掃蕩胸次令潔净，卻要吟哦上下，從容諷詠，使胸中有所感發興起，方爲有功。謂箕子所以告武王者，綱領宏碩，條目明備，議論又自精深嚴密，本末畢舉，因參以《大學》《中庸》，其大本大經，蓋有不約而符契者。曰「敬五事」，則「明明德」之謂；曰「厚八政」，則「新民」之謂；曰「建皇極」，則「止於至善」之謂。至於皇極，則有休證而無咎證，有仁壽而無鄙夭，則「致中和，天地位，萬物育」之謂，蓋皇極之極功也。謂讀《易》者，要當盡去其膠固支離之見，以潔净之心玩精微之理，沉潛涵泳，庶有以得其根源；識其綱領，乃可漸觀爻象，究其義理。又謂《太極説》本自明白，以其無形而實有理，故曰「無極而太極」，以其有理而卻無形，故曰「太極本無極」。又謂《定性書》，句句是廓然而大公，物來而順應。又曰：「學者讀書先須以《四書》爲主，而用《語録》以輔翼之。大抵《集注》之説精切簡嚴；《語録》之説卻有痛快處。但衆手所録，自是有失真者。但當以《集注》之精嚴，折衷《語録》之疎密；以《語録》之詳明，發揮《集注》之曲折。」此先生編書之規模也，他書亦本此意。其後又曰：「近温習四書，覺得義理自足，意味無窮，須截斷四邊，只將本書深探玩繹，方識其趣。若將諸家所録來添看，意思反覺散緩。」此先生晚年精詣造約，終不失勉齋臨分之意。柏既未得其遠者大者，而所聞僅僅如此。與其他學者言，裒類未就，不可得而備述也。

先生隱居求志，不願人之知，真無媿古人爲己之學。然山輝川媚，終有不可得而掩者。歲在甲辰，勉齋門人庸齋趙公汝騰，來鎮東陽，首加延聘，且以名聞於朝。故先生有詩曰：「閉關方喜得幽棲，何待邦侯更品題。自分終身守環堵，不將一步出盤溪。」先生不肯出之意，實權於此。自是羔雁踵門，鶚書翩翩而上。久之始賜初品官，本州文學員外，兼麗澤山長。先生力辭，以爲曩者郡太守嘗以開講延聘，每至而每辭，所以不敢當者，力不足也。今乃聞朝命而遂起，赧然於先，而幡然於後，卻其虚名，而取其實爵，於義得安乎？廉耻一事，於吾道中固非深奥，然爲士者最不可不謹！豈於此尚不能守，而能明教以淑人心乎？下不知其不可而辭之，上知其非僞而聽之，此古今辭受之通義也。辭避未竟，而理宗上賓。嗣聖踐祚，復有史館校勘之命，御筆俾兼崇政殿説書。又頒詔劄，帝意若曰：「先皇帝貽厥孫謀，莫詳資善之一記。予小子兹迪彝教，狎親博雅之羣儒，既登進於舊遊，且旁延於時望，開予以厭飫優柔，迪我以高明光大。」玉音丁寧，邦侯勉諭，上之所以期待於先生者至矣。先生控辭益力，上不得已，特改承務郎，主管華州西嶽廟。先生亦不敢祇受，遂有「皓首何妨一布衣」之句。或者疑先生之學有體而無用者。吁，是何言也？《語》《孟》六經，未嘗有體用字，後世儒先始取之以明理。朱子送胡籍溪、劉恭父之詩，胡五峰以爲有體而無用，分對二字言。朱子曰：「天下無無用之體，亦無無體之用。」先生之體立矣，而其用固有以行矣！年運而往，精神逾邁，因以不用用之，非無用也。

況自僞禁胎禍天降，割於斯文，考亭輟響，伊洛之學，銷毁僅存，孤立無助。勉齋黄先生續遺音於弦斷絲絶之餘，鼓而和者不過十餘人，如大病方甦，元氣未復。先皇帝崇尚正學，表章《四書》，躋五子於孔廟，明示天下，以進取之學，非所以自盡，猗歟盛哉！此千載一時之遇，其奈老師宿德，相繼零落，後生晚輩，散漫無依，不見典刑，無所則效。而科舉利禄之誘，反甚於前，其能卓然自立者難矣！先生鍾江山清明淳淑之氣，滌之以祖父詩書之澤，培之以師友道義之傳，磨以歲月，煉其窮理盡性之工，晦以山林，稔其樂天知命之趣，其所成就者，豈一朝一夕之力？先皇帝聞先生之名久，不敢輕於用者，所以爲燕翼之深謀。今上嗣服之初，即廣廈細氈之上，舉累朝不數見之典，求賢之心，如日方升。使先生可以造朝，則陳善閉邪，正心立極，豈不足以培養聖學，薰陶德性，以盡其職分之所當爲；衰病相乘，有孤訪落之意，豈非天乎？

夫自嘉定以來，黨禁既寬，名公巨卿，分佈内外，不爲少矣。然終不足以追乾道、淳熙之盛者，何哉？往往根本不壯，分量易滿；爵禄之味深，而性命之識淺；失其本心，瀾倒而風靡者，亦不爲少。其間小智纖能，剽略見聞，以資口給，亦足以欺世盜名，豈不大有負先帝崇儒重道之心？使後世亦有介然獨立，始終不變如先生者，豈特吾道之幸，允爲國家之光，是亦天也！不然，則何以宅天衷、奠民極，障人欲，祛世迷乎？柏昔獲拜崇道公，公見客，先生拱立以待，客不寧者久之。柏請教於先生，爲言崇道公，公笑曰：「泰山微塵耳！」柏惘然。

自公即世，乃獲與編次公之行事，州里世系，已見於前，此不復著。其配周氏，弋陽人，故少傅禮部尚書諱執羔之孫，常州判官諱珵之女，先生之姑之所生，甚愛之。嚴於得配，惟先生當其心。有閒静之德，甘澹泊之味，以勤儉相夫君，得一意於問學，無閫内之累。歸十年而病，又七年而卒，實紹定壬辰九月二日也，先葬於金華縣循理鄉油塘之原。先生以禀質素弱，竟不繼室，絶欲自愛，故得年八十有一。生於淳熙之戊申十月己卯，終於咸淳戊辰十二月乙未[二]，卜以明年十有二月朔，合葬夫人之兆。子男二人，長欽，後先生半年而卒。次鉉。女三人，二夭，其季適同郡張復之，見任平江府崑山縣令。孫男三人，宗玉、宗瑜、宗瑀；孫女三人，長許嫁王莊敏之孫螢，次許嫁東陽縣世戚曹濟，次尚幼。先生平時不著述，惟研究考亭之遺書，兀兀窮年，而不知老之已至。僅有編類《大學發揮》十四卷，《中庸發揮》八卷，《大傳發揮》二卷，《啓蒙發揮》二卷，《太極通書西銘發揮》三卷，有力者皆已板行。猶有《近思録發揮》未校正，《語孟發揮》未脱稿，文集一十卷，裒集未備也。鉉以柏受知於先生最久，受教於先生最深，俾柏具先生之行實，以有請於當世。柏雖不敏，不敢辭也。柏竊謂國朝典禮，生有顯秩，死有恤章，其間學問德行，爲世師表，爵位雖未稱，未嘗無節惠之賜。今先生受學勉齋，的傳濂洛，晚被兩朝之異遇，抱道隱居，確守不移，不辱師門，不愧古義。異時錫謚於公朝，立傳於信史，譜入於儒林，譜入於隱民，或譜入於考亭弟子之後，惟太史氏採擇焉。

【校記】

〔一〕「乙未」，《正學編》作「戊辰」。

同祭北山何先生文

〔宋〕王　柏

鄒魯云遠，天啓濂洛。理一分殊，以覺後覺。龜山之南，宗旨是將。羅李授受，集於紫陽。研幾極深，大肆厥功。縷析毫分，惠我無窮。有的其傳，翿峰翼翼。孰探其源，遂通其釋。墜緒茫茫，孰嗣而芳？公獨凝然，精思不忘。莘莘學子，孰定其力？公獨屹然，堅守不失。衣錦尚絅，世莫我知。發揮師言，以會於歸。有毓斯和，誠意惻怛。有實斯踐，光輝四達。先皇末命[一]，嗣聖訪落。進之太史，以輔帝學。詔書屢下，公志莫移。各盡其義，匪激匪隨。高風凛然，萬世範俗。鼎臺吾道，云何不淑？嗚呼先生，壽考奚憾。嗟我後人，茫無畔岸。立志不勇，摳趨日稀。儀型遽隔，悔不可追。春回萬象，月冷風清。忍奠斯酒，忍讀斯文。

【校記】

〔一〕「末命」，原作「永命」，據《正學編》改。

北山行狀告成祭文

〔宋〕王　柏

我昔問學，莫知其宗。有過孰告，有偏孰攻？淵源師友，孤陋莫通。有慨其慕，天侈其逢。得公盛名，於船山翁。獲瞻典則，乙未之冬。立志居敬，首開其蒙。自是尺牘，載磨載礱。不憚往復，一告以忠。遠探濂洛，近述鼇峰。理氣之會，造化之工。仁義大本，聖賢大功。體必有用，和必有中。無疑弗辯，無微弗窮。毫分縷析，萬理春融。匪矯而異，匪阿而同。曰味厥旨，體於爾躬。必平而實，必拓而充。媮墮弗勇，霜鬢已蓬。卒未聞道，以此負公。幸公耆壽，身康氣沖。不聞公病，遽以考終。有邦殄瘁，吾黨閔凶。茫茫墜緒，卒業無從。歲月流邁，行即幽宫。公之仲子，莫泄哀恫。抱公言行，囑筆衰慵。强顔敘次，慨想音容。如持寸莛，來撞巨鐘。惟德之盛，惟禮之恭。蕪詞弗稱，有愧蟠胸。奉以薦陳，鑒此微衷。

跋北山遺跡

［宋］王　柏

金華王某，受教於北山何先生爲甚深，而所得遺帖爲獨盛，未能一裱褫。今取指南之序，於此卷之首，以其得之爲最先；就正私淑之二跋，則警誨之綱目具在；而古《易》跋於是終焉。自是不復有所作矣，三跋皆稿也。北山義理滂沛，詞義温潤，獎厲勸勉之意，隱然見謙德之中，如春風無跡，而生意滃然。今一字一畫，不可復得矣！爲之感慨酸楚而書於後。

祭北山先生文

［宋］金履祥

維咸淳五年，歲次己巳，二月丁丑朔，越十有一日丁亥，門人金履祥，偕張必大、金麟、童偕、余澤、童俱等，謹以清酌庶羞之奠，敢昭告於先師北山先生、故國史殿講觀使何公之靈。嗚呼先生！問學得聖賢之正傳，存歿關世道之隆污，是惟知德者足以知此，而衆人將謂吾言之爲迂。夫自堯舜以至孔曾思孟，又千五六百而後有程朱，前者曰「以是傳之」，後者曰「得其傳焉」，不知所傳者何事歟？蓋一理散於事物之間，俱真實而非虛，事事物物，莫不各有恰好之處，所謂「萬殊而一本，一本而萬殊」。先生蓋灼見於此，故廣採精擇以求，而篤信恪〔二〕守以居，著於語默出處之義，而粹於踐履之實，存養之腴，又間嘗指此以示門人也。此其傳授之符乎？然自朱子之夢奠，以及勉齋之既殂，口傳耳受者，或浸差其精蘊；而好名假實者，又務外以多誣。惟先生纂師言以發揮，剔衆説之繁蕪，以爲朱子之言備矣，學之者惟真實之心地與刻苦之工夫，能此者雖不及吾門可也，又何有開門而授徒？衆方決性命以干進，世滔滔皆利欲之途。然而廣厦細氈之召，先生猶不受也，而況爵禄之區區？蓋聞其教者，有以知爲學之非外，而聞其風者，足以廉天下之貪愚，此先生之有關於世道也，何一朝而已夫？昔先生之論世，每懇切以嗟吁！雖病老於山林，與斯世其若疎，隱然王府之有鈞石，而巋然隆冬之有後枯。今也先生之終，甚矣吾道之衰矣，竟世道以何如。雖朋從之有傳，奈晨星其益孤。嗚呼哀哉！履祥等獲供灑掃之役，迭陪文席之隅，意謙謙其和可即，語悃悃其盡無餘，顧資識之弗强，又探討之不劬，蓋悠悠然恃有先生在也。今一朝而失之，始咨嗟慟哭，悔昔日求教之疎，抑「恰好」之妙旨，與「真實刻苦」之訓謨，言猶在耳，其敢忘諸？惟玩索而不舍，益服行以弗渝，尚有以繼先生之志，而讀盡聖賢之書，紛經帶以皇皇，瀝難絮以渠渠，惟昭明之未遐，猶憖然其監予。嗚呼哀哉，尚饗！《金仁山集》

【校記】

〔一〕「恪」，原作「恰」，據《叢書集成初編》本改。

再奠北山先生文

〔宋〕金履祥

維咸淳五年，歲次己巳，十有一月朔，越二十有六日，門人金某，謹以清酌庶羞，致祖道之奠，昭告於先師北山先生何子曰：嗚呼先生！道德之隆，孰能形容，已有魯翁。昔我侑奠，能言一二，今此祖行，祇言微意。念昔多岐，中師魯翁，指我宗師。甲寅季秋，時始受學。截斷爲人，一語夢覺。謂古聖賢，一敬畏心。曾子終身，臨淵履冰。然所敬畏，匪拘匪懾。常以爲重，則罔或越。謂凡事物，用各不同。曷云萬殊，一理所通。蓋凡事物，有恰好處。萬殊一本，維此之故。謂昔程子，上蔡初來。曰此可望，展拓得開。予亦謂子，於此可進。難乎有常，戒爾所病。出入師門，餘十五年。受教既多，媿負師言。閒關悠悠，緒業未卒。今喪夫子，嗟悔何及。比歲卜居，求義所安。先生曰然，大書仁山。先生既没，我始成室。揭揭庭顔，依依典則。北山之南，先生所盤。南山之北，先生所寧。伏哭柩前，决此一奠。哀我斯文，曷以報稱。尋恰好處，存敬畏心。終期展拓，不辱師門。嗚呼哀哉，尚饗！《金仁山集》

挽詩三首

［宋］金履祥

道自朱黄逝，人多名利趨。獨傳真統緒，惟下實工夫。粹德兩朝慕，清風四海孤。斯文端未喪，千古起廉隅。

又

昔年夫子在，即慮曉星稀。氣運嗟辰歲，天文動少微。素幃兄並殯，丹旐子同歸。總是堪傷處，瑶琴聲更希。

又

每侍圖書右，令人俗慮空。隱憂惟世變，卧病亦沖融〔一〕。聖處一言敬，天然萬理中。音容今永已，哀痛隔幽宫。

【校記】

〔一〕「沖融」，《正學編》作「春融」。

二月丁亥與諸友奠何先生畢退遊北山智者寺書二十八言

［宋］金履祥

來往師門十五年，此山曾近未躋攀。於今始至滋懷憾，不見先生卻見山。《金仁山集》

宋謚先生文定誥

敕故史館校勘兼崇政殿説書、特改承務郎主管華州西嶽廟何基：《魯語》「博文」之言，講貫深者，乃能臻其奥；《大學》「能定」之旨，造詣淺者，不足窺其藩。睠言山澤之癯，獨得淵源之正。載錫之謚，以光斯文。爾賦質淳明，用心專一。父祖詩書之澤，漸染已深；師友道義之傳，磨礱益粹。真知實踐，篤志近思。雖巖棲谷隱，不願求知。然山輝川媚，有不容掩。我理祖錫以初品之服，先皇帝授以史館之除，方將如元祐擢頤於經筵，若紹熙寘熹於講席。顧乃恪守其志，遽奪於天。嗟前哲之云亡，痛斯文之不淑，欲以詔今而傳後，於焉節惠以易名。爾識見孔多，可無愧道德博文之義；爾操履無玷，所宜膺踐行不爽之稱。合二字以旌褒，表一人以崇尚。噫！生無爵者死無謚，此僅可施於常人；名弗著而美弗彰，是用特加於君子。諒惟英爽，歆此寵光，可特贈謚「文定」。奉敕如右，牒到奉行。

何基列傳

［元］脱　脱等

何基，字子恭，婺州金華人。父伯䕫，爲臨川縣丞，而黄榦適知其縣事，伯䕫見二子而師事焉。榦告以必有真實心地、刻苦工夫而後可，基悚惕受命。於是隨事誘掖，得聞淵源之懿。微辭奥義，研精覃思，平心易氣，以俟其通，未嘗參以己意，立異以爲高，徇人而少變也。凡所讀無不加標點，義顯意明，有不待論説而自見者。朱熹門人楊與立，一見推服。來學者衆，嘗謂「爲學立志貴堅，規模貴大，克踐服行，死而後已」。讀《詩》之法，須掃蕩胸次浄盡，然後吟哦上下，諷詠從容，使人感發，方爲有功」。謂「以《洪範》參之《大學》《中庸》，有不約而符者」。謂「讀《易》者，當盡去其膠固支離之見，以潔浄其心，玩精微之理，沉潛涵泳，得其根源，乃可漸觀爻象」。蓋其確守師訓，故能精義造約。

王柏既執贄爲弟子，基謙抑不以師道自尊。柏高明絶識，序正諸經，弘論英辨，質問難疑，或一事至十往返，基終不變，以待其定。嘗曰：「治經當謹守精玩，不必多起疑論。有欲爲後學言者，謹之又謹可也。」基淳固篤實，絶類漢儒。雖一本於熹，然就其言發明，則精義新意，愈出不窮。基文集三十卷，而與柏問辨者十八卷。郡守趙汝騰守婺，延聘請講，辭不就。復首薦於朝，又率名從官列薦。通判鄭士懿，守蔡抗、楊棟相繼以請，皆辭。景定五年，詔舉賢，特薦基與建人徐幾，同被命添差婺州學教授，兼麗澤書院山長。力辭未竟，理宗崩。咸淳初，授史館校勘，兼崇政殿説書，屢辭。改承務郎，主管西嶽廟，終亦不受也。卒年八十一。國子祭酒楊文仲請於朝，謚文定。所著《大學發揮》《中庸發揮》《大傳發揮》《易啓蒙發揮》《通書發揮》《近思録發揮》。《宋史》

何文定公實録

[元]吴師道

北山先生何基，字子恭；魯齋先生王柏，字會之，同金華人。魯齋，師北山者也。二先生之學，上接紫陽之傳，以明道爲己任。當宋之季，北山屢召不赴，魯齋亦不肯任之，片言垂訓，明正精密，而標點諸書，尤極開示之切。北山所著少，而有諸事《發揮》，傳佈已久；魯齋所著甚多，比年於燼火傳鈔者僅存。導江張須，魯齋門人，以其道顯於北方。吾里金履祥，俱登何王之門，又會粹推明其旨，今亦行於時。學者知尊二先生，而淵源行實之詳，或未之悉，則亦未能深知也。二先生之文，皆關義理，非敢有所去取。今據金公所編《濂洛風雅》中諸詩，其文亦各採數篇，不能悉録；而行狀、壙誌、誥詞、祭文之屬附於後，使世之士得以有考，而此不復詳敘云。《敬鄉録》

代請立北山書院文

［元］吴師道

欽惟聖朝，興崇正學，表章先儒。蓋以學術明則人心正，儒道顯則風俗美，是以上稽孔孟之傳，下主程朱之派，設科則用其書，秩祀則尊其爵。至於門人高弟，同源分流，或抱道懷德以終身，或著書立言而垂世。故於學舍之外，復有書院之置，表厥宅里，樹之風聲。夫惟設教廣而出賢多，是以致治隆而興善速，此我朝之盛典，視前代爲遠過也。伏見故金華何基，字子恭，生宋淳熙中，躬稟異材，夙有大志，侍父宦遊臨川，勉齋黄公爲令，從而受學。遂厭科舉之習，博極聖賢之書。確守師説，不爲空言；玩索沉潛，涵養淳粹。藴經綸之弘略，厲廉退之高節，隱居金華山北，學者尊爲北山先生。婺守趙汝騰，延聘不就，以名薦聞。景定中，與建人徐幾俱被擢命，授以婺學教授，兼麗澤山長，控辭不應。咸淳除史館校勘，又除兼崇政殿説書，辭之益力；特改承務郎主管西嶽廟，亦不肯受。誓老布衣，作詩見志。既没，賜謚文定。平時不輕著撰，惟研究朱子之書。《四書章句集注》，悉加點抹，有《大學發揮》十四卷，《中庸發揮》八卷，《大傳發揮》二卷，《啓蒙發揮》二卷，《太極通書西銘發揮》三卷，行世已久，誦習者多。《近思録發揮》十四卷、《論孟發揮》未脱稿，《文集》十卷藏於家。採輯精嚴，開示明切，實朱學之津梁，聖途之標的也。同進魯齋王先生柏，實出其門；傳之導江張𩔰，載道北方；仁山金履祥，授業東州，並著範模，見推當世。淵源所自，粹美無疵，州里知所尊向，後進賴以私淑，其贊治善俗之功，不爲少矣。竊惟先生，學紹紫陽之傳，道著金華之望。潔身叔季，有見於幾先；闡教文明，大行於身後。若稽古義，宜有專祠。今盤溪之上，故居宛存，過者改容，想其風烈。咸謂昔雙峰饒魯，亦勉齋門人，前代奉祀，有石洞書院；何子之學，不下饒公，北山之名，豈愧石洞？謂宜即其所居，建立書院，彰示褒寵，以補遺闕。切見近年創設書院，如信之藍山，饒之初庵，平江之甫里，不過文藝著作之士，因有申明，尚蒙信允，較斯人品，表異尤宜。況其家非殷富，事絶攀援，於義毋慚，有言非忝。如蒙轉以上聞，俯從所請，豈惟慰悦是邦人士之願，亦足興起海内學者之心！世教所關，誠非小補。

何文定公祠堂記

［明］劉　蒞

正德乙亥，知府劉蒞記略曰：白雲先生，以至元四年戊寅，葬婺女鄉安期里許官山。其子曰元曰亨，皆以罪殁，迷其墓。成化初，推官林沂廉得，立石表其阡。仁山先生，以元大德十年丙午，葬蘭溪縣純孝鄉仁山之隴，不封不樹，漫無標題。魯齋先生，以咸淳十年甲戌，葬婺女鄉望柴嶺金村之原，墓則六十畝，子姓世守之。北山先生，以咸淳五年己巳，葬南山油塘之南，荆莽無端，狐兔有窟。商山之芝，不知四皓之高；首陽之薇，不知夷齊之清，均爲牛羊之牧，芻蕘之埸也。鄰有豪右，逐其佃甲，並其圭田九石六斗，山地若干，據而業之，三紀於兹，子孫家盤溪者百數，莫之能直。蓋府治東亦有油塘，豪右欲滅其墓，仍匿其碑，指先生墓在彼油塘，知府者不察，從而是之。正德甲戌春正月，知府事劉蒞、同知張齊、同判趙天定、推官姜山甫，率諸生葉援、陳奇、項復通、馮紀等，展修祀事。墓已圮且陷，惟砆獨存，而商生大輅，復廉得完碑於油塘匿孔，尚無恙也。繩其豪於法，還其碑於砆，正田於籍，歸其佃甲於鄰壤，伐巨石以封墓，而繚之以垣牆，暨享堂四楹，旁建連甍，以處佃丁。規制粗備，庶幾有司崇儒重道，礪世磨俗之萬一，而先生之存亡，固不係乎是也。因定墓夫一名，每年追其值於黌序，輪遺教職，以清明日依俗祭其墓，王、金、許亦如之。《道光金華縣志・祠祀類》

何文定公傳

［明］鄭　柏

何基，字子恭，金華人。父伯熭，爲臨川縣丞，而黄榦適知其縣，伯熭命二子執弟子禮。榦告以必有真實心地、刻苦工夫，而有獲。基兢惕受命，得聞淵源之懿。學成授徒，來學者衆。嘗謂「學者立志貴堅，規模貴大，克踐服行，死而後已」。讀《詩》之法，須沉潛玩索，吟哦諷詠，使人感發，方謂有功」。謂「以《洪範》參之《大易》，其言有不約而符者」。謂「讀《易》者，當去其膠固支離之見，以變與占，沉潛涵泳，得其根源，乃可漸觀爻象」。基淳固篤實，雖嘗奉於熹，然就其言發明，則精義新意，愈出不窮。有文集三十卷。郡守趙汝騰延聘，辭不就。復薦於朝，又率名從官列薦。景定五年，詔舉賢，特薦爲婺州學教授，力辭。咸淳初，授史館校勘，兼崇政殿説書，改承務郎，主管西嶽廟，終亦不受。卒於家，國子祭酒楊文仲請於朝，謚文定。所著《大學》《中庸》《大傳》《易啓蒙》《通書》《近思録》皆有發揮。

贊曰：基之學得乎紫陽，淵源之懿，雖師傳有自，亦天分之高也。而謂爲學立志貴堅，規模貴大，克踐服行，死而後已；謂讀《詩》必至感發，讀《易》必得其根源，斯又知其進學之功矣！學者觀之，可不勉夫？《金華賢達傳》

何文定公傳

［明］吴之器

宋何基，字子恭，金華人。兒時嘗從國子録事陳震學，座有言某公潔廉者，基曰：「此士大夫分内事，安足奇？」震大異之。後父伯熭爲臨川丞，會黄榦爲令，傳紫陽學，時在黨禁後，知之者希，伯熭令二子師事焉。基特敏粹，榦尤深嘉之，因告以濂洛之指，及師友所從授受之要，以諸傳注授之。基遂歸隱於盤溪，晦跡敦行，閭里罕有知者。時名人楊與立客於婺，每與客言，以爲稱首，於是翕然聞於東南。生平志節堅苦，部使者高其人，每以禮饋，輒不受。郡守趙汝騰首以講席延聘，蔡抗、楊棟相繼聘請，且薦之於朝，皆不就。恒告學者曰：「辭受出處之際，當先致辨，不可挾古人之似，而争以謀利。」蕭然屢空，晏如也。景定五年，詔舉遺逸，特授迪功郎，婺州教授，基辭於三省曰：「公朝錫命，下逮丘園。賁然遐蹤，實推曠典。聖朝風勵學者，甚盛德也。臣基何人，可辱清舉！惟念臣少服膺先臣熹，汲汲自守，年齒浸暮，淵源日遠，羸疾殫困，與世日疎，非敢竊隱逸之名以爲高也。基聞君子之學，必可及人。乃任疚責，嚮郡臣每有私辟，循分自固，今以朝恩，遂至叨冒，卻虚受實，先後爽謬，己則忘耻，安能淑人？伏望公朝，特賜敷奏！」咸淳初，復下詔曰：「先皇帝貽厥孫謀，莫詳資善之記。予小子兹迪彝教，俾親博雅之儒，既登進於舊遊，且旁延於時望。婺州何基，可特授史館較勘，兼崇政殿説書。」基又辭曰：「臣基山林賤士，學術暗淺，誠不自意，名徹朝聽。先帝謬恩採擇，嘗恨無以報效，今兹訪落之初，延登俊乂，經帷勸講，史館紬書，布衣殊遇，學者至榮，苟有寸長，豈甘自棄？顧惟老癃，實難稱塞，顛踣旃厦，污辱清朝，伏冀公朝，亮其始終。」不聽，降御筆，令郡縣敦諭，基又力辭不就。乃改承務郎，予祠，亦不受也。卒後，國子祭酒楊文仲請於朝，敕曰：「爾巖棲谷處，澤媚川輝。睠言講索之微，獨得淵源之正。理祖初品之錫，先皇史館之除。恪守其志，遽奪於天。前哲云亡，斯文不淑。詔令傳後，節惠易名。爾識聞孔多，無愧道德博聞之義；操履無玷，宜膺踐行不爽之稱，可特謚『文定』。」學者稱之曰「北山先生」。基作字清勁，世傳柳法。一室中巨編山立，皆加標注，小楷精肅，見者心開。趙星渚嘗問王魯齋曰：「北山何以教學者？」魯齋曰：「北山未嘗開門受徒，未嘗樹一言爲宗旨，以誣後進也。」《婺書》

何文定公傳

［清］王崇炳

宋何基，字子恭，金華人。父曰伯慧，主管台州崇道觀。基氣質清弱，逾小學始受師訓，端重寡言笑，與羣兒異。從鄉先生陳震習舉子業，時達尊有以廉潔稱者，基曰：「廉潔乃士大夫分内事，何足高？」震大奇之。弱冠，崇道公爲臨川丞時，勉齋黄榦適爲令，言論甚契，因使基師之。榦首教以爲學須先辦得真實心地、刻苦工夫；臨别復告以但熟讀《四書》，使胸次浹洽，道理自見。基於此始有以窺伊洛之淵源。既歸，危坐一室，萬卷横陳。端莊静一，以存此心；研精覃思，以窮此理。遇微言奥義，疑而未釋，必平心下氣，舒徐容與，不忘不助，待其自然通貫，未嘗參以己意，不立異以爲高，不徇人以苟合。其思之也精，故踐之也實，而守之也固。基爲人深潛純粹，無疾言遽色，不匿情，不逆詐，不伐善，不較利害。孝事父母，友兄弟，一家怡怡，有和孺之樂。姻族敦仁厚之風，朋友盡忠告之益。御僕婢則寛而有制；見田夫野叟，温言慰勞。歲或不登，捐逋己債，周貧困，恤患難。遷善改過，惟日不足。或聞一善言，見一善行，喜形於色，若己有之。或朝政有缺，四方有警，憂形於色，至忘寢食。是以海内慕之，而不能識其面；天子思之，而不能必其來。立乎今，尚友千載之上；淡然無欲，不屈於萬物之下如此。基世居盤溪，有宅一區，翛然水竹間，鮮有知其學者。自船山楊與立一見許與，於是好學之士日進。凡有質問，莫不竭誠諄誨，而不受北面之禮。基之爲學，立志以定其本，居敬以持其志；力學以致其知，躬行以踐其實。其教人則以立志爲主，每讀朱子《遠遊歌》，見其爲學立志之初，便已有此規模，晚亦不過充踐以盡其量，所謂顔子馳堅車，歷險摧其剛，便是任重道遠，死而後已氣象，使人卓然有立。爲學之始，須有此大規模，又須不問難易，不顧生死，以必至爲期。又曰：「理者，乃事物恰好處。天地間惟有一理，散在事事物物，雖各不同，而就其中各有一恰好處。所謂『萬殊一本，一本萬殊』也。三聖所謂『中』，孔子所謂『一貫』，《大學》所謂『至善』，皆是此意。聖賢相去數百年，而謂以是傳之者，皆是做到此耳。然義理無窮，未易便到極處。則吾輩講學，正要相與合力，精思明辨，討個分曉，的當受用處，又要各辨得個耐煩無我之心。耐煩則不厭往復，無我則庶無偏私〔一〕。縱有未明，雖十往反而不憚，如是則始得個至當之歸。」基隱居求志，而聞望翕然。郡守趙汝騰首以禮聘，其後蔡抗、楊棟相繼聘請，交薦於朝，皆不就。基嘗告學者曰：「辭受出處之際，當先致辨，不可挾古人之似，藉以謀利。」景定五年，詔舉遺逸，特授迪功郎，婺州教授，仍辭不受。咸淳初，復有史館校勘之命，御筆俾兼崇政殿説書，詔旨丁寧勤懇，基辭益力。太守趙希悦貽書勸駕，舉前賢「山中出雲雨太虛，一洗塵埃山更好」之句，基答以「留取閒身卧空谷，一川風月要人看」。卒不起，乃授承務郎，主管華州西嶽廟，亦不受。基生於淳熙戊申，終於咸淳戊辰，享年八十有一。妻周氏早卒，終不繼娶。基生平不喜著述，僅有《大學》《中庸》發揮若干卷，《大傳》《啓蒙》《太極》《通書》《西銘》發揮若干卷。傳道弟子王柏、張潤之，以國子祭酒楊文仲請謚文定。國朝雍正三年，暨王、金、許四先生，俱奉旨從祀聖廟。

論曰：北山先生，蓋三承詔旨徵聘云。其初聘也，特授迪功郎婺州教授，先生以老辭。其再聘也，授史館校勘崇政殿説書，先生復以老病辭，蓋其時先生已將八十矣。至於三聘，則授以承務郎，主管華州西嶽廟。蓋當事以先生年高望重，不敢以職事相煩，而榮以虛銜，以申其尊德重道之意，則固可以拜受詔旨於床下，而不必有千里赴職之勞也，而卒辭不受，何也？先生之言曰：廉恥一事，在吾道中最所當謹，豈有廉恥尚不知謹，而能明師道以淑人心乎？世衰道微，廉恥交喪，士大夫以講道論學，爲梯榮干進之媒，理學之壇，有市心焉，得非釋氏所云販佛者乎？世之學北山者，必先學北山之立志；學北山之立志，當自廉恥始矣！北山論理曰：「理者，是事物恰好處。」此言有用無體，與明道異。明道先生云：「心也，性也；天也，一理也。」亦與朱子異。朱子釋「戒慎不睹，恐懼不聞」曰：「所以存天理之本然，而不使離於須臾之頃也。」豈止是事物恰好處乎？問如何是「截斷爲人」？曰：「非禮勿視聽言動，豈不是『截斷爲人』！」問如何是「萬殊一本」？曰：「一真則一切皆真，一中則一切皆中，一敬則一切

皆敬；一即一切，一切即一，豈不是『理一分殊』！」且説個樣子，鏡體一明，因物現形；琴體一静，隨彈發音。《金華徵獻略》

【校記】

〔一〕「偏」，原作「遍」，據《叢書集成初編》本改。

何文定公傳

［清］張　藎

宋何基，字子恭，金華人，承議郎伯慧子也。賦性端凝，夙有遠志，少從鄉先達陳震習舉子業，課程若不得已，而潛心義理之功居多。既冠，侍其父伯慧爲臨川丞。適勉齋黄榦爲令，遂師事焉。榦教以必有真實心地，刻苦工夫，而後可。基悚惕受命，始聞伊洛淵源之懿。臨别，告以熟讀《四書》，使胸次浹洽，道理自見。遂終身服習，頃刻不忘。一室危坐，萬卷横陳，每於聖賢微辭奥義，有疑而未釋者，必平心易氣，勿忘勿助，待其自然貫通。不立異以爲高，不徇人而少變，充其所知，而反之於身，無不允踐其實。船山楊與立一見推服，由是學者争趨焉。凡請問者，無不竭盡而與之言。嘗謂「爲學立志貴堅，規模貴大，充踐力行，死而後已」。論讀《書》、讀《易》、及《洪範》《太極》《定性書》《四書》《語録》，皆有發明，蓋其確守師訓，故能精義造約。王柏既執贄爲弟子，基謙抑，不以師道自尊。柏高明絶識，序正諸經，弘論英辯，質問難疑，或一事至十往返，基終不變以待其定。嘗曰：「治經當謹守精玩，不必多起疑論。有欲爲後學言者，謹之又謹可也。」平生無疾言，無遽色，無窘步，無叱喝聲；不匿情，不逆詐，不伐善，不較利害。事父母盡其孝愛之道，事兄長盡其和孺之樂；處族姻崇仁厚之風，交朋友盡忠告之責。凡聞一善言，見一善行，喜形於色，若己有之。或朝有闕政，四方有警，輒惻不樂，至忘寢食。其爲文温潤融暢，其詩從容閒暇，作字勁密，世傳柳法。隱居求志，不願人知，真無愧古人爲己之學。郡守趙汝騰、蔡抗、楊棟，相繼聘主麗澤書院，皆辭不就。景定五年，與建人徐幾同被特薦，添差婺州教授兼麗澤山長，力辭。度宗立，授史館校勘兼崇政殿説書，又頒詔劄，敦勉備至，辭益力，特改承務郎主管西嶽廟，使食其禄，以遂高志，然亦終不受也。咸淳四年冬十二月卒，年八十一。平生不著述，惟研究考亭之遺書，所編有《大學發揮》十四卷，《中庸發揮》八卷，《易繫辭發揮》二卷，《啓蒙發揮》二卷，《太極通書西銘發揮》三卷，有《近思録發揮》未校正，《語孟發揮》未脱稿，並《文集》三十卷。居北山盤溪之上，學者稱爲北山先生，國子祭酒楊文仲陳請賜謚文定。《康熙金華府志》

何北山先生正學編序

[清]程開業

朱子嫡傳，其在北者則有許魯齋先生；其在南者則有吾婺何、王、金、許四先生。而四先生中，又自何北山先生，受業黄勉齋之門，得親傳朱子之學始，則北山先生者，實朱子之冢孫，而吾婺之首庸也。業少時，有志吾鄉先賢之學，嘗從婦翁宸若陳公，較刻《吕成公遺集》，傳之世矣。並思蒐輯四先生之書，詳加較訂，冀稍得窺其藩籬，以爲進修之藉。嘗嘆北山先生之書，獨多散失，吾郡所存者，唯趙叔鳴先生所輯《正學編》中此册而已。既而取其所存者，反覆潛玩，覺其言雖無多，而理實檃括，不獨先生之全體畢現，而垂教學者之階級已莫不犂然具舉。先生嘗謂「學莫先於立志，每讀朱子《遠遊歌》，見其立志之初，便已有此規模。爲學之始，須有此大規模，又須不問難易，不顧生死，以必至爲期」。此先生之「立志以定其本」也。先生又謂「聖狂之分，奚翅天淵之遠，然其端甚微，只在一念放收之間」。又曰：「自古聖賢，唯一敬畏之心，曾子臨終，露以語人，則是謹謹畏畏度一生。」此先生之「居敬以持其志」也。又曰：「規模不大，則心志不堅；新工不加，則舊學日退。然義理無窮，吾輩講學，正要相與合力，精思明辨，討一個分曉的當處。」故先生於聖經賢傳，及諸子百史，制度象數，莫不究其源委，此先生之「力學以致其知」也。至先生之爲人，深潛純粹，無疾言遽色，處倫常以孝友，接姻族以仁讓，御僕婢以寬和；而於辭受出處之際，尤以謹廉耻爲先。此先生之「躬行以踐其實」也。即此以求之，而先生之全體，不已畢現乎？學者循是以求之，由先生以溯考亭，其階級不犂然具舉乎？昔劉元城得司馬温公「不妄語」之一言，拳拳勿失，終身行之；徐仲車得胡安定「頭容直」之一言，自此不敢有邪心。而朱子亦云：「某少時得謝顯道《論語》熟讀，先將朱筆抹出語意好處，又熟讀得其要領，再用青黄筆抹出自見，所得甚約，只是一兩句上。」可見古人爲學，當其得力，原不在多，今此集所載，凡學者進德修業之要，莫不畢具，而猶見少乎哉？雖然，此吉光片羽，幾同碩果之不食，假復散佚，則學者並此亦無所考矣！今孔時金君較刻《仁山先生遺集》之後，復取而新諸棗梨，傳先賢將散之遺文，啓後學欲墜之真脈，厥功不既偉歟？且焉知吾鄉有存先生之遺書者，聞金君之風，不盡出而付梓，而先生之學，不由此而大彰歟？業於先生無能爲役，而深喜金君能表章先賢，嘉惠後學，因不辭荒陋，而序其梗概如此。乾隆乙丑孟冬謹識。

遺事

［清］鄭　遠

先生父崇道公，爲臨川丞時，黄勉齋先生爲宰。二公言論風旨，制行立事，大率相同，莫逆於心。勉齋爲紫陽高弟，崇道公尊慕紫陽之學，以二子師事焉。勉齋以先生資禀之粹，悉授以師友傳授之的，濂洛淵源之奧，講論或至夜分。

崇道夫人蔣氏，與勉齋夫人朱氏，相得如姊姒，每得聞紫陽家庭之訓，以示先生。勉齋既没，先生慨念道脈之將墜，追思疇昔臨分之微言，兢兢如或失之。終日危坐，取聖經賢傳，考亭諸書，沉潛玩索，句析條抹，端直簡要；而又盡諸家之記録，參列標注，字畫如刻。夏半不箑，夜分不寐，兀兀窮年，雖素多病，而手不釋卷，以至諸子百史，制度數學，悉究其旨，而要歸諸平實正大之趣。

王魯齋輩，從先生於盤溪。崇道公見客，先生拱立以侍，客不寧者久之。魯齋以請教於先生爲言，崇道公始笑曰：「泰山微塵耳！」聞者竦然。始知崇道公家庭之訓，並先生謙虚之德。

先生之學，立志以定其本，居敬以持其志；力學以致其知，躬行以踐其實。其於言語文字之間，不立異以爲奇，間有微詞奥義，則必研精覃思，耐煩無我，以待其融會自得。時有以朱子《感興詩》首章爲解「無極太極」者，先生以爲「太極猶至理」云爾，不量淺深，而挾此籠罩，其謂之何？按：先生有《朱子感興詩解》，於首章内已發此意，其第二章止述黄勉齋解語，他章盡爲先生自解，理明旨遠，足見淵源之學。故六先生多取於此，然行狀家傳，不載有此解者，意以解詩爲小而略之也。

先生每舉勉齋師訓「存天理，去人欲」「棄貧棄死」之語。至於開悟誘掖，詳緩明白，而聖人旨意義理，趣味藹然，詞氣之間，雖氣體素弱，或力疾厲言，竭盡底藴；至於節義所關，義利生死取合之際，言言凛凛，聽之聳然。

先生見士友遠來者，首以朝廷邊報、人才用舍、四方休戚爲問。有快於心，喜不能已；其或不然，則憂形於色。

太守傃軒趙公希悦，貽書勸駕以赴麗澤院長，且舉前賢「山中出雲雨太虚，一洗塵埃山更好」之詩，以勉先生。而先生就答以「留取閑身卧空谷，一川風月要人看」之句。

趙公汝騰，又以先生學問操履薦諸朝，先生有詩謝之。趙公固知其不可强，其後入覲，又復薦於朝，且率名侍從數人，再以姓名上。時相與先生同州里，諸公因問相：「君當識之？」時相無以答，因曰：「雅聞其爲學，然學問自何君事？何預朝廷？且某當國，不欲爲朝廷費名器。」王留耕在坐，曰：「宰相所執何事？」諸公傳以爲笑。先生既辭史館之命，得改官與祠。或謂先生可一拜命，先生謂：「前日得寢促召，此心如洗，今而被受，又何爲者？年事今幾，深衣蓋棺足矣。」

船山楊先生子權，受業朱子之門，嘗知處之遂昌，因家於蘭溪，以道淑人。北山何先生、魯齋王先生，皆嘗訪道於先生。先生一見北山而稱許之，由是盤溪之從遊始盛。魯齋亦有就正於撝堂、船山，識伊洛淵源之語。按魯齋亦自言，因聞於船山，而始登北山之門。

思誠子張潤之伯誠，遊北山何先生之門餘三十年，盡得北山之學。北山《近思録發揮》，未就而卒，仁山踵成之，然每條質於伯誠而後定。仁山嘗曰：「思誠子於朱門爲嫡孫。」

何文定公傳

［清］黄金聲

何基，字子恭。祖松，乾道二年進士，歷官朝散郎、徽州通判，宦學清苦，善類歸之。父伯慧，臨川丞，承議郎、主管台州崇道觀。是時黄榦知臨川，伯慧見二子使師事焉。榦教以必有真實心地，刻苦工夫而後可。基悚惕受命，於是隨事誘掖，得聞淵源之懿，微辭奥義，研精覃思，平心易氣，以俟其通，未嘗參以己意，立異以爲高，徇人而少變也。所讀書無不加標點，義顯意明，有不待論説而自見者。朱子門人楊與立，一見推服，來學衆。嘗謂「爲學立志貴堅，規模貴大，充踐服行，死而後已」。讀《詩》之法，須掃蕩胸次凈盡，然後吟哦上下，諷詠從容，使人感發，方爲有功。謂「以《洪範》參之《大學》《中庸》，有不約而符者」。謂「讀《易》者，當盡去其膠固支離之見，以潔凈其心，玩精微之理，沈潛涵泳，得其根源，乃可漸觀爻象」。蓋其確守師訓，故能精詣造約。王柏既執贄爲弟子，基謙抑，不以師道自尊。柏高明絶識，宏論英辨，質難問疑，或一事至十往返，基終不變以待其定。嘗曰：「治經當謹守精玩，不必多起疑論。有欲爲後學言者，謹之又謹可也。」集中與柏問辨者居十之六。基淳固篤實，絶類漢儒，雖一本於朱子，然就其言發明，則精義新意，愈出不窮。郡守趙汝騰聘講辭，又率各從官列薦，守蔡抗、楊棟相繼薦，皆不就。景定五年，詔舉賢，與建人徐幾同被薦命，添差婺州學教授兼麗澤書院山長，力辭。咸淳初，授史館校勘兼崇政殿説書，改承務郎主管西嶽廟，終亦不受也。卒年八十一。初，基從鄉先生陳震學舉子業，課程若不得已，潛心義理之功居多。有以廉潔稱之者，基曰：「廉潔乃士大夫分内事，何足爲高？」及卒，門人張潤之，定殯葬以士禮，不用品官儀，識者韙之。宋濂稱之曰：「沈潛沖淡，得學之醇。」而議者又以基「清介純實，似尹和靖」云。家居北山盤溪上，學者稱爲「北山先生」。國子祭酒楊文仲請於朝，謚文定。國朝雍正二年九月，奉旨從祀孔廟。兄南，紹熙三年鄉貢，號「南坡居士」。基子欽，字無適，天才不羣，善草書，有晉宋人法。《宋史》本傳，參《婺賢言行略》、《道光金華縣志》

何文定事蹟

［清］盧　標

何基，字子恭，金華人。少從鄉先生陳震習舉子業。時達尊有以廉潔稱者，基曰：「廉潔乃士大夫分内事，何足高？」震大奇之。既冠，侍其父崇道公爲臨川丞，時勉齋黄榦適爲令，言論甚契，因使基師之。勉齋教以爲學須先辨得真實心地，刻苦工夫。基悚惕受命，始聞伊洛淵源之懿。景定五年，詔授婺州教授；咸淳初，覆命史館校勘，兼崇政殿説書，皆不受。後授承務郎，主管華州西嶽廟，亦不受。《婺志粹》

何文定弟子

［清］盧　標

王柏，字會之，金華人。少負志節，慕諸葛武侯之爲人，自號「長嘯」，思以奇策取關中。年逾三十，始知家學源緒。一日與友汪元思讀《四書》，至「居處恭，執事敬」，愓然曰：「『長嘯』非聖門持敬之道！」亟更以「魯」。每從楊船山、劉撝堂問業，船山曰：「北山何子恭，實從黄勉齋得考亭的傳。」即往受業，北山見柏喜曰：「會之真吾友也。」授以「立志居敬」之旨，爲作《魯齋箴》，勉以「質實堅苦」之學。柏自此益奮，有疑，必從北山就正。每見北山歸，充然自得，北山恒稱之曰：「會之二十年工夫，勝他人四十年矣！」《婺志粹》

張潤之，字伯誠，號思誠子，金華黄盆人。遊北山門餘三十年，盡得北山之學。北山之葬也，潤之爲定士禮，以成其志。北山輯《近思録發揮》，未就而卒，仁山金履祥繼成其書，每條皆質於潤之，然後定。履祥嘗稱之曰：「思誠子於朱門爲嫡孫行。」同上

倪公晦，字孟暘，金華人。魯齋嘗稱其服善，喜聞過，專志於下學之實。仕至轉運司幹辦公事，清介廉直，有聲於時。同上

倪公度，字孟容，淳祐中進士。同上

倪公武，字孟德。著有《風雅質疑》《六書本義》，與兄公度、弟公晦，俱以學行稱。同上

金仁山，因魯齋登北山先生之門。北山曰：「會之屢言賢好學，便自今截斷爲人，問如何是截斷爲人？」先生曰：「非禮勿視聽言動，豈不是截斷爲人？無爲其所不爲，無欲其所不欲，豈不是截斷爲人？」同上

何文定著述

《易學啓蒙發揮》二卷　○《經義考》　○《金華縣志》　○《婺志粹》

《大學發揮》四卷　○《金華府志》作十四卷，誤。　○《婺志粹》

《中庸發揮》八卷　○《婺志粹》

《易繫辭發揮》二卷　○《府志》

《太極通書西銘發揮》三卷　○《府志》

《近思録發揮》未校正　○《府志》

《語孟發揮》未脱稿　○《府志》

《大傳發揮》二卷　○《婺志粹》

《文集三十卷》　○《宋史》《府志》　○《婺志粹》只載《北山集》十卷　○均未見。

何文定里居祠墓

何基宅，縣北十五里盤溪，土名後溪何。《道光金華縣志》

何文定公祠，在盤溪墓所。同上

文定何基墓，縣西南三十里，殿講山循理鄉之油塘原。墓碣記，田爲土民毁奪。正德十年，知府劉蒞爲清理創復，碑以記其事。

國朝嘉慶元年，知縣劉雲建享堂一所。同上

北山遺集補遺

贈寧化令新除大府丞方南川赴闕詩

其一

曙色稀星斗，鷴聲動別離。山翁懷贐出，城庶挽車留。天寵知將至，人思須未休。眠看青蓋遠，日暮倍離憂。

其二

南川主人今日行，數年麗澤難爲情。把酒送君君須飲，喜君全節與完名。華嶽名高千古重，琴鶴行李一身輕。遥期後會知何日，望斷江頭月幾明。

其三

露草霜花帶夕陽，單車北上思茫茫。不知多少林泉衆，卧轍攀轅擁道旁。

又歌曰

江海兮洋洋，波流兮蕩蕩，神龍兮翔翔，澤而雨之兮萬沛方。

又調二章

雞割牛刀因莞笑，滿城桃李何足道。萍鄉更鼓正分明，乖崖忽薦官員好。紫泥書又到，飛鳧遠赴君王召。羨青年富貴，天已安排了。

別離底用傷懷抱，爲報攀援諸父老。帝心前席問蒼生，還將霖雨甦枯槁。趨朝天未曉，諫章時向燈前草。看明朝袖中霹靂，多少人驚倒。

按：此詩見於《重修金華叢書》第一百九十三册《蘭溪宗譜一》中《菰塘方氏族譜》，題爲何基作，今《何北山先生遺集》中不載。詩中有「數年麗澤難爲情」句，方南川應是何基在麗澤書院的友人，詩歌當是何基送方南川赴任的贈别詩。

夫人徐氏贊

恭惟夫人，良玉之英。令德孔儀，淑慎且貞。生於右族，長育名門。適配君子，内助惟勤。雞鳴之譽，遐邇共聞。天書褒寵，玉軸遥臨。榮膺景福，厥德惟新。螽斯之衍，蟄蟄繩繩。萬年不替，赫而厥聲。後學何基拜贈。

按：本篇見《重修金華叢書》第一百八十三册《金華宗譜三》中《莘溪余氏宗譜》，題爲何基作。

舒元輿像贊

才高伊吕，政佐唐虞。億兆萬民，咸樂雍熙。身居相位，衣禄豐腴。名垂清史，與天地齊。北山何基拜題。

按：本篇見《重修金華叢書》第一百九十四册《蘭溪宗譜二》中《蘭溪舒氏宗譜》，題爲何基作。舒元輿爲唐代良相，宋曾鞏、文天祥均曾爲其題過贊。

學士邁王公像贊

器宇軒昂，職列冠裳。忠貞貫日，潛在流芳。北山何基書。

按：本篇見《重修金華叢書》第一百九十八册《浦江宗譜三》中《沙溪王氏宗譜》，題爲何基作。《（崇禎）義烏縣志》記載：「王邁，字正叔，義烏人，博通諸經，尤長於詩。登第後需次弋陽尉，諸生爲結廬於龍門山，奉而學焉。淳祐四年，郡守趙汝騰以其經明行修，與何基並薦於朝。基累被召，除崇正殿説書不受。而邁以有官不召，亦未及到官而卒。」可知何基與王邁同被婺州知州趙汝騰舉薦，何基屢召不受，王邁未到官而卒。《東陽何氏家譜》亦有何基的《學士邁王公像贊》，可見此文爲何基所撰頗可信。

宋高士俞公諱豪字子傳公像贊（金華派祖）

慥慥言如其行，恂恂然貌符其心。樂與人善，軼彦方於古。耻爲公短，睹太丘於今。以書史貽訓，而遠大者志量；以詩酒自娱，而灑落者抱襟。熙熙然尚有元亮慶績，後人孰不溯公德之悠深。北山何基題。

按：本篇見《重修金華叢書》第一百九十五册《永康宗譜二》中《青山俞氏宗譜》，題爲何基作云「遠裔俞德輝傳重録於譜像」。俞德輝爲青山俞氏遠裔，當是俞氏後人請何基爲其題的像贊。

俞忠宣公贊

巍巍忠宣，不汙宗衮。出布嘉猷，入陳忠悃。律明亂静，仁普困甦。至今德政，歌不盡傾。婺州後學何基書贈。

按：本篇見《湯邑白龍橋俞氏宗譜》六順堂清光緒九年撰修。

葉氏宗譜序

夫萬物本天，人生自祖。故世系既遠，派衍雲礽，皆屬一體，非有以載之，恐散佚無紀，故立之譜者，固以揚先烈之盛，亦以聊一本之親也。顧世多附會其説，遂失人溯源清流之意，於譜多爲無當。

葉氏興自晉唐，發祥既遠。其間昭德懋公，表率一世，載在綸音，並諸名賢傳敘者，代不乏人，於我宋尤稱盛焉。此其綿延有自，固海内巨族甲第矣。其裔曰會之者，博洽群史，擅名藝苑，固一代士林倜儻，行將與文敏、忠靖等公照耀前後，區區閥嵬之容，又何足爲葉氏侈也。

予聞積德深者嗣必昌，澤必遠，當爲葉氏譜之矣。然則是譜之修，固不失尊尊親親之義，使觀葉氏之興，皆知振起者先朝諸公，而繼體於皇宋，令其世澤裔傳，聿然一新，百世下知所宗仰者，則會之也。不佞與會之交久，其家世梗概稔知，而述譜一事，又賢嗣之芳躅不容泯没而無紀也，敢僭一言以爲序云。會之，大同字也。

慶元六年秋九月朔，北山居士何基書。

按：本篇宗譜序見《重修金華叢書》第一百九十四册《蘭溪宗譜二》中《瀫東葉氏宗譜》，題爲何基作。何基友人葉大同爲葉氏後裔，故有此序。葉大同，字會之，其父嘗從吕祖謙講義理之學，本人重義氣，言必稽。除何基外，王柏與金履祥也曾爲《瀫東葉氏宗譜》撰有序。但慶元六年何基僅十餘歲，本序撰寫時間及撰者仍有可疑之處。

鳳林王氏重修宗譜序

孝子之所以爲孝者，不但能事其親，而尤在於能尊祖以睦族也。然其要在重譜，由百世下以等百世之上，居閭巷間盡同體之誼，察統系，辨親疏，收涣敦睦，非有譜焉，以列之不可也。故君子重之，不修譜者謂之不孝，譜可忽乎哉！

今正叔王君，吾契友也，於講道談經暇，惟譜是録，蓋欲敦孝於己，亦欲廣孝於人也，其維持世教之意爲甚切。余同正叔之學以爲學，而又同其尊祖睦族之心以爲心，能無所言乎。

夫譜古宗法遺意也，别生分類，所以示尊親之道者。世多昧此，每狃於誇誕虛張之習，或耻乎先之賤則棄之，或慕乎貴之顯則冒之，其不孝也大矣。且天下有貴人而無貴族，有賢人無賢族。仕夫子孫不能修身篤行則屈爲奴隸，公卿將相常發於隴畝，聖賢世系不能傳其業，則夷乎恒人，而縉紳大儒多出於微宗。貴賤豈有常哉，在人焉。而昔孔子子思操庸魏之行，而庸魏自著，祖不能貴之也。人能法孔子，行孔子之行，亦孔子矣，奚耻冒爲？若正叔之録，則願學孔子而一洗凡俗之習者。

觀其始自周靈王太子晉子喬之後，世遠難稽，雖耀弗録。惟自我朝舊勳邠國公見有丘隴可考者始系焉。尊其所當尊，而不曾顯以爲己之尊。親其所可親，而不棄族以爲途之人。别生也嚴，分類也密，所謂古宗法之遺意也得矣。孝友之風溢於簡册，不亦可以傳後而式世耶？抑思去富貴利遠外至者也，求之不可必得，得之不可必守，守之不可必傳。仁義禮樂之道具之於心，不假外求，得之者可以行，行之者可以著，施之盈天下，傳之被萬里，而非威武所能屈，聲勢所能摇。

今正叔纂輯之意，不敢以顯耀誇乎人也，而惟欲以實行望乎族者，其於仁義禮樂之道深有所得，而其爲孝也至矣。余辱世誼之好，樂其善而可傳世以美俗，故序其言以示告戒云。

時大宋淳祐甲辰年，長山同學北山何基拜撰。

按：本篇宗譜序見於《重修金華叢書》第一百九十八册《浦江宗譜三》中《沙溪王氏宗譜》，題爲何基作。王邁，字正叔，博通諸經。淳祐四年（一二四四）趙汝騰守婺州，何基與王邁同被其薦於朝，何基屢召不受，王邁未到官而卒。據此篇内容，何基與王邁爲同學，故爲其家譜撰序亦不無可能。

崇政殿説書學士墓誌銘

婺之烏邑，有道學君子曰王先生邁，字正叔，號梅谷，生於慶元丙辰六月七日，卒於淳祐庚戌十一月二日。嗣子資以辛亥十月十一日，奉柩葬於雙林鄉孔可山之麓。既而泣拜於基曰：先人所與交者衆矣，相知之深未有若先生者。然葬必有銘，兹禮爲古，敢請一言，以垂不朽。予念王先生之講學於烏邑也，辱承教益爲多，重以資有請，安敢辭。

王氏世爲義烏鳳林人，後遞遷稽亭，曾祖珪以鄉進士任國子助教，祖安上以善聞於鄉，考自悦好禮敦善，爲時所欽。先生自幼有美質，無書不讀，攻文藝有聲藉甚，以叔考南稜先生得東萊吕公傳，深於性理，嘗受業焉。薰陶漸染，所得益粹，博通諸經，尤精於詩。嘗著《詩大義》數卷，爲時所誦。又嘗作《致知格物論》《博文約禮説》《存心養性解》《五經疑問》，悉發前賢所未發。不尚詞章，惟敦實行，有所見，即見諸行。嘗曰：「讀書將以求聖賢之道，達則推之見諸政，處則藴之有諸己，文章殆餘事耳。」淳祐四年，承考應舉，登劉夢炎進士第，需次弋陽縣尉。先生施郁輩以先生爲一邑道學所宗，復結廬於龍門山，奉而學焉。朝夕講論琢磨，以興起斯文爲己任。每以手簡論理道，於基多所發明。嗚呼！先生之所自致若此，所謂道學之君子者非歟？迄後郡守公趙汝騰，以先生經明行修，堪任經筵之職，偕基薦於朝。聖天子方鋭意用之，除崇政殿説書學士，無何未到官，遽然長逝也。悲夫！且以先生文學之精，制行之純，舉而措之，固將輔翌聖德，羽儀治世，以澤生靈也。而竟爾不禄，豈先生不幸哉？實朝廷生民之不幸也！雖然，身雖逝而道常存，行雖晦而名孔彰，則先生之所自致者，固自有在矣。先生娶賈氏，有婦德。子一，資，以文學名。孫二，星瑞、星輝，其將來者未艾也。繫之銘曰：嗚呼先生，爲邦之良。道積厥躬，德輝孔彰。登名鴈塔，爲珪爲璋。講學龍門，入室升堂。雖遏厥施，所傳者揚。雖蕲厥年，所存者長。斯文之祖，实世禎祥。兹其藏也，永世弗傷。

时淳祐庚戌仲冬之吉，北山何基撰。

（《鳳林王氏曲江宗譜》卷三，民國十四年乙丑重修）

古塘徐氏世系序

徐氏之先，出於伯益。伯益之子曰若木，夏仲康封爲徐國侯，周因地賜姓爲徐氏。生四子，復分爲四姓，曰征國徐氏，曰終黄氏，曰季勝馬氏，曰簡趙氏。自征國至二十五代孫名康，康生湋，湋生忠義侯彦，彦生東平侯訓，訓生綏，周昭王封爲列侯，固辭不受，隱於泗州平原縣東二十里徐里山中，娶天水郡姜氏，生誕，字子孺，即偃王也。年二十，有功於周穆王，封之，分國而治。

後穆王不理國政，西遊天下，百姓離散，見偃王修行仁義，率土歸心，朝於徐者三十六國。穆王懼，因連楚伐徐。偃王不忍鬬，以保其民，遂棄國而處於浙之姑蔑簿里山。偃王亦娶姜氏，生三子，曰寶宗，曰寶衡，曰寶明。穆王後知偃王之仁，復封其子寶宗爲潁川侯。

寶宗生仁，孝王時爲司徒。仁生宏，爲大夫。宏生希，幽王時遇難，隱逸。希生厖，復爲幽王大夫。厖生恭，平王時爲列侯。恭生暢，桓王時爲大夫。暢生永，莊王時爲大夫。永生思，不仕。思生强，莊王時爲諸侯。强生亘，爲周大夫。亘生章禹，徐國君也，亦爲周大夫。章禹生融，融生簡，皆靈王時爲大夫。簡生僑，景王時爲大夫。僑生滿，滿生覲，皆敬王時爲大夫。覲生閔，元王時爲大夫。閔生杜，杜生諧，諧生淵，淵生垂，垂生可，可生詵，詵生仲，仲生長，長生猛，皆仕周爲大夫。猛生二子，曰諮，曰議。議生福，秦始皇使往蓬萊採藥，因阻風不返，遂居海東立國，今日本國是也。諮至漢時爲光禄大夫。諮生光，爲下邳太守。光生静，爲司農卿。静生萬秋，爲益州刺史。萬秋生嗣宗，漢武帝封爲歸義侯。嗣宗生景興，爲渤海太守。景興生式，爲車騎將軍、豫州刺史。式生二子曰霸，曰豐。霸爲車騎將軍，生二子曰抱，曰挹。元帝建昭三年，抱遷趙國相，生二子曰元伯、元泊。元伯爲咸陽令，元泊爲江夏太守、秘書監、光禄大夫。兄弟二人於成帝陽朔二年過江，下車東陽郡，子孫由此分處焉。元伯生齡，爲福州太守。齡生愷，爲兖州太守。愷生發，發生杲，杲生餘，皆不仕。餘生原，爲持節校尉。原生玘，封咸陽侯。玘生祖紹，祖紹生良治，良治生鳶，鳶生勤，勤生汝楫。

自偃王至汝楫爲五十世，延及宋時七十七世，至古塘始祖槩。公生三子，曰昌甫、昌旺、昌相。昌相生宗迪，與其子朝議郎蕩遷居蘭谿太平鄉。蕩生尚，贈朝議郎。尚生志，贈朝請郎。志生五子，曰良弼、良裔、良能、良知、良器，皆登仕籍。良能官至龍圖閣待制。嗣後，兄弟五人，子孫蕃衍，分派各居，其居古塘者，乃良能公之裔也。故循流溯源，以著其所自出，而使後之子孫知所尊仰焉。

宋淳祐二年孟冬月，金華何基譔。

（《古塘徐氏宗譜》卷一，咸豐十年重修）

按：此宗譜序見於蘭溪古塘村《古塘徐氏宗譜》。古塘徐氏家族爲蘭溪望族，南宋初期有著名人物徐良能（一一〇四—一一七四）。良能，字彦才，紹興五年（一一三五）進士。歷宿松、安吉二縣，皆有惠政。旋任御史檢法官，升太常博士，繼由監察御史升殿中侍御史、給事中，封蘭溪縣開國男。久居官職，因疾告休。理宗賜贈少師，寶慶三年（一二二七）贈太師。良能精於《易》學，著有《雜著》《奏議》及《易説》若干卷。《古塘徐氏宗譜》中還有金履祥、許謙等人所撰宗譜序、人物贊，可知此文係何基應徐氏族人之請而作。

何氏舊譜家傳論

讀書莫若先家傳，治經莫先於祖譜。家傳之不知，詩書乎何有？家譜之不明，又何聖人之經哉？學者之爲學，忠孝而已。相門相種，是有祖風，故求忠臣於孝子之門，有自來也。且爲善者，曰賢曰良，千載之下，猶將師法，是謂流芳百世者也，豈不可以感發人之善心耶！爲不善者，曰幽曰厲，雖孝子慈孫，百世不能改是，是謂遺臭萬年者也，豈不足以懲創人之逸志耶。試以本譜論之，后稷、公劉皆以農開國，積德累仁者尚矣！文王之文，武王之武，經天緯地，綱常萬世。下之漢初，得姓以來，如何武之守法盡公，所去見思。何並之清廉剛猛，表善好士。充之器局方概，猶任社稷。准之散帶衡門，不恃富貴。琦之孝養，謙之焚淫。無忌之義聲，死武節，譽振勍敵。尚之一門冠蓋，美譽累彰。點之孝養，尤之高標。承天之嘉謨精曆，敬容之綱維己任，令之爲國見言，若此者，皆可爲師法也。又若正色六館之如蓄，直詞數諫之如澤，不臣契丹之福進，拜像胡兒之繼筠。八歲遊國學，白楊安之雋才。百世流芳，首陽澄之孝子。吴郡士族監教之政碑，汶山民宦服祇之德化。極論夏竦之奸邪而有郯，死錚三鎮而不割之有桌，豈不可爲法者也。而況我安都侯修成以有禮起江王之敬憚，丹蔭都尉避權而不預霍氏之誅夷。御史大夫欣之剛直，廬江長史嘉之沉潛。至若太傅敞之面折廷錚，以摧奸鋒，可謂忠矣。關内侯斌之民愛如父，政績異等，可謂能矣。詔進別駕鎮之敬事父母，尊奉教戒，可謂孝矣。衡陽太守的之繼志述事，開創承業，可謂賢矣。若此者，豈不可爲師法者乎。下至於今，菽水之奉，臠肉以進者，又豈少其人哉。枚舉名標，不可勝記。及其明聯三鳳，桂折二枝，父子掇科，叔侄同榜，忠孝廉秀，聲名曄曄，其文章事業如此者也。若夫曾劭之奢侈過度，晏定之清談恃勢，是非公論有所不齒，至今嘆之。然其性至孝，閨門整肅，優遊自足，不貪權勢，與文章蓋世，才傑一時，又皆有大過人者。紂之不善，不如是甚。君子惡居下流，殷鑒不遠，足爲永戒。且忠臣孝子，代不乏人。學者宜去其不去，取其可取，擇善從之，信乎可以永爲傳家之良法也。自心而身，自身而家而國而天下，循循有序，可不讀家傳而先天下之書乎？不知宗譜而求知天下之書，其爲躐等也甚矣。比見後生晚學，心不學古，厭故喜新，多言少實，志在澆浮，自以爲能事畢矣。問之，則孫不知祖名，子不識父諱，其爲罔也，抑又甚也矣。聿修之德無聞，負荷之責誰倚，誠非紹隆世業也。青氊尚在，祖德猶存。爲箕爲裘，尚俟來裔。

古婺儒學訓導裔孫基頓首百拜。

（《東陽何氏宗譜》卷二，咸豐己未重修）

何氏族譜論

混沌既判而人物著，乾坤交感而物彙生。夫人物並生於天地之間，而人獨得中正靈秀之氣，故能超萬物而爲之長，得其聖之者，必能參贊天地之化而敘其彝倫，於是並乎天地而三焉。原其始而生也，翼翼熅熅，芒芒詵詵，總總林林，而後人文著，則有男女夫婦、父子兄弟長幼之序，嘗謂之族。念其族之所由起，追其姓之所由之來，依其郡之所由立而譜系焉。此姓名宗族之始，亦譜系支派之分。顧族之爲言簇也，尚夫聚而有別也。姓之爲言生也，本其所自生也。氏之爲言示也，示其所自而分也。何可一息棄而一旦絶哉！奈何神農以來，姓氏著；三代以上，支派詳。自秦狼之後，姓氏迭更而定姓命名之制毁矣。族屬且疏，大宗小宗之法廢矣。於是累數千百年而子孫交雜，譜愈難明，良可嘆也。然求其族雖繁而源派彌清，姓雖更而宗支彌著者，惟何氏乎？

何氏之姓，本於軒轅，別於后稷，族於姬韓，氏於潁川安王子允，趙氏之所生，有異於餘人矣。祥證其身，紋見於手，然得其姓名之始，又有異於餘族矣。推何姓之始，愈益明焉。

古婺儒學訓導裔孫基頓首百拜。

（《東陽何氏宗譜》卷二，咸豐己未重修）

北山何先生跋故友帖

愚嘗觀子朱子跋黄仲本《朋友説》，其發揮人倫天理之際，可謂深切著明，足以痛砭學者之膏肓矣。然竊以爲後世士心日壞，朋友之道所以殘弛廢缺，至於若此者，蓋自科目之興，先王所以長育人材之方一切廢置。所謂人倫天理，不可不一日講且論者。上之人既不以是爲教，下之人亦無復以是爲學。曰朋友云者，不過相與從事於彫篆簨組之習，争馳於功名利禄之途，其視古人責善輔仁之義，殆不知爲何事。方其義氣相許，若有膠漆之好，及升沉異趨，蓋有相棄如遺跡，而謂其無磐石之固，而嘆虚名無益者矣，又況死生契闊之際乎？

蓋其初所以相求，本不出於義理，則其恩束義薄，相視如路人，亦其勢之所至也。今觀吾友魯齋王公仲會父所萃故友帖凡十一，君子雖交有久近，情有淺深，而片言、而幅紙皆爲之寶藏愛惜，手澤如新，至其見於題跋，則又忠厚惻怛，反覆悽愴，使人讀之亦復爲之泫然。嗚呼！若仲會父者，久要不忘者也，克盡朋友之誼者也，能復古道者也。文公所謂「非强學力行之君子，孰能及之」，其仲會父之謂歟？

抑基辱在遊從，如十一君子者亦往辱與之交，知敬愛之，而歲月幾何，俱已淪謝。有如不肖，猶幸後死，而學不加進，衰落已甚，覽觀是編，爲之泚顙。嗚呼！知人生之難保，則進德修業所貴於及時；念朋友之易散，則輔仁責善尤宜於盡道。覽是卷者，其亦有感於斯夫！

按：此篇跋見於《重修金華叢書》第一百八十二册《金華宗譜二》中《龍門倪氏宗譜》，乃何基爲弟子王柏父親所作的題跋。王柏字仲會，其父王瀚，字伯海，曾問學於朱熹、吕祖謙之門。王瀚嘗知縣事，官終朝奉郎，主管建昌軍仙都觀，被稱爲仙都公，王柏係其仲子。王瀚愛好書畫，喜愛收集故友跋帖，此篇序文中有「抑基辱在遊從」句，聯繫文章内容，當確爲何基所作。

《山棲志》跋

自昔厭喧囂，執志好棲息。嘯歌棄城市，歸來事耕織。鑿石窺嶕嶢，開軒望嶄岃。激水欄前流，修竹堂險植。香風鳴紫鸞，高梧巢緑翼。泉脈洞杳杳，流洑下不竭。仿佛玉山隈，想像瑶池側。夜誦神仙記，曉吸雲霞色。將御六龍輿，行從三島食。誰與金門士，撫心論胸臆。右靈岩古剎，聞昔乃孝標之故宅。此地上接紫薇岩雙龍洞天，想其一時飛屐上下，千峰紫翠之間，左浮丘而右洪崖，風致猶目前也。雖遺跡不可追企，而泉石景響常存，寺之法堂重葺，以《山棲志》舊文鐫之。此文雖齊梁間餘體，而古雅特可喜，中所謂流洑者蓋洞天之水也。

時咸淳丙寅歲良月之三日北山何基識。

按：此篇在吴師道的《敬鄉録》中有載：「右兩篇詳各不同，而詩又前篇所無，或者何先生節取其文，抑别有所傳耶！兼其題引文字特亦小異，今並存之以俟知者。師道識。」《山棲志》詩爲劉孝標所作，何基遊覽其故宅時爲此詩作跋。明代宋濂所作《題棲雲軒記後》中亦有提及：「余往年讀劉玄靖《山棲志》，見其載紫岩、靈岩勝概，分明如畫，時正當袢暑，不覺凉飈生肘腋間。今年夏六月，客有授予蘇太史《棲雲軒記》，《記》爲本庵上士作，其狀靈岩之景亦分明如畫，蒸溽爲之頓消。嗚呼！因文辭而想見其處，雅興遄發，尚忘其時之燠炎，況親睹寃眼湏耳之勝者乎！蓋玄靖久棲此山，太史亦嘗出遊覽，故其言真切有以足動人也。何文定公跋《山棲志》有云：『想玄靖一時飛屐上下，千峰紫翠間，左浮丘而右洪崖，其風致猶前日也。』余今於太史之文亦云。若夫云幻非幻，契經多言之，苟欲重宣其義，非千百年莫能盡。他時或造山中，當敷座於巒光水影間，爲上士説法未晚也。」聯係兩段文字，可證此跋當爲何基所作。

汲齋銘

天賦人受，有物有則。湛然良心，萬化攸出。欲動情勝，乃堙乃塞。本然之明，寖以消蝕。其源既濁，其流斯汩。自新新民，功用皆息。曷除其堙，曷達其窒。惟學有要，於己先克。制外養中，非禮者勿。欲去理明，方寸皎日。我稽易象，如井制物。寒洌泓澄，本原之德。有泥其汙，人將焉食？渫治既淆，然後可汲。井道迺成，有孚元吉。惟子葉子，玩象體易。昭揭斯名，用警朝夕。尊吾天君，勿受形役。外汩既除，清乃可挹。毋華而甃，毋斷而編。左右逢原，要在自得。收汲之功，博施無極。（《東陽何氏宗譜》卷二，咸豐己未重修本）

宋故夫人程氏墓銘

夫人程氏，諱道真，婺之武義人，同邑潘君榮祖之配也。大王考載，王考瑄，考邁，妣朱氏。夫人天資夙悟，蚤從兩兄授《孝經》、《論語》、《孟子》、曹大家《女戒》，經覽無遺誦。兩兄皆薦名發聞當年。而夫人性質夐異，皇考嘗拊之曰：「惜也，不爲丈夫子，其昌吾家者。」年二十一，歸於潘氏，逮事皇姑劉夫人。皇姑勤儉素樸，以裕其家。夫人禀性不華，婦姑同規，若泉之投水，不道而自合也。皇姑每喜言曰：「此婦類我，它日我志其無墜矣。」夫人内慈而外直，待人惻然，恩意至到，視有囏厄，雖賤且仇也，猶捐力以捄之，或有所援而力不葴，至閔閔忘終日食。潘君嘗攝洪、瑞四州巡檢，部使者厲威猛，械致縲囚無虚日，呰無囚廩，至則庾死，夫人爲粥以食，餒者悉賴以存活。後當代去，衆囚視行車哭曰：「夫人去，我輩今其死矣。」一日，户外有乞食者，夫人適病劇，猶目侍者追往食之。其篤□仁愛如此。

夫人生於嘉定五年七月四日，卒於咸淳元年十一月五日。子二人：長曰希程，次曰科老。孫一人：蕃。孫女三人。科老未冠而夭，希程猶存，自在齔時，口授《孝經》《論語》及古詩文卷，長招師就塾，躬紡績、嗇口體以營幣脩，以致鮭饍。當休假，必坐其子於膝，挑所誦書。希程年十三，求考亭《四子集注》，手授之，曰：「不熟讀此，不足爲人也。」故希程少能學而長知方者，亦母教之克盡其道也。生平性方質，不能容人之過，事乖其意、行違其可，雖親暱且貴富必陰諷之，甚顯譏之，人以此嚴憚，而回視其本心洞然，公直無偏黨私忮之存，故人亦無所容其憾也。事舅姑父母及諸兄，其生也，悉盡其歡；殁也，雖去之久，言之必嗚咽流涕也。

女兄弟止二人，相愛尤篤，女兄病革，夫人躬湯液，既死，哭過時彌哀。自是意緒落然，語嘗悽哽。不三年，而夫人亦死矣。潘君受裕齋馬公之辟從事金陵，夫人疾作，公命醫來，致良藥以治療，竟不獲瘉，棺斂舟車之費，公悉其厚。卒之四十有五日，歸匶於正寢。咸淳三年正月庚寅，窆於武義縣遊青嶺之原。潘君念令德之不可無傳也，來乞銘。銘曰：

剛毅近仁，實乃心德。豈惟丈夫，均此壼則。天之報施，其定孔明。克昌厥後，其報之真。有文有行，是在令子。鬱乎蔥芊，夫豈其死。石經世□□□□刊。

北山何基撰並書。

按：誌石高一百一十點五釐米，寬六十八點七釐米，厚九點五釐米，今藏於武義縣博物館。傅毅强、鄭嘉勵主編《宋元武義墓誌集録》（浙江古籍出版社，二〇一九年）收録。

語録

何文定曰：異端之害云云，人之攻治其説者，其蔽固之深者固無足論，其間有高明賢智之故而亦學之者，不過謂彼有所短亦有所長，吾但取其所長而去其所短，而不知本領既非，所謂善者非真善，攻而治之，陷溺益深，爲害滋甚。故夫子斷以一言，曰斯害也已。而程子又謂其近理者爲害益甚，尤當遠之。是皆聖賢推救焚拯溺之心，援學者於顛冥之地，其爲人切矣。

何文定曰：有一朋友言，愠作含怒意，固下得輕，然終有怒字在，不見君子氣象，惟訓悶字爲是。如《南風》之詩曰：南風之薰兮，可以解吾民之愠兮。暑氣何可怒，但令人悶耳。薰風則能解人之愠悶也。

何文定曰：愛之理是偏言之仁，心之德是專言之仁。《孟子》首章是專言之，故曰心之德、愛之理。此章孝弟是偏言之仁，故曰愛之理、心之德。其先後有當也。

何文定曰：「主一」者，指示所以「持敬」之要，若止曰整齊嚴肅，則難捉摸。惟曰「主一」，則用力之方昭然易見。然所謂「主一」者，静固要一動，亦要一静。朱子所謂身在是，則心在是，而無一息之離，此静中之「主一」也。所謂事在是，則心在是，而無一念之離，此動中之「主一」也。若「無適」二字，則又是爲「主一」兩字再下注脚，謂如心在東，而復移之西，又移之南之北，則是静不「主一」，他有所適而非敬矣！又如本是一事，而復二，以二又參以三，則是動不「主一」，他有所適而非敬矣！「主一」自然無適，無適方爲「主一」，此兩語只是展轉相解，只觀程子「主一之謂敬，無適之謂一」二語，敬之爲敬，可得而持矣！（本條又見朱一新《無邪堂答問》卷一，文字有删節）

何文定曰：文滅其質者，虚文勝而實德亡也。質勝而野者有實行，而無節文也。聖賢有見成之條法，不考之則無以爲入道之方。事物有當然之至理，不窮之則無以爲明善之要。故雖盡力於孝弟謹信待人接物之間，而不知毫釐之差、千里之謬。或以善爲之，而未必合天理之正，而不出乎人欲之私。甚則陷父爲孝、誤兄爲悌、無禮之謹、復言之信、泛愛而失於無擇，親仁而未必識仁，其弊有不可勝言者。是則無餘力而急於學文者，其害固大矣！有餘力而不肯學文者，其病亦豈小哉！

何文定曰：主者謂凡事必靠這忠信爲本，而不容他有所之之謂也。夫忠者發於心之實也，信者見於事之實也。專以爲主，則其一言、一動、一謀、一爲，其始終表裏無一不出於實，而虚僞之妄念，出而無所施於外，入而無所藏於中，自將消磨泯滅，而無妄之真體由是可以漸復，是乃思誠之機要，而作聖之階梯也。（本條又見王肇晋《論語經正録》卷一）

何文定曰：物，事物也，惟誠則以實心見之實事，方可謂之有這物。若無這誠，則其所爲皆不出於中心之實。然謾試爲之，恰與不曾做一般。

何文定曰：《勉齋語録》謂：一句作體看，一句作用看，然又須參錯看。蓋天理節文是體中之用，在體中固有自然之節，然不因發見於外之文，則何以見其有節。故言節而併及於文，故曰體中之用。人事儀則是用中之體，就用上看，固有燦然之儀，然所以有是條理者，皆原於自然之品節。故舉儀而必本乎則，故曰用中之體。蓋節與則俱體上字，文與儀皆用上字，此所謂參錯看。

何文定曰：服勞饌食，養口體者也；柔順顔色，養志者也。不曰養志，而曰色難者，蓋愉色婉容皆誠實之發見於外者，決非聲音笑貌之所能爲。必其愛之積於中者深，然後見於容色者始無一毫之不順。苟所以愛其親者，有纖悉之未至，則形於外者決無愉婉之色，則事親者，其色豈非難乎？·能盡此者，其於養志固有餘裕矣！聖人所謂色難者，惟體之而後知爲不易也。服勞奉養，固非愛親者不能，然愉色婉容，則尤其愛之深者。服勞奉養，或可以勉而爲之，愉色婉容則無所不順，而心與父母爲一矣，豈得不謂之難哉。（本條又見王肇晋《論語經正録》卷二，有删節）

何文定曰：深潛淳粹，此四字只是形容顔子資禀氣象如此。蓋雖一般聖賢，各自有資禀氣象，如湯、武自有湯、武氣象，文王又自有文王氣象。且以此深潛淳粹四字著在孟子身上固不得，便著在曾子身上亦不得，惟顔子便有此資禀氣象也。

何文定曰：《語録》謂既以此觀人，亦當以此自考。此意亦緊切。

何文定曰：居敬則無私心，而枉直無所蔽。窮理則有真見，而枉直不難知。此合内外之道，又辨枉直之要法也。

何文定曰：夫子本言教化必自己出，語勢不得不然。張子恐觀者失聖人之旨，故發明無所爲之説以曉之。（以上金履祥《論孟集注考證》卷一，下録同書僅出卷數。）

何文定曰：《文集》有曰：禮正在恰好處，泝而上之，則儉爲本；沿而下之，則奢爲末。此語最爲分曉，流於末之奢固不可，然安於本之儉，而不求到恰好處，亦非聖人本意也。

何文定曰：所謂奥有常尊，而非祭之主者，蓋五祀四時之祭，皆於此乎成禮，是其有常尊也。然不專主於一，而若户、若竈、若中霤、若門、若行，皆先祭其本所，而後設饌迎尸於此，是其非祭之主也。若竈雖卑賤不尊，然在夏時則專主祭竈。當夏時而專用事者，故曰當時用事，或曰用事謂水火烹飪之所。

何文定曰：諂與敬不同。禮施於所當施，則爲敬；禮加於不當加，則爲諂。

何文定曰：竊詳管仲器小之論，《集注》「局量褊淺，規模卑狹」二語覺已盡其曲折。局量以資質而言，乃器小之本根；規模以施爲而言，乃器小之效驗。惟其局量之褊淺，所以規模之卑狹。下文説不能正身修德，是指局量褊淺處；不能致主王道，是指規模卑狹處。大凡人惟見其大也，而後不肯安於小。管仲之所以小者，只爲不識其大。緣他資質本是凡近，而又無聖賢之學以充之，才雖高而識實陋，氣雖鋭而志實卑。所以局量容受不得，而規模恢拓不開，不過成就得些小霸業，以上更去不得了。夫子以小器斥之，可謂一言以蔽之。而朱子復明之以兩言，而器之所以小者，無復餘蘊。蓋局量褊淺者，器小之體；規模卑狹者，器小之用。欲識仲之爲器小者，觀諸此足矣。然亦須將此二語考驗管仲平生，方見得此二語説得他著。

且如仲始與桓公講論治國，公辭以己要奢淫，恐妨爲治，爲仲者便合就桓公心術上整頓，然後事乃可爲，而仲卻謂皆不害霸，是他被些才使，急於自見，惟恐君不見用無以成功業，故曲意深縫，至於如此。及其後也，三歸具官，塞門反坫，奢僭之事至身自爲之，與辭上卿之禮全別，是又被這些功業動了，包藏不住，致滿溢而不自知，其視正身修德之事，反若迂闊而不切於事，此非局量褊淺而何？又如管仲一時事功，其大節目只有尊王、攘狄兩事。是時，周室尚有可爲，爲仲者正當至公血誠，輔佐天子，振立紀綱，以還西周之舊。今乃挾公濟私，假尊王之名，爲圖霸之實。至若楚人僭王猾夏，此是甚底大罪過，乃置之不問，卻尋得包茅、昭王節目責他，大意只是要他略服便做收殺，在我且自可以伯，大抵皆是急於近功淺效，若王道，則恐其久遠難成判斷不做，此非規模卑狹而何？而朱子只直指其不知學者，緣資稟自是定了。若知聖賢大學之道，則褊淺者可以變而宏深，卑狹者可以擴而高廣。蓋量隨識長，學進則識長，識長則量自充，量既充則規模不患於不大。且以管仲言論風旨觀之，説得話亦自識道理，非全無聞，而志識卒於卑陋，只就小小窠窟結果了，豈非不學之過乎！奢而犯禮之事，聖人只是答或人儉禮之問，非正指小器而言。然就這上面看，亦可見得器小形見處，故程子特指此以曉人。而管仲所以爲器小者，益覺分明。此乃程子說得有功處，故朱子曰「當深味也」。而《集注》又曰：雖不明言小器之所以然，而其所以小者，於此亦可見矣！

何文定曰：朱子謂此篇言仁有淺深，此章卻只是說慈愛之仁。蓋仁主於愛，君子之過雖是失於厚而過於愛，然畢竟不失爲仁，但是仁中之過耳。若小人失之薄而流於忍，卻正與仁相反。

何文定曰：君臣朋友皆以義合，故事君三諫不聽，則有去義；導友忠告不可，則有止義。過是若更强聒不置，則是失之頻數，取辱、取疏，乃其勢之必至。然君臣、朋友雖曰以義合，而皆大倫之一，其義甚重，若未至於數而逆，憚辱與疏而豫止焉，則爲不盡君臣朋友之義，而薄亦甚矣，尤非聖賢之所許也。

何文定曰：糞土朽木，諸家以爲質不美之譬。朱子嘗破其說，看來只是譬學者志不立，則學無其本而教無所施爾。大抵人之氣體固有强弱，而其勤怠則在於志之立不立。志苟立則日進於精明，雖弱而必强；志不立則日入於昏惰，雖强而亦弱。是故君子爲學，必先立志。

此志既立，則如木有質，如牆有基，而後凋朽之功可加矣。

何文定曰：彊毅不屈者本於有志，而彊梁悻直者，則氣之爲爾。二者自外視之，均可謂之剛，此疑似之難辨，而棖之所以得是名也。及夫子斷以欲之一言，則棖之不得爲剛，斯曉然矣！蓋能勝欲之謂剛，屈於物之爲欲，二者不容並立。今謂之剛而多嗜欲，則是其剛非真剛，不過出於意氣。崛彊之爲欲一牽之，方且化爲欲，察其微也。

文定何子之語曰：此章要實見得是理是何物？文公好説箇恰好處，理只是恰好處。此便是中，便是至善，自古聖賢相傳只是這箇。天下萬事萬物，各各不同，而就每事每物中又自各有箇好處，故事理雖不同，到得恰好處則一，此所謂萬殊而一本。然其一本者，非有形象在一處，只是一箇恰好底道理，在事事物物之中，此所謂一本而萬殊。

何文定曰：子貢地位，語恕固可勉爲，論仁則非所及，而遽以此自任，論道既爲躐等，省己則亦太疏。夫子恐其便如此擔當了，不自醒覺，則無復勉强充廣之功，故折而教之，欲其且退一步做工夫，而所以進之者遠矣。（以上卷二）

何文定曰：未能行而恐有聞，非以行不給而倦於聞也，此特形容其汲汲於行，而惟恐有留善之意。夫行之速，惟恐其善之或遺，聞之多又慮其力之不足，自勵若此，進善豈有窮乎？夫勇者，氣質之偏，多務勝人，而子路則用以自治而功百倍於人，此范氏所謂善用其勇也。（本條又見王肇晋《論語經正録》卷五，有删節。）

何文定曰：《通釋》舉仁字一節，蓋是指出博與約親切處以爲例，尤見分曉。因是推之，如《詩》三百篇，字字要講究，是博文也；到得行時，一言以蔽之，曰思無邪，是約禮也。如禮儀三百、威儀三千，件件要講究，此博文也；至於行時，則一言以蔽之，曰無不敬，是約禮也。

何文定曰：何止云云，何事是當時方言。

何文定曰：所謂文者，正指典章文物之顯然可見者。蓋當周之末，文王、周公之禮樂悉已崩壞，紀綱文章亦皆蕩然無有。夫子收入散亡，序《詩》《書》，正《禮》《樂》，集群聖之大成，斟酌損益以詔來世，又作《春秋》，立一王之法，是所謂得與斯文者也，以一身而任萬世綱常之責。天生斯人，夫豈其數，其關於世運，豈是些小氣數。聖人心與天契，固有以知匡人決不能違天害己也，「天生德於予，桓魋其如予何」亦同此意。（本條又見王肇晋《論語經正録》卷九）（以上卷三）

何文定曰：此顔子擇乎中庸始終工夫也。

何文定曰：襞積殺縫之説，《禮》書疏中説得少有分明處，只《儀禮·喪服》疏内一項説得稍明白。襞，《禮》書中只作辟。蓋辟者，襵也；積者，疊也。腰中布幅多而闊，須著襵疊作簡以束令狹一就身，此所謂襞積也。

何文定曰：此段當總入第五篇末，亞於「浴沂」之下。（以上卷五）

何文定曰：蘇氏此説正是譬喻，未必專以地言。（卷八）

何文定曰：二人亦非常人，爲其氣魄大，故自有與聖人相感召處。（卷九）

按：以上三十二條何基語録皆輯自金履祥《論孟集注考證》。此書爲金履祥對《論孟集注》的疑難問題所做的辯證和補充，其中收録了諸多理學家如二程、朱子、何基及王柏等人對《論語》《孟子》所解釋的語録。四庫館臣認爲：「其書（指《考證》）於朱子未定之説，但折衷歸一。於事蹟典故，考訂尤多。蓋《集注》以發明理道爲主，於此類率沿襲舊文，未遑詳核。故履祥拾遺補闕，以彌縫其隙，於朱子深爲有功。」何基有《語孟發揮》未脱稿，金履祥爲王柏弟子，往來於何基門下，與何基交往講貫。何基殁後，金履祥後與何基另一著名弟子張潤之共同訂正討論何基的《近思録發揮》《語孟發揮》等未脱稿。可知，金履祥熟知何基的《語孟發揮》。因此，金履祥的《論孟集注考證》所收何基語録可信。

《考證》：「何氏曰：『居敬則無私心，而枉直無所蔽，窮理則有真見，而枉直不難知。』」（史伯璿《四書管窺》卷二，文淵閣《四庫全書》本）

何文定曰：聖人之道只是至善，曰明明德於天下。有以見體用之一；曰上而致知誠意，乃正心之材料；下而修齊治平，乃正心之推拓。故正心以下，皆以序言，以上獨不以序言也。曰修身以上是忠，齊家以下是恕，皆其言之有所發明者也。（黄佐《南雍志》，《經籍考》卷十八，民國景明嘉靖二十三年刻增修本）

按：據明黄佐《南雍志》記載：「《大學疏義》一卷，仁山金履祥撰。『如曰在明明德』一句，是下二句之綱領，下一句是上二句之標的。又引其師王魯齋曰『至善即是中』，又引先師何文定曰：『聖人之道只是至善……皆其言之有所發明者也。』」由此可證，此句爲何基佚説。

何北山基曰：「主一」者，指示所以持敬之要，用力之方，昭然易見。朱子所謂身在是則心在是，而無一息之離，此静中之「主一」也。所謂事在是則心在是，而無一念之離，此動中之「主一」也。若「無適」二字，則又爲「主一」再下注脚。「主一」自然無適，無適方爲「主一」。觀程子「主一之謂敬，無適之謂一」二語，敬之爲敬，可得而持矣。朱子曰：敬者主一無適之謂，尤約而明。（王肇晉：《論語經正録》卷一，光緒二十年刻本）

何北山曰：居敬則無私心，而枉直無所蔽；窮理則有真見，而枉直不難知，此合内外之道，又辨枉直之要法也。（王肇晉《論語經正録》卷二）

何北山曰：仲始與桓公講論治國，公辭以己要奢淫，恐妨爲治，爲仲者合就桓公心術整頓，然後事乃可爲。而仲謂皆不害霸，是被才使，急於自見，惟恐君不見用，無以成其功業，故曲意深縫，至於如此。及其後也，三歸具官，塞門反坫，奢僭之事至身自爲之，與辭上卿之禮全别，是又動於功業，致滿溢而不自知，其視正身修德之事，反若迂闊而不切於事，此非局量褊淺而何？又如管仲一時事功，其大節目祗尊王、攘狄兩事。是時周室尚有可爲，爲仲者正當至公血誠，輔佐天子，振立紀綱，以還西周之舊。乃挾公濟私，假尊王之名，爲圖霸之實。楚人僭王猾夏，置之不問，尋得包茅、昭王節目責之，大意祗要其略服，優已在我，且自可以霸，大抵皆是急於近功淺效，若王道則恐其久遠難成，判斷不爲，此非規模卑狹而何？許白雲

曰：夫子屢稱管仲之仁，及民受其賜，是以事業言，此章是以學言。（王肇晉《論語經正録》卷三）

何北山曰：君臣朋友，皆以義合，故事君三諫不聽，則有去義；道友忠告不可，則有止義。過是若更彊聒不置，則是失之類數，取辱取疏，乃其勢之必至。然若未至於數而逆，憚辱與疏而豫止焉，則爲不盡君臣朋友之義，而薄亦甚矣，尤非聖人之所許也。（王肇晉《論語經正録》卷四）

按：《論語經正録》，清王肇晉撰，二十卷。採録朱熹以後宋、元、明至清代注説《論語》者百餘家，以求「博學詳説之義」，「仿朱子《論孟精義》、衛正叔《禮記集説》，薈萃衆説，爲例益寬，所貴闡明經義大旨，不必悉合《集注》語意，群言粲陳，要歸自見，在學者善觀會通而已」。其所作《論語》注釋「有前儒之説朱子所不取，有朱子舊説與《集注》異者，亦有《集注》偶失論辨匡正者」，但在發揮義理之宏旨上，仍恪遵朱子。（參見張岱年主編《孔子百科辭典》，上海辭書出版社二〇一〇年第二二八頁）其中「主一無適」與「糞土朽牆」句的解釋，與金履祥《論孟集注考證》中「主一無適」與「糞土朽牆」所引文句一致，可知《論語經正録》所引當爲何基語。

何文定曰：此是陰陽乍離之際，有此聲臭氣，此是祭義所言正意。若《中庸章句》所引，乃是借來形容祭祀「來格」、「洋洋如在」之氣象。此是感召復伸之氣，與祭義所指自不同，讀

者詳之。(許謙《讀四書叢説》卷二)

何文定云：惜顔子者，惜其已進於所立卓爾之地；未見其止者，惜其不造於聖人之極也。(許謙《讀四書叢説》卷五)

按：許謙師從金履祥多年，必熟悉何基的《語孟發揮》。因此，其《讀四書叢説》所引的兩條何基語録亦可靠。

附録一　碑傳志銘

北山先生文定公家傳

［宋］何　鋐

先生諱基，字子恭，其始澤之高平人。五季避亂，徙於婺之金華，負郭以居，世以儒名，爲婺著姓。曾祖考諱溟，故贈朝散大夫，妣吴氏，贈宜人。朝散公以文學聞諸公間，默成潘公良貴、香溪范公浚尤相與友敬。祖考諱松，乾道二年進士，宦學清苦，所至士信民服，善類歸之，積官朝散郎、徽州通判，累贈中奉大夫，妣曹氏，贈令人。自中奉公省先塋於城北，樂其山川風俗之勝，始改築三洞之陽，盤溪之上。考諱伯慧，故任承議郎，主管台州崇道觀，賜緋魚袋。妣安人蔣氏。崇道公剛介之操，廉勤之業，生平出處大致，魯齋王柏聘君嘗狀其行矣。崇道公二子，長南坡，浙漕進士。先生其仲也，以淳熙戊申七月十有七日生於金陵之官舍，蓋中奉公時爲建康沿江制機也。

先生在母腹七月而生，氣體特弱，幼病癇，崇道公與蔣夫人憂之。一日，異人授以方藥，服盡即愈。年逾小學，始就師傅，端重寡言笑，儼如成人。稍長，從鄉先生國録誠齋陳公震，陳公一見異之。一日語：「士大夫守官不貪，誠足高者。」先生對曰：「不貪，但是不爲盜耳。

人而不爲盜，何得便爲高？」」陳公益奇其識趣之遠。先生時雖肄舉子業，即知聖賢之學所當自勉者，閒則潛心義理，所尚日高。陳公嘗語之曰：「爲學修身之要，義理無窮，而縈於課業，用工未一也，子其助我矣。」陳公嘗倣《先天圖》爲《後天圖》，出示先生。先生因言：「文王序卦，其次第當必有説，但今不可得見。雖先天有圖可以倣傚，然先聖、後聖各有規模，必不擬規畫圖也。《先天圖》法象自然，不勞安排，而無所不合，所以爲妙。《後天圖》雖可倣此布置，但妨礙處多，只如十二辟卦已不復有次序，今止可略見大概足矣。」陳公深以爲然。年且弱冠，侍崇道公領簿臨川丞。時勉齋先生黄文肅公榦爲之宰。二公言論風旨，制行立事，大率略同，莫逆於心。而勉齋，紫陽夫子之高弟也。崇道公素尊慕紫陽之學，以二子師事焉。勉齋以先生資稟之粹，悉授以師友傳授之的、濂洛淵源之奥。議論或至於夜分，而以「真實心地，刻苦工夫」爲爲學入德之方。母夫人蔣氏，與黄公朱夫人相得如娣姒，又得聞紫陽家庭之訓，歸以語先生焉。

既而二公皆以秩滿去官。黄公入覲，而崇道公亦有桂陽參軍之命。其别也，黄公語先生：「但熟讀《四書》，使胸次浹洽，道理自見。」先生終身受持，不敢忘也。然自是相望日遠，音問疎隔。黄公晚歸講道龜山，先生每以未克卒業爲恨。未幾，而黄公歿。其後，公之長子輅奉檄來婺，訪先生於盤溪。先生對之泣涕，且悉聞别後出處之際，講學之詳，慨念道脈之將墜，追思疇昔臨别之微言，兢兢如或失之。終日危坐，取聖賢經傳、考亭諸書，沉潛玩索，句析條抹，端直簡要。而又盡諸家之記録，參列標注，字畫如刻，夏半不箑，夜分不寐，兀兀窮年。雖素多病而手不釋卷，以至諸家百史、制度數學，悉究其旨，而要歸諸平實正大之趣。一意韜晦，曰：「吾求寡聞而已。」未嘗表暴於人，人無知者。崇道公宦遊，必以先生自隨。

嘉定癸未，崇道公自吉州受黄岡治幕之職。蔣夫人始以邊地難之，而崇道公謂：「是行也，正臣子效馳驅之日。」先生復贊決之，謂「臣子之於君父，俱不當以利害顧慮」。其後，崇道公政績上聞，先生裨益爲多云。初在江西也，隆興名士清隱宋公見其氣象，覘其學問，亟稱許之。既別，又貽書崇道公謂：「令子資禀粹美，學問已有端緒，大概聚辨不可偏廢，須遠求良友與之朝夕講貫，使大成功效，此學有傳。異日，公爲程大中可也。」廬陵駕部左公謩，慷慨正人也，嘗壽崇道公辭，有曰：「鯉庭濟美似槐庭，看爾子二郎須做。」諸公推許期待如此。然而先生謹繩墨，蹈規矩，克己自修，恂恂有禮，邃於學問，常欿然自以爲不足。復惜勉齋之逝，感宋公之言，取友四方。其書尺往來問難者多，有如上饒方君俊民、周公自明、古括吴公天澤諸公，樂與辨論，而信從者多矣。

紹定間，崇道公謝事家居，以花木泉石自娱，作亭山椒，號四時萬象。先生日侍杖履，從容其間。退輒閉齋，研玩書册。鄉里上下，無識其面者。是時，紫陽高弟船山楊公與立寓居蘭溪之境，先生往造焉。船山一見，欣然有當於心，且亟稱之。於是，魯齋王聘君柏及倪君公晦、汪君開之、敬巖王君佖、立齋王君偘，始陸續尋訪於盤溪。

其初進也，崇道公見客，先生拱立以侍，客不寧者久之。既而魯齋王君以請教於先生爲言，崇道公笑曰：「泰山微塵耳。」聞者竦然，始知家庭之訓，而先生之力學不已，謙讓不足，又有自來也。是時，蔣夫人從子蔣君恕與潢盆張君潤之已先登門，滕二鄉之子大用亦束書來學。大用又闢山堂，爲諸公會文之地。而先生時出城府，輒主其盟。未幾，而先生侍太夫人疾，又未幾而遽丁太夫人、崇道公之憂。自是，講朋散，而先生不復至城府矣。

先生事親誠孝，左右無違。自幼多疾，母蔣夫人愛之。而先生順慕之心亦甚，至如嬰兒然。平居暇日，未嘗離夫人之側也。蔣夫人晚歲病足，先生侍養湯藥之奉必親，暇則執書册於其右。厥後病甚，先生逾月不解帶。既而夫人不起，逾半年，而崇道公亦捐館舍，先生致喪三年，哀痛毀瘠，飲食寢處，一循古禮。每觸景物，凄然興思，涕淚交流。先生孝慈惻怛，本於天性。姻族友朋，情密義厚者，雖死生隔遠，追語疇昔，亦輒涕下。閨門内外，怡愉肅穆，若無人聲。而遇事精詳，必當其可。嚴於祭祀，俎豆必躬。待媚族故舊，恩義篤厚。生事素薄，處之有道。約於自奉，而樂施與。嘗有母黨求質者，後其家寖貧，先生即以其券遺之，其人賴是無窘。族人有貸，久不復償，先生不之問，而其請至再，亦隨力應之，未嘗厭其煩也。鄰里飢寒，節衣食以賑助之。嗇己裕人，人以爲難。部使者嘗致折俎之饋，先生不受。朋友有以孟子帑交而受爲言者，先生謂：「孟子儲子不面見，受帑者，此必當時有此禮在，今日實難引用。蓋某鄙性，自幼即不喜人財物之遺。有欲以此爲意者，必作道理避去，守此愚見，以迄於今，今不欲無故破戒也。近來號爲卓犖者，往往挾古人之似而争以謀利，於辭受間，全不之辨。吾今朋友不少反其鋒，何以自拔而少救其弊。」族弟故都承公子舉，少自負穎悟，來從遊，先生每以聖賢之學勉之，夜分則對床論辯。既而登第以歸，先生勉勵之尤力。其後卒能振拔，有才名於時。先生待人以誠，愛人以德。事長接少，各盡其道。與鄉人處，由由如也。言語衣冠，不異常人。和平忠厚，惻怛謙虚之意，望之粹然。識與不識，皆知其爲有道君子也。

先生雖處山林，而惓惓愛君憂國之誠，未嘗一日替。每士大夫、姻族、友朋、諸生遠來者，一見，首以朝廷邊報、人才用捨、四方休戚爲問，有快於心，喜不能已，其或不然，則憂形於色，至忘寢食。大抵即温聽厲者，詢問世道之言爲多，而辨論精微之辭反少，蓋隨問即答而已。平生無他嗜好，几案蕭然，書册之外，無一長物。家傳柳法，而先生加之和婉，楷書行草，各有法度，望而知其爲道德之器。然泓楮之間，一無所擇，顧獨嗜書册，家藏萬卷，悉皆手讐。窻外緑竹如織，愛之不忍翦伐，風日清和，徜徉梅竹之間，故有詩曰：「萬卷詩書真活計，一山梅竹自清風。」體度悠然，嘗賦《暮春感興》之詩，有「静中觀物化，胸次得浩養」之句，則先生所以妙契涵蓄者可知也。

蓋先生之學，立志以定其本，盡敬以持其志，力學以致其知，躬行以踐其實。其於言語、文字之間，不立異以爲奇。間有微辭奥義，則必研精覃思，耐煩無我，以待其融會自得。嘗謂學者曰：「《四書》精嚴，《語録》卻有痛快處，但衆手所録，寧無失真？惟以《集注》之精微，折衷《語録》之疏密，而以《語録》之詳明，發揮《集注》之曲折。至觀他書，亦莫不然。」迨其後也，則又曰：「近温習『四書』，覺得義理自足，意味無窮。若截斷四邊，只將本書深深玩繹，方識其趣。若將諸家所録參之，意思反覺散緩矣。」此先生晚年精詣造約，終不失勉齋臨分之意也。

先生未嘗開門授徒，而願學之士介紹登門者日益衆。先生教人謂：「士之爲學，自己分内事，初不宜有所爲而爲之。凡義理精微，朱夫子言之已盡，學者惟以真實心地，刻苦工夫熟讀而體驗之，足矣。若夫得之口耳，務爲文説，則非所以爲學，而念慮不美，祇爲斯道之累。」時有以「無極而太極」爲題解朱子《感興詩》者，先生以爲：「太極猶至理云爾，不量淺深而挾此籠罩，其謂之何？」又每語學者謂：「理者乃事物恰好處而已。天地間爲一理，散在事事物物，雖各不同，而就其中各有一恰好處。此所謂萬殊一本，一本萬殊者也。此三聖所謂『中』，孔子所爲『一貫』，而《大學》所爲『至善』，亦是此意。自古聖賢相承，率數百年，而謂以是傳之者，都是做到此耳。」又謂：「古聖賢惟一敬畏之心。曾子臨終，露以語人，則是謹謹畏畏，度得一生，做得如此。」又每舉勉齋師訓「存天理，去人欲」「棄貧棄死」之語。至於開悟誘掖，詳緩明白，而聖人旨意、義理、趣味藹然詞氣之間，雖氣體素弱，或力疾厲言，竭盡底藴。

先是，歲在甲辰，勉齋高弟庸齋趙忠清公汝騰來爲州牧，首聘先生開講郡庠，使學者有所矜式。先生謂：「吾邦乃東萊吕先生私淑之地，講道素明，豈某多病庸耄之人，可以任斯道而淑人心乎？重爲此懼。」謝之愈遜，而請之愈堅，且命教官黄君履翁、邑宰李君樫躬致崇請，又力辭之。而趙公又以先生學問操履薦諸朝，先生有詩謝之，曰：「閉門方喜得幽棲，何待邦侯更品題。自分終身守環堵，不將一步出盤溪。」趙公固知其不可强。其後入覲，又復薦於朝，且率名侍從數人再以姓名上。時相與先生同州里，諸公因問相：「君當識之。」時相無以答，因曰：「雅聞其爲學，然學問自是何君自己分内事，何預朝廷。且某當國，不欲爲朝廷費名器。」王留耕在坐，曰：「宰相所識何事？」諸公傳以爲笑。其實所謂學問自己分内事者，固亦可謂知先生之心者也。

會趙公去國，事不得行。淳祐己酉，三山鄭君士懿以員外長史攝郡事，親至延請開講麗澤，又力辭之。淳祐壬子，久軒蔡文肅公抗持節來守，又以麗澤堂席延聘，復以病辭不往。既而敬巖王公佖持節江東，與新安太守魏公克愚，亦以紫陽書院相繼來聘。先生辭以「朱子生長之鄉，闡教之地，又大父中奉公歷官之所，豈不願一升紫陽之堂，展拜遺像，振紫陽之鐸，以興起人心，無負先師之教，無忝乃祖之訓？疾病縻之，願莫之遂」。寶祐丁巳，故大參平舟楊公棟以禁從典藩，首致書以道平日之向慕，繼修聘以長麗澤之堂席。先生以病謝，而楊公雅所敬慕，雖去不忘，且誦先生之學問、出處於諸公間。愛山何公夢祥於先生爲族弟，持節按歷，道由鄉邦，感麗澤之教絶響，面請横經，先生終不之許也。景定癸亥，有詔舉賢，而厚齋季公鏞爲畿漕，薦先生於朝，曰：「婺州布衣何基，天禀高融，士操端毅，早從徽國朱文公高弟黄斡遊，潛心濂洛之學，絕意科舉，杜門玩索，所造益深。平生著述，無非發揮先儒奧旨，而真知允蹈，暗漏不欺，尤有古君子篤行之風，婺之士人，莫不仰爲師表。郡賢太守如故大資趙汝騰、參政蔡抗，今僉樞楊棟，交欲以麗澤堂長起之，堅不可挽。東州學者克紹紫陽之傳，惟某一人。」一旦，士友以是聞於先生。先生有言曰：「名者，古今之善器，造物之所深忌，此非吾之所樂聞。」書上之日，朝論翕然。今平章太傅魏國公時秉右揆，博采群議，敷奏於上曰：「勘會婺州布衣何基得先儒理學之傳，年高德邵，隱居丘園，士人宗之。從官監司帥守論薦，如出一口，合議旌勸。」是年五月十日，三省同奉聖旨，特補迪功郎，添差婺州路州學教授兼麗澤書院山長。蓋是命也，以同薦者建寧處士徐幾也。九月命下，徐公尋已被受。本州催請，先生不肯就職。太守素軒趙公希悦移書勸駕，且舉前賢「山中出雲雨太虛，一洗塵埃山更好」之詩以勉先生，而先生就答以「留取閒人卧空谷，一川風月要人看」之句，具辭牘申免云：「照對某年月日，伏准省劄，備奉聖旨特補迪功郎、添差婺州路州學教授兼麗澤書院山長者。公朝錫命，下逮丘園，推前代之曠典，賁末學之遐蹤，此聖時特異之舉，所以風勵天下，甚盛德也。益廣文明之治，誠在於斯。顧某何人，可以辱此。竊惟某少受學勉齋黄先生，授以紫陽夫子之傳，自此服膺講習，辛勤探索。每媿天分不强，年齒寖暮，義理之藴奥難窺，師友之淵源日遠。汲汲欲自修己分内事，以是與世幾成隔絶，固非竊隱逸之行以爲高也。今者特旨自天而降，授本州文學員外兼麗澤書院講席，聞命徬徨，莫知攸措。惟是辭受之宜，所當揆事度理，不容不盡吐底裏，敢用殫控，冀蒙鈞察。基聞君子之學，固有體用，要必真有可以及人，然後出而任私淑之責。曩者，郡太守嘗以開講延聘矣。每至而每辭之，所以不敢當者，力不足也。今乃聞朝命而遂起，翹然於先而皤然於後，卻其虛名而受其實爵，於義得安乎？廉恥一事，在吾道中，固非深奥，爲士者最所當謹，豈廉恥尚不知守，而能明師教以淑人心乎？重爲此懼。夫下知其不可而辭之，上知其非僞而聽之，此古今辭受之通義也。重念某禀資素弱，自少即苦羸疾，嘗以安澹泊，薄滋味，絶意世榮，庶幾得保暮景。當强艾時，尚不堪酬應。今年幾八十矣，素强壯者，固有精力，而羸疾之人，血氣爲已槁矣。一二年來，全不任支，策行稍久，步則跛曳欲倒，坐無食頃則龍鍾盡見，多動則暈，多言則喘，非不欲自强也，其如力不逮心何！自度決無有以上稱公朝之屬望，徒切欿然，此乃一人辭受之至情也。合二者言，前之所陳於義則爲重，後之所陳於情則爲切。深知上孤聖君賢相旌寵之恩，銜戴雖深，稱塞何有？凜凜震懼而已。夫豆區鍾釜之細，稍知恥者尚不敢輕受，而況朝廷名器之重乎？明知其不可當而冒承之，已固忘其恥，寧不上辱朝廷之命乎？是用略其冒昧，竭盡悃愊，情見乎辭，誓堅素守，惟公朝其裁赦焉。所有省劄不敢祗承，謹用附本州繳申。伏望公朝特賜敷奏，收回成命，庶使山林賤士識分安身，實拜涵養之賜。」辭牘既上，而朝廷復有催促供職之命。

未幾，而理宗皇帝上賓，顧命書名玉几以備勸講。嗣聖踐祚訪落之初，即除史館校勘，御筆兼崇政殿說書。先生辭牘未達，繼而又頒詔劄降督促之命，先生再上辭牘云：「照對某恭准尚書省劄子，景定五年十一月十五日，三省同奉聖旨，除某史館校勘，繼頒御筆兼崇政殿説書者。靖念某山林賤士，學術暗淺，不自意名徹公朝之聽。昨准省劄，特補迪功郎、添差婺州路州學教授兼麗澤書院山長者，嘗控瀝忱赤，力申辭免矣。今兹聖君踐祚之初，考證訪落之典，延登俊乂，繼序思不忘，而史館紬書，經帷勸講。首賁草茅一介之士，此聖世累朝不數見之典，前輩大儒猶懼弗克稱者。顧某平凡陋質，蹤跡不出鄉閭，蒙先皇帝採取於世俗所共棄，崇獎於夢寐所未嘗，雖自揣不勝任而終辭，然銜戴恩德，震讋榮寵，常恨無一髮可以報效。忽聞導揚永命，某與扶杖老癃，同一痛割。然幸聖嗣當天，萬物咸覩。苟有寸長，足堪自竭者，將亟從謳歌來歸之後也。綸命下頒，特恩踵至，視昔宦任，益逾分涯。中夜以思，惕息不遑。重念某八袠臨頭，百病在體，行步莫任支持，舉動類多顛躓，又有旋暈脅痛之症，不時舉發，發則傾覆，久而復甦。雖在鄉黨，以此亦終歲難出，而可使勉强於朝廷之上哉？況廣厦細氈，天威咫尺。苟微筋力之尚强，寧使進趨之合度。其於成命下逮，既不勝祇受，惟有吐露底藴，確控所懷，以冀從欲之仁。伏望公朝特加矜宥，曲賜敷奏，亮其陳情，始終非僞，免致薦頒督促之命，勿再重違戾之誅。方今新政初頒，虚心以待，佛時仔肩，某豈不願十夫予翼之猷？而疾病縻之，分絶依乘，恩孤延納，惟知自懼於慚負大化而已。所有省劄不敢襲，例寄留本州軍資庫，謹用繳申。」

牘上，而朝旨復下，督促供職。宰執奏事，恭奉玉音，令守臣以禮勉諭催請，具起發日時申，先生不得已，力述衰疾真情，控告申免云：「照得基景定五年十一月十五日，恭准尚書省劄，備奉聖旨，除基史館校勘，繼頒御筆兼崇政殿説書。緣基年登八袠，一生困於多病。雖少日悦親有道，篤意修學，而一向養痾林壑，無復當世志。及兹歲暮，衰頽滋甚。步履每藉扶持，耳目久成昏瞶。又有旋暈去血之症，常欲發作，以此多在床榻，筆硯書册，動成委棄。經帷史館之職，實難勝任。昨以詳具辭牘，傾露忱赤，力申控免，意謂公朝察其不得已之真情，念其不可强之痼疾，特爲敷奏，許其辭免矣。近於八月十三日，迺復被堂劄，重頒前旨，致勤玉音之叮嚀，且俾邦侯之勉諭。明命赫然，罔知所措。重念基山林賤士，學識無取，既蒙先皇帝舉累朝之曠典，欲起布衣韋帶之中，而聖天子於訪落初政，又欲特處於廣厦細氈之上，重惟一介之庸虚，曲荷兩朝之崇奬，此實書生之殊遇，學者之至榮。況基蚤受父師之教，粗識君臣之義，使其苟有寸長，可以自見，豈不欲勉强扶持，急趨班列，罄竭愚衷，庶伸一髮之報，上荅寵榮？其奈基年益窮，病益夥，只如近者，忽患血熱之毒，幾不自存，衆所共知。切念老病之軀，已決不可出，儻使扶策前趨，必致顛踣塗路，反爲朝廷之辱。區區迫切之情，只得控告公朝，力爲敷奏，特許終辭，得以養痾待盡，免致煩瀆天聽，益重其罪，實拜生成之造，惟是慚負大化，不勝惶恐懼之至。所有省劄二道，併用繳納申。」先生辭牘，情詞切至，聖君賢相鑒其真，遂所請，有旨云：「朝廷本以特命起遺逸，今者乃以多病辭寵榮，情有足諒，禮宜示優。」咸淳二年四月初六日，三省同奉聖旨，特改承務郎，主管華州西嶽廟，先生亦不敢受也。蓋先生生平寡欲，富貴利達不入於心，憂世雖切，而侵尋暮景，不復有當世之念。被遏兩朝嘉命，而先生雖如此者，門人致書有風淅瀝之疑。先生謂：「恩命所臨，某豈敢有一毫矯激之意，但老病懇辭，期於得請而已。」其後獲辭召命，改官與祠，或謂先生可一拜以稱朝廷嘉遯之意者，先生謂：「前日得寢促召，此心如洗。今而被受，又何爲者？幸自今幾深衣蓋棺足矣，他何求哉？」卒不拜命。咸淳戊辰臘月十有七日，略縈微恙，早猶力疾行忌日之奠，晚覺所感之異，令促長子歸。明日，問朋友動静安否，又明日而卒，享年八十有一。

先生事兄南坡公悌順，南坡公友愛亦篤。至是南坡公哭先生，後三日亦歿矣。越明年十二月朔壬申，葬於南山油塘之原。待制星渚先生趙公景緯題先生之墓曰「北山先生」。治喪一以《家禮》，魯齋王聘君爲定門人之服，其葬也，張君伯誠潤之爲定士禮，不敢用品官之儀，蓋成先生之志云。

先生娶周氏，信之弋陽人，故少傅禮部尚書諱執羔之孫、常州判官諱珵之女。有閑静之德，甘淡薄之味，以勤儉相夫君，先生亦藉是無閫内之累，一意問學。紹定壬辰九月二十日先卒，葬油塘之兆，至是蓋祔焉。子男二人：長欽，字無適，以博學俊邁稱諸公間，長於詩文，後先君半年亦没。次鉉。女三人：宜女、齊女皆早夭，其季適從政郎張復之。孫男三人：宗玉、宗瑜、宗瑀。女孫三：長適王莊敏公之孫嵤，次許嫁東陽曹濟，世戚也。次尚幼。

先生確守師訓，不自著述，惟於考亭之書沉潛參互，旁及記録問答之語，題注各章之上。

積久成編，因取而彙次之，名曰《發揮》，凡《大學》十四卷、《中庸》八卷、《易大傳》一卷、《啓蒙》二卷、《太極圖説》《通書》《西銘》三卷，諸公已板行於世，惟《近思録發揮》未校正，《語孟發揮》未脱稿。其他諸經有標題者，皆未就緒，今不復見成書矣，學者以爲憾。先生不堪爲文，亦不留稿，今所裒類《文集》得三十卷。從先生遊者，惟魯齋王聘君剛明造詣，問答之書，前後凡百數。先生學問之粹，出處言行之詳，王聘君實狀之，鉉復附以朋友所聞而銓次之，未及鋟梓而先朝更化，國子祭酒楊公文仲及諸公列請，有曰：「臣嘗拜觀國史，建炎紹初，王業再造，猶未底寧，而詔贈李樸官，録隱士後，表元祐學，顧豈於多事之時，謾行不急之典？蓋獎廉退所以厲氣節，崇學術所以正人心，朝廷攸係，有不容一日後者。今日事勢有同中興，夫學問廉節之士，朝廷豈惜一贈典而不爲世道風俗計哉。文仲竊見故婺州隱士何基得考亭學，爲東州望，初事黄文肅公榦，遂厭科舉之業，博究聖賢之書，恪守師説，不爲空言，玩索沉潛，涵養純粹，海内學者號爲北山先生。理宗季年，裨以初階分教鄉校，基以病辭。度考初服，命入史館，繼頒經帷之詔，而基又以老辭。最後特旨改官與祠，而基復固辭不受以歿。夫以基學行之粹，雖各全其廉退之節，而朝廷風厲之機，自當致其褒贈之恩，世道風聲，所關不小，是尤更化所宜先者。伏望公朝特賜敷奏，將何基特典賜謚，以示朝廷崇儒重道，表微闡幽之意，觀示天下，作興後來，斯文幸甚。」

章上，奉聖旨下太常，特典賜謚擬議，申本寺遵從指揮。擬謚云：「故史館校勘兼崇政殿説書何基，清介醇實似尹和靖，而知見尤徹。謹按謚法，踐行不爽曰定，宜謚公曰定。」有以一字未合於今爲詞者，朝旨又劄付太常寺擬謚兩字，本寺遵從指揮，以道德博學曰文，踐行不爽曰定，乞謚曰文定，申尚書省具奏。奉聖旨依劄付命詞給誥，贈謚文定。

惟先生自幼力學，克己自修，至老不倦，自謂常欲效古人求寡過而未能，非有所爲而爲之。忽晚膺兩朝異數，以至於特命賜謚，有光泉壤，是皆祖父遺澤，以至於斯。靖念無適先兄天資超邁，韻度清高，寄興横逸，且以學問文章稱於時，自足以繼家世之傳，不幸繼没，而俾鉉抱罔極鴒原之痛。未幾，而攖之以時艱，聲頹氣落，學荒行惰，展轉歲月，無以上緝先猷。惟有朝夕凛凛，大懼不能負荷。兹記其遺事，輯爲家傳，以示後之子孫云。

咸淳己巳臘月朔日，哀子鉉謹識。（《東陽何氏宗譜》卷二，咸豐己未年重修）

文定公壙記

［宋］何　鉉

先君諱基，字子恭，姓何氏，世爲婺之金華人，以儒名家。先大父者，祖塋於三洞之西，喜山水之秀，遂卜築於盤溪之上居之。曾大父諱溟，故贈朝散大夫。祖諱松，故任朝散郎，通判徽州，累贈中奉大夫。父諱伯慧，故任承議郎，主管台州崇道觀，妣蔣氏，封安人。淳熙戊申，曾大父守金陵，先君以是年十月十有七日生於官舍。幼師國録誠齋陳先生震。雖課舉子業，而得義理之學，於講習之餘而潛心焉。弱冠，侍先大父遊臨川，適勉齋先生黃文肅公榦爲令，志同道合，雅相推敬，命先君執經北面，得聞考亭師友淵源之懿，且授以「真實心地，刻苦工夫」八字之訓，終身受持，不敢失墜。大父自黃岡歸，以花木泉石自娱者十有餘年，先君日侍杖履於「四時萬象」中，色養無違，暇則閉户静坐，研幾極深，於朱子《四書》，推而達之於躬行日用。聲聞漸馳，同志之士信從者衆，相與講貫，亹亹不倦。歲在甲辰，庸齋趙忠清公汝騰來爲郡伯，命教官黃君履翁、邑宰李君樫枉駕，崇請開講郡庠，先君力辭。趙公入覲，首薦於朝。又率名侍從數人，再以姓名上，當國者以不識面爲歉。三山鄭君士懿，以員外長史攝郡，親至延請開講麗澤。既而久軒蔡文肅公抗、大參平舟楊公棟、新安太守魏公克愚亦以紫陽書院相繼來聘，皆遜謝不往。景定癸亥，厚齋季公鏞爲幾漕，因有詔舉賢，復薦於朝，博采群議奏於上，特補迪功郎，添差婺州州學教授，兼麗澤山長。先君具辭牘申免，而朝命促就職，恭遇理宗升遐，嗣聖踐祚，繼志述事，復除史館校勘，御筆兼崇政殿説書。辭牘未達，又頒詔劄。先君凡三上免牘，得從所乞，復降旨，改承務郎，主管華州西嶽廟。

痛念先君平生克己自修，侵尋暮景，不復有當世之念。被遇兩朝，十膺特命，前後控免，終始一誠。方幸從欲，綏静安寧，一朝微疾，遽致大故。咸淳戊辰十有二月己未終於正寢，享年八十有一。娶周氏，弋陽人，少傅禮部尚書執羔之曾孫女，先先君三十有七年卒。男二人：長曰欽，後先君半年卒；次曰鉉。女三人，二夭，其季適見任平江府崑山縣令張復之。

孫男三人：宗玉、宗瑜、宗瑀。女孫三人：長許嫁王莊敏公之曾孫嵤，次許嫁東陽曹濟，世戚也。次尚幼。先生不著書，僅有編類。《大學》《中庸啓蒙》、《太極》《通書》《西銘》發揮，凡三十卷餘，未脱稿。文集三十卷，編未就。卜以明年十有二月朔葬於循理鄉油塘之原，合先妣之兆。鉉攀慕號殞，痛貫心膂，無所肖似，以續其傳，敢次姓系志業梗概，刻而撿諸幽，將有請於作者，衮其隧焉。昊天罔極，嗚呼痛哉。孤子鉉謹識。（《東陽何氏宗譜》卷二，咸豐己未年重修）

按：何鉉《家傳》《壙志》所載有關何基生平的重要實事，與王柏《行狀》可以印證。另，何鉉的文章又有一些關於其父日常起居生活的言行是《行狀》所没有的。《家傳》《壙志》二文没有一般家傳中阿諛溢美之詞，行文平穩中包含親情，若非其子恐寫不出這樣真實又合情感的文字，故《東陽何氏宗譜》收録二文當屬可靠。

宋授史館校勘兼崇政殿説書承務郎文定公傳

［宋］方逢辰

公諱基，字子恭，婺州人。父伯熭爲臨川縣丞，而黄榦適知其縣，因見二子而師事焉。榦告以必有真實心地、刻苦工夫而後可，公悚惕受命。於是隨事誘掖，得聞淵源之懿，研精覃思，平心怡氣，以俟其通，未嘗參以己意。朱熹門人楊與立一見推服，來學者衆，嘗謂：「爲學立志貴堅，規模貴大，克踐服行，死而後已。」公恪守師訓，故能精義造約。

王柏既執贄爲弟子，公謙抑不以師道自尊。柏高明絶識，序正諸經，弘論英辨，質問難疑，或一事十往，公終不變以待其定。公淳固篤實，絶類漢儒。雖一本於熹，然就其言發明，則精意新義，愈出不窮。有文集三十卷，而與柏問辨者十卷。

趙汝騰守婺，延聘請講，辭不就。復首薦於朝，又率名從官列薦。通判鄭士懿、蔡抗、楊棟相繼以請，皆辭。景定五年八月十五日，詔舉賢，特薦公與建人徐幾同被命，添差婺州學教授兼麗澤書院山長，力辭未竟，理宗崩。咸淳初，授史館校勘兼崇政殿説書，屢辭，改承務郎，主管西嶽廟，終亦不受也。卒，年八十一。國子祭酒楊文仲請於朝，謚文定。所著《大學中庸發揮》《大傳易啓蒙發揮》《通書近思録發揮》，謚文定公。

景炎三年八月上浣，賜進士及第司封郎官兼修國史實録院校勘、淳安方逢辰撰。（《東陽何氏宗譜》卷二，咸豐己未年重修）

北山先生何基

［元］吴師道

北山先生何基，字子恭；魯齋先生王柏，字會之，同金華人，魯齋師北山者也。二先生之學，上接紫陽之傳，以明道爲己任。當宋之季，北山屢召不起，魯齋亦不肯仕之。片言垂訓，明正精密，而標點諸書尤極開示之切。北山所著少，而有諸書《發揮》，傳布已久。魯齋所著甚多，比年燼於火，傳抄者僅存。導江張䇓，魯齋門人，以其道顯於北方。吾里金履祥俱登何、王之門，又會粹推明其旨，今亦行於時。學者知尊二先生，而淵源行實之詳或未之悉，則亦未能深知也。二先生之文皆關義理，非敢有所去取。今據金公所編《濂洛風雅》中諸詩，其文亦各採數篇，不能悉録。而以行狀、壙誌、誥詞、祭文之屬附於後，使世之士得以有考，而此不復詳敘云。（吴師道《敬鄉録》卷十四，《重修金華叢書》本）

節録何王二先生行實寄史局諸公

［元］吴師道

北山先生何基，字子恭，婺州金華人。父伯熭，承議郎、主管台州崇道觀，先生其仲子也。早從鄉人國録陳公震習舉業程課，若不得已，潛心義理，陳奇之。崇道公爲臨川丞時，勉齋黄文肅公爲宰，崇道公見二子而師事焉，告以必有真實心地、刻苦工夫而後可。先生悚惕受命，于是隨事誘掖，得聞淵源之懿。臨別，又告以但熟讀《四書》，先生終身不忘此語也。微辭奥義，研精覃思，平心易氣，以俟其通，未嘗參以己意，立異以爲高，徇人而少變也。凡所讀書，無不加標點，義顯意明，有不待論説而自見者。居盤溪上，因朱子門人楊公與立一見推服，自此來學者始衆。先生嘗謂：「爲學，立志貴堅，規模貴大，克踐服行，死而後已。」舉朱子《遠游篇》曰：「此其則也。」於《詩》則曰：「讀《詩》別是一法，與他經不同，須先掃蕩胸次浄盡，然後吟哦上下，諷詠從容，使人感發，方爲有功。」謂：「以《洪範》參之《大學》《中庸》，有不約而符者。『敬五事』，則『明明德』也；『厚八政』，則『新民』也；『建皇極』，則『止於至善』也。至於『皇極』有休徵而無咎徵，有仁壽而無鄙夭，則中和位育之應，『皇極』之極功也。」謂：「讀《易》者，當盡去其膠固支離之見，以潔凈其心，玩精微之理，沉潛涵泳，得其根源，乃可漸觀爻象，究其義理。」謂：「《四書》當以《集注》爲主，而以《語録》輔翊之。《語録》既出衆手，不無失真。當以《集注》之精微，折衷《語録》之疏密；以《語録》之詳明，發揮《集注》之曲折。」故先生不著述，惟精取《語録》以爲《發揮》，僅及《四書》《大傳》《通書》《易啓蒙》《近思録》而已。晚年則曰：「《集注》義理自足，若添入諸家語，反覺散緩。」此其精詣造約，終不失黄公臨别之訓也。

王文憲公柏既師事先生，先生謙抑，不敢以弟子視之。王公高明絶識，序正諸經，宏論英辨，質問難疑，或一事至十往返，先生終不變以待其定。嘗曰：「諸經既經朱子訂定，其未暇者皆非甚切，且當謹守精玩，不必又多起疑論。有欲爲後學者言，謹之又謹可也。」先生淳固篤實，絶類漢儒，雖一本朱子，然就其言發明，則精義新意愈出不窮，然皆非自外求也。

先生集三十卷，而與王公問辨者十八卷。不因王公之問，則先生無一言，孰得而窺之哉！淳祐中，趙公汝騰守婺，延聘請講，辭不就，後首薦於朝，又率名從官列薦。添倅鄭公士懿、守蔡公抗、楊公棟相繼延請，皆辭。景定五年，李公鏞爲饑漕，會有詔舉賢，特上先生名，遂與建人徐幾同被命，特補迪功郎，添差婺州州學教授兼麗澤書院山長，力辭未就。理宗崩，咸淳改元，復除史館校勘，御筆兼崇政殿説書。降詔，控辭再三，改承務郎，主管華州西嶽廟，終亦不受也。蓋自嘉定以來，黨禁既開，諸公以朱子之學顯者不少矣。大抵天樂淺而世好深，故其所就日下，而摽掠見聞以欺世盜名者，尤不足數。先生介然獨立，蓋思有以矯之。於其同門宿學猶不滿，曰：「恨某早衰，不如若人强健，遍應聘講，第恐無益于人，而徒勤于道路爾。」世當叔季，獨抱隱憂，尤有難以與人言者，然則先生之見遠矣！咸淳四年十二月卒，年八十有一。平生質弱多病，以自能保攝至此。國子祭酒楊公文仲請於朝，謚文定。所著《大學發揮》十四卷、《中庸發揮》八卷、《大傳發揮》二卷、《易啓蒙發揮》二卷、《通書發揮》二卷、《近思録發揮》十四卷，《論孟發揮》未脱稿，《近思録》未校正，餘在家刊布已久。《太極西銘發揮》即《近思録》摘出者。文集三十卷，藏於家。所標點諸書，近存者，皆可傳世垂則也。

（吴師道《禮部集》卷二十，《續修金華叢書》本）

北山先生文定公墓銘

［明］劉日采

先生世居盤溪，卒於咸淳丁未十二月戊辰，距其生淳熙戊申十月乙卯也。基墓在縣西三十里殿青山循里鄉油塘之原，墓碣墓田爲土民所奪。正德十年，郡守劉日采者謁祭爲創祠宇，是不可以無銘也。顧乃稽其所聞者而爲之狀。先生諱基，號北山，謚文定公。父伯慧，太父松，王大父翼道。自幼以文學稱，比長以繼往開來自任，與魯齋王先生、仁山金先生、白雲許先生講學於麗澤書院。當時學者皆師仰之，如泰山北斗。宋景定，聞其賢，舉爲殿講，非先王之法言不敢言，非先王之法行不敢行，誠可以匹體於伊、傅、周、召，而與濂、洛、關、閩相並稱者矣。欲云金華文獻邦，皆因先生而得名，而後有四賢祠以祀之者，亦因先生而設立者也。是宜爲之銘。銘曰：

道學名世，世能有幾。惟吾婺兮，淵源相繼。

時正德十年郡守劉識。

（《盤溪何氏宗譜》卷首，民國庚辰重修本）

北山何子恭先生

［明］徐象梅

何基，字子恭，金華人。賦性端凝，夙有遠志。少從鄉先達陳震習舉子業課程，若不得已，而潛心義理之功居多。既冠，侍其父伯爇爲臨川丞，適勉齋黄榦爲令，遂師事焉。榦教以必有真實心地、刻苦工夫而後可。基悚然受命，始聞伊洛淵源之懿。臨別，告以「熟讀四書，使胸次浹洽，道理自見」。遂終身服習，頃刻不忘。一室危坐，萬卷横陳，每於聖賢微辭奥義有疑而未釋者，必平心易氣，勿忘勿助，待其自然貫通。不立異以爲高，不徇人而少變，充其所知而反之於身，無不允踐其實。船山楊與立一見推服，由是學者争趍焉。王柏既執贄爲弟子，基謙抑不以師道自處。柏高明絶識，序正諸經，弘論英辯，質其難疑，或一事至十往返，基終不變以待其定。嘗曰：「治經當謹守精玩，不必多起疑論，有欲爲後學言者，謹之又謹可也。」平生聞一善言，見一善行，喜形於色，若己有之。或聞朝有闕政，四方有警，輒惻然不樂，至忘寢食。隱居求志，不願人知，真無媿古人爲己之學。郡守趙汝騰、蔡抗、楊棟相繼聘主麗澤書院，皆辭不就。景定五年，與建人徐幾同被特薦，添差婺州教授兼麗澤山長，力辭。度宗立，授史館校勘，兼崇政殿説書。又頒詔劄，敦勉備至，辭益力，特改承務郎，主管南嶽廟，使食其禄，以遂高志，然亦終不受也。咸平四年卒，年八十一。平生不著述，惟研究考亭之遺書而已。居北山盤溪之上，學者稱爲北山先生。國子祭酒楊文仲請於朝，賜謚文定。

（徐象梅《兩浙名賢録》卷三《理學》，明天啓光碧堂刻本）

何文定基

［清］孫奇逢

何基，字子恭，婺州金華人。父伯熭，爲臨川縣丞，而黄榦適知其縣事，因見二子而師事焉。榦告以必有真實心地，刻苦工夫而後可。基悚惕受命，於是隨事誘掖，得聞淵源之懿。微辭奥義，研精覃思，平心易氣，以俟其通。未嘗參以己意，立異以爲高，徇人而少變。凡所讀無不加標點，義顯意明，有不待講説而自見者。朱熹門人楊與立，一見推服，來學者衆。嘗謂爲學立志貴堅，規模貴大，克踐服行，死而後已。讀《詩》之法，須掃蕩胸次浄盡，然後吟哦上下，諷詠從容，使人感發，方爲有功。謂以《洪範》參之《大學》《中庸》，有不約而符者。謂讀《易》者，當盡去其膠固支離之見，以潔浄其心，玩精微之理，沉潛涵泳，得其根源，乃可漸觀爻象。

其確守師訓，故能精義造約。王柏既執贄爲弟子，基謙抑不以師道自尊。柏高明絶識，序正諸經，弘論英辨，質問難疑，或一事至十往返，基終不變。嘗曰：「治經謹守精玩，不必多起疑論。有欲爲後學言者，謹之又謹可也。」基淳固篤實，絶類漢儒，雖一本於熹，然就其言發明精義，愈出不窮。文集三十卷，而與柏同辨者十卷。

趙汝騰守婺，延聘請講，辭不就。復首薦於朝，又率從官列薦。通判鄭士懿、守蔡抗、楊棟相繼以請，皆辭。景定五年，詔舉賢，特薦基與建人徐幾同被命，添差婺州學教授麗澤書院山長，力辭。咸淳初，授史館校勘，兼崇政殿説書，屢辭，改承務郎，主管西嶽廟，終不受。卒，年八十一。國子祭酒楊文仲請於朝，謚文定。所著《大學中庸發揮》《大傳易啓蒙發揮》《通書近思録發揮》。

（孫奇逢《理學宗傳》卷十八，康熙六年張沐、程啓朱刻本）

何文定公

［清］戴殿江

公諱基，字子恭，號北山，金華人。父伯慧，主台州崇道觀。黄勉齋爲臨川令，崇道公適爲丞，因見二子而師事焉。勉齋首教以真實心地、刻苦工夫，始知濂、洛之淵源。臨别，告以「但熟讀《四書》，使胸次浹洽，道理自見」。

既歸，一室危坐，萬卷横陳。其於聖賢微言奥義、疑而未晰者，必平心易氣，舒徐容與，不助不忘，待其自然貫通。事父母婉容柔色，事兄長恭敬退讓。族姻宗仁厚之風，朋友盡忠告之責。御僕婢則寬而有制，見田夫野叟必勞之有恩。貧困者必施，患難者必救。聞一善言，見一善行，喜形於色，若己有之。或朝政有闕，四方有警，憂形於色，至忘寢食。蓋其淡然無欲，不屈於萬物之下；立乎其大，得友於千載之上。此皆尊德性、道問學之功也。盤溪之上，有宅一區，翛然水竹之間，自船山先生一見之後，人始知之，好學之士始進。

先生不受北面之禮，請問者未嘗不竭盡無餘。常謂：「學莫先於立志。每讀朱子《遠遊歌》，見其爲學立志之初，便已有如此規模，晚亦只是充踐此規模而已，所謂『願子馳堅車，躐險摧其剛』，便有凛乎任重道遠、死而後已氣象。爲學之始，便須有此大規模。又須不問難易，不顧死生，以必至爲期。縱有未明，雖十往返而不憚，如此則始得箇至當之歸。」先生隱居求志，不願人知，而聞望翕然。

郡守趙公汝騰首加延聘，其後蔡公抗、楊公棟相繼聘請，且薦於朝，皆不就。景定五年，詔舉遺逸，特授迪功郎、婺州教授，辭不受。咸淳初，復有史館校勘之命，辭益力，改授承務郎，主管華州西嶽廟，亦不受也。咸淳戊辰卒，年八十一。配周氏，早卒，竟不娶。先生不喜著述，僅有《大學發揮》十四卷、《中庸發揮》八卷、《大傳發揮》二卷、《啓蒙發揮》二卷、《太極圖通書西銘發揮》三卷，皆已刊行。又有《論孟發揮》未脱稿，《近思録發揮》十四卷未校正，《文集》十卷，裒輯未備。以國子監楊文仲請，謚文定。國朝雍正三年從祀孔子廟廷。

《宋史·儒林傳》云：「公所讀書，莫不加標點，義顯意明，有不待論説而自見者。蓋其確守師訓，故能精詣造約。純固篤實，絶類漢儒，雖一本於朱子，而就其言發明，則精義新意愈出不窮。有集三十卷，與柏辨難者十八卷。」

崇道公見客，先生拱立以俟，客不寧者久之。王魯齋以請教於先生爲言，公曰：「泰山微塵耳。」聞者悚然。

崇道公夫人蔣氏與勉齋夫人朱氏，相得如娣姒，每得聞紫陽家庭之訓以示先生。

江案：崇道公之命二子從勉齋遊也，與二程夫子之奉父命以師濂溪同，而崇道公夫人與勉齋夫人合。師生家庭内外，以成就一北山先生，即謂臨川侍宦，天之所以開婺學之盛也可。

先生曰：學者讀書以《四書》爲主，而用《語録》以輔翼之。大抵《集注》之説精切簡嚴；《語録》之説卻有痛快處，但衆手所録，自有失真者。但當以《集注》之精嚴，折衷《語録》之疏密；以《語録》之詳明，發揮《集注》之曲折。

又曰：近温習《四書》，覺得義理自足，意味無窮。須截斷四邊，只將本書深探玩繹，乃識其趣。若將諸家所録未添看，意思反覺散漫。王魯齋謂：「此先生晚年精進造約，終不失勉齋臨川之意。」

又曰：聖人之道，備於《六經》，自阨於秦火，汩於經師，文字亦且錯亂，況道之精微乎？程叔子表章條理，深探精思，其遺音未泯，朱子起而任之。於《詩》《書》則斥去説序之陋而求經文之正意；《易》則還古篇第之舊而義主占象，以窮羲文之本旨；《禮》《樂》則求其合者而有經有傳。至於精研龍門之微旨，以上接魯、鄒之正傳，自濂、洛開端以來，其泛掃廓大之功，未有尚焉者也。

江案：此北山先生解朱子《感興詩》十二章之辭也。《感興詩》二十章，首言陰陽造化之原與人心出入之幾，繼言羲、堯以及周、孔道統之盛，及魯、鄒以至濂、洛傳授之要，而必基之以小學之功，極之於《六經》之著，且慨然於仙、釋之荒唐，而必欲火其書；愀然於科舉之陷溺，而急思復於古。又以温公《通鑑》、歐陽公《唐書》於正統閏位之分有未明者，而有意上求《春秋》之旨，但其語意深微，必待闡發而後明。北山先生一一默會而銓明之，而後大義明、微言著，所以開示來學者至矣盡矣。至《感興詩》第十二章，則語意極爲明顯，尤可歌而可誦也。有曰：「大《易》圖象隱，《詩》《書》簡編訛。《禮》《樂》刓交喪，《春秋》魯魚多。瑶琴空寶匣，弦絶將如何。興言理餘韻，龍門有遺歌。」「龍門」謂程叔子也，叔子晚居龍門，故云。

又曰：讀《詩》别是一法，與讀諸經不同。先須十分掃蕩胸次令潔净，卻要吟哦上下，從容諷詠，使胸中有所感發興起，方爲有功。

又曰：讀《易》要當盡去其膠固支離之見，以潔净之心，玩精微之理，沈潛涵泳，庶有以得其根原，識其綱領，乃漸觀爻象，究其義理。

又曰：愚讀《大傳》卦説諸篇，見其淵微浩博，若無津涯。及得朱子《本義》之書，沈潛反復，犂然有會於心。然其辭尚簡嚴，未能盡達也。因遍閲《文集》《語録》諸書，凡講辨及此者，隨章條附於《本義》之後，毫釋縷解，首尾畢備，疑義乃罔不冰釋云。

又曰：箕子所以告武王者，本末畢舉，議論精密。參以《大學》《中庸》，其大本大經不約而契合。曰「敬五事」，則「明明德」之謂；曰「厚八政」，則「新民」之謂；曰「建皇極」，則「止至善」之謂；至於「皇極」，則有「休徵」而無「咎徵」，有「仁壽而無鄙夭」，則「致中和，天地位，萬物育」之謂，蓋「皇極」之極功也。

又與陳誠齋曰：文王序卦，其次第必當有説，但今不可得見，雖先天有圖可以倣傚，然先聖後聖各有規模，必不規擬畫圖也。《先天圖》法象自然，不勞安排而無所不合，所以爲妙；《後天圖》雖可倣此布置，但妨礙處多，只如十二辟卦，已不復有次第，今只可略見其大概足矣。

又曰：《太極圖説》本自明白。以其無形而實有理，故曰「無極而太極」；以其有理而卻無形，故曰「太極本無極」。

又曰：《定性書》句句是廓然而大公，物來而順應。

郡守庸齋趙公，勉齋門人，聘主麗澤院長，且舉「山中出雲雨太虛，一洗塵埃山更好」之詩以勸駕（胡五峯詩），先生就答以「留取閑身臥空谷，一川明月要人看」之句（朱子詩），後又有「皓首何妨一布衣」之句。

王魯齋曰：基登門之初，先生舉胡五峯之言曰：「立志以定其本，居敬以持其志。志立乎事物之表，敬行乎事物之内。」先生未嘗開門授徒，亦未嘗立題目作話頭以接引後學，而其立言有如此者。

又曰：先生每舉勉齋師訓「存天理，去人欲」「棄貧棄死」之語，至於開悟誘掖，詳緩明白，而聖人旨意義理趣味，藹然辭氣之間。雖氣體素弱，或力疾厲言，竭盡底蘊。至於節義所關，義利生死取舍之間，言之凛凛，聽者聳然。

又曰：先生之學，不立異以明高，不狥人而少變。思之也精，是以守之也固。充其知而反於身者，莫不踐其實。又，先生之文温潤融暢，先生之詩從容閒雅，皆自胸中流出，無雕琢辛苦之態。作字清勁結密，世傳柳法云。

又曰：或疑先生之學，有體無用，非也。朱子曰：「天下無無用之體，亦無無體之用。」先生之體立矣，而其用固有以行矣！年運而往，精神逾邁，因以不用用之，非無用也。況自僞學胎禍天降，割於斯文，考亭輟響，伊洛之學孤立無助，勉齋先生續遺音於絃斷絲絶之餘，鼓而和者不過十餘人。先皇帝崇尚正學，表意《四書》，躋五子於孔廟，風厲之意甚切。而老師宿德相繼零落，後生晚輩散漫無依，科舉利禄之誘反甚於前，其能卓然自立者難矣。先生鍾山川清淑之氣，加以師友切磨之功，其所成就甚大。先皇帝知先生而不輕於用，將以爲燕翼之深謀。今上嗣服之初，以求賢若渴之心，舉累朝不數見之重典，假使先生起應徵聘，則陳善閉邪，豈不足以培養聖學，正君而善俗？而衰病相仍，有孤訪落之意，豈非天乎？

魯齋《祭先生文》曰：鄒魯云遥，天啓濂洛。理一分殊，以覺後覺。龜山之南，宗旨是將。羅李授受，集於紫陽。研幾極深，大肆厥功。縷晰條分，惠我無窮。有的其傳，鰲峯翼翼。孰探其源，遂通其釋。墜緒茫茫，孰嗣而芳。公獨凝然，精思不忘。莘莘學子，孰定其力。公獨屹然，堅守勿失。衣錦尚絅，世莫我知。發揮師言，以會於歸。有毓斯和，誠意惻怛。有實斯踐，光輝四達。先皇末命，嗣聖訪落。進之太史，以輔帝學。詔書屢下，公志莫移。各盡其

義，匪激匪隨。春回萬象，月冷夷清。忍奠斯酒，忍讀斯文。（節）

金仁山祭先生文曰：自堯、舜以至孔、曾、思、孟，又千五六百年而有程、朱。前者曰「以是傳之」，後者曰「得其傳焉」，不知所傳者何事與？蓋一理散於事物之間，俱真實而非虚。事事物物，莫不有自然之處，所謂「萬殊而一本，一本而萬殊」。先生蓋灼見乎此，故廣采精擇以求，而篤信恪守以居，著於取舍出處之義，而萃於踐履之實、存養之腴。然自朱子之萝奠，以及勉齋之既殂，口傳耳授者，或浸差其精藴；好名假實者，又務外以多誣。惟先生纂師言以發揮，剔衆説之繁蕪，以爲朱子之言備矣，學之者惟真實之心地與刻苦之工夫，能此者雖不及吾門可也，又何有開門而授徒？蓋聞其教者，有以知爲學之非外，而聞其風者，足以廉天下之貪愚。此先生之有關於世道也，何一旦而已乎？

吴正傳《請立北山書院》曰：先生學紹紫陽之傳，道著金華之望。潔身叔季，有見於幾先；闡教文明，大行於身後。同時王魯齋柏，實出其門。傳之導江張𧨳，載道北方，仁山金氏，授業東川。淵源所自，粹美無疵。今盤溪之上，故居宛然。昔雙峯饒魯，亦勉齋門人，前代奉祠，有石洞書院。何子之學，不下饒公，北山之名，豈愧石洞？謂宜建立書院以補遺缺。

柳道傳曰：文定公確守師傳，參訂訓義，於《易大傳》《本義》《啓蒙》《大學中庸章句》《論孟集注》《太極圖》《通書》《西銘》之外，凡文公《語録》《文集》注書商確，考訂之所及，取其已定之論、精切之語，彙敘而類次之，名爲《發揮》，已與諸書並傳於世矣。而文公、成公《近思録》，宜爲宋之一經，而顧未有爲之解者，公亦隨文箋義，爲《近思録發揮》，未銓定而公没。金文安與同門友汪蒙、俞卓續鈔校正且製序，而屬之文定之孫宗玉。及文安没後，白雲刻而傳之。

張楊園曰：《何文定行狀》稱其「淡然無欲，不屈於萬物之下；立乎其大，得友於千載之上」，每諷誦及此，輒有無文猶興之意。

陸當湖《讀通考》曰：《通考》載何基，字子恭，金華人。師事黄榦，告以必有真實心地、刻苦工夫而後可，基悚惕受命。年八十一卒，謚文定。案：何、王、金、許之書皆不可不看，而文定所著《大學中庸發揮》《大傳啓蒙發揮》《通書近思録發揮》及文集尤要緊。

江案：北山先生侍父臨川，得見勉齋而師之，其時年甫弱冠耳，何聞道之早也。顧勉齋所指授者，爲學之要，入德之方耳。而其本真實之心地，致刻苦之功夫，以從事於四子書、《大傳》、《啓蒙》、《太極》、《通書》、《西銘》、《近思録》，而各垂《發揮》以傳者，蓋唯終身不忘夫師訓，所以深造自得而左右逢原有如此也。其後勉齋馳驅邊郡軍旅中，不廢講學。晚入廬山，與其友李燔、陳宓盤旋玉淵三峽間，俯仰其師舊跡，講《乾》《坤》二卦於白鹿書院，南北之士皆來集。歸里後，弟子日盛，編禮著書，遍及巴蜀。江湖之士，初不聞北山之負笈從遊也者，自非臨川隨宦不期而作之合，何能使朱學再傳之緒，如印印泥，不差毫末哉！而繼起者之承傳無自又無論矣。君子觀勉齋傳道集於北山，而穆然於師弟離合之故，有以知「天之未喪斯文」，而得與斯文者，爲能盡人以合天也。

（戴殿江《金華理學粹編》卷二《理學大宗》，清光緒十五年越中永康應寶時刻本）

按：以上戴殿江《金華理學粹編》輯録何基相關内容，參録李鉉榕撰、陳開勇指導的碩士論文《〈金華理學粹編〉整理與研究》（浙江師範大學二〇一八年）相關部分，謹致謝忱。

附録二　師友答議

答何子恭

［宋］王　柏

書來，諭某之病，往往出於鄉原之口。彼鄉原者，趣向卑陋，志識鄙淺，驟聞欲求聖賢之正學，欲聞先王之大道，方將驚視駭愕，以我爲狂爲妄。未能得其講學之淺深，且要吹毛求疵去點檢，教它立脚不定，此今日成材之所以難也。愚謂後生小子，乍脱於荆棘坑塹之中，方欲著身於正大光明之道，未曾講得一事，行得一步，豈能每事盡善？縱有病痛，且要是大路上人。它日志向漸定，移步漸熟，然後可以逐旋敲點它，使之澄治未晚。今若遽然四面責備，束縛太緊，鉗鎚太酷，彼將疑爲君子如此之難，幡然退安於舊穴，卻是吾輩爲淵敺魚，顔子所謂「循循善誘」，恐不如此。世衰道微，向此學絶少，只得且容它樂親，吾輩開其是非善惡之見，令其通透不惑，持守不遷，然後進以細密工夫可也。必切而後可磋，必琢而後可磨，亦理也。高明以爲如何？

（王柏《魯齋集》卷七《答何子恭》，民國《續金華叢書》本）

朋友服議

［宋］王　柏

咸淳戊辰臘月十有九日夜，承北山何先生之訃，次早排闥往哭之。既斂，僕雖以深衣入哭，隱之於心，疑所服之未稱也。自吾夫子之喪，門人不立正服，乃以義起若喪父，而爲心喪。程子曰：「師不立，服不可立也。當以情之厚薄，事之大小處之。若顔、閔之於孔子，雖斬衰三年，可也。其成己之功，與君父並，其次各有深淺，稱其情而已。」僕於北山受教爲甚深，豈可自同於流俗？因思《儀禮・喪服》有「朋友麻」三字，此豈非朋友之服乎？鄭康成云：「朋友雖無親，有同道之恩，相爲服緦之經帶。」又曰：「士以緦衰爲喪服，其弔服則疑衰。」疑之爲言擬也。緦麻之布十四升，疑衰十五升，即白布深衣，擬於吉服也。蓋緦衰，服之極輕者也，他無服矣。止有弔服，所以擬之。注云：「弔服加麻，其師與朋友同。既葬，除之。」疏云：「以白布深衣，庶人之常服，又尊卑未成服以前服之，故庶人得爲弔服。」素冠吉屨無絇。其《弔服圖》云：「庶人弔服素委貌，白布深衣。士朋友相爲服，弔服加麻。加麻者，即加緦之經帶，是爲疑衰。」或曰：「深衣，吉服也，而可爲弔服乎？」僕曰：「注固已云，疑於吉服也，況非止爲弔服。親疾病時，男女改服。注云：『庶人深衣。』又曰：『子爲父斬衰，尸既襲，衣十五升布深衣，扱上衽，徒跣，交手哭。』是孝子未成服，亦服深衣也。」或者又曰：「安知深衣爲弔服，不爲麻純乎？」僕曰：「純之以采者，曰深衣；純之以麻者，曰麻衣；純之以素者，曰長衣。以采緣之，袖長在外者，則曰中衣。各自有名，不可亂也。」又曰：「子創爲此服，豈不驚世駭俗？人將指爲怪民矣。」僕曰：「以深衣爲弔服，鄉閭亦間行之，但未加麻耳。是服也，勉齋黄先生考之爲最詳，其書進之於朝，藏於秘省，板行天下，非一家之私書也。遵而行之，豈得爲過？」僕於北山成服日，服深衣，加絰帶，冠加絲武，即素委貌，覆以白巾，見者未嘗以爲怪。越數日，通齋葉仲成父來弔，僕問：「昔日毅齋之喪，門人何服？」曰：「初遭喪時，朋友以襴幞加布帶。其後共考《儀禮》，至葬時，方以深衣加絰帶。」僕於是釋然，知其無戾於禮也，故作《朋友服議》。

（王柏《魯齋集》卷十《朋友服議》，《重修金華叢書》本）

爲師弔服加麻議

謹按：爲師服者，弔服加麻，心喪三年，古也。古則不可以世俗之服爲服。布襴之服，俗服也，今之服緦功以上者皆用之。生絹鈎領之衫，俗服也，今之服緦麻者亦用之。用今緦麻之服，是不得全其喪父無服之重也。疑衰，古士弔服也，其制今亡矣。白布深衣，古庶人之弔服也，其制今猶有存。古之士，今之官也；今之士未仕者，古之庶人也。故宜用古庶人之服，而以深衣爲弔服。昔者朱子之喪，門人用緦麻深衣而布緣矣。今之深衣，紵而非麻，如之何？曰：凡布皆麻也。古以三十升麻爲麻冕之布，以十五升麻爲深衣之布，故孔子以麻冕可從純，而深衣之麻今無之。自司馬公、子朱子皆云：「用極細布爲之。」則今深衣之布，以苧代麻久矣。其緣則《禮》「孤子純以素」，是喪父既除服之服也。孔門喪夫子者，若喪父而無服，則以喪父除服之服，爲若喪父無父服之服，是純以素可也。其冠，則庶人之弔「素委貌」，今失其制，以帛代之可也。帛則何以加絰？曰：士冠，其吉玄冠也，色玄，五梁，左掩右。其非吉則素冠也，色白，三梁，而右掩左。今用素冠加絰於内，而生絹單帛加於外，可也。加絰於冠，古也，而外用帛則又俗，如之何？曰：用古之禮，而不駭今之俗，亦以代幅巾云爾。加麻之絰，緦服之絰也；緦服之絰，絰之小者也。今用緦麻而小之可也。加麻之帶，緦服之帶也；緦服之帶，亦布之細者也。今用細苧可也。然則用深衣，則何屨？曰：「古有弔服而無弔屨，深衣方屨，古也。然古之方屨，非獨爲深衣也，凡屨皆方也。今之屨，凡屨皆員也。今之君子，其服深衣員屨，從其俗者多矣。方屨可也，從俗屨亦可也。」履祥謹議。

是時，咸淳戊辰十有二月十有九日，子何子卒。魯齋先生曰：「北山先生當世之巨人也，四方之觀瞻係焉。今制門人之服而非古，則無以示四方矣。布襴，今之緦服；涼衫，前輩之燕服，是皆不可。子其思之，且問諸伯誠。」時履祥匆匆奔赴，皆不暇帶書以往，於是就子何子之齋，假禮書焉。一時哀戚，不暇詳考，亦不敢久，出何子之遺書，亟納之，而往伯誠子之家問焉。伯誠子相見慟哭，而其説則不以爲然。曰：「北山之生不爲詭俗之事，而吾輩之服殊詭於俗，非北山之意也。爲吾輩者，以學問躬行自勉，有以發明北山之學可矣，不必爲是服也。今生絹白衫，加布帶而帛如常，庶可表此心，而亦不甚駭於俗。且今爲古服，魯齋服之可也。朋友之中有義利不明出處失節者，見吾輩之服亦服之，則反玷北山矣。」履祥念無以復命於魯齋先生，故一時草此議以復命，無可考訂，亦不暇考也。既而汪功父以書來，謂魯齋先生定議：玄冠端武加帛，深衣布帶加葛絰。履祥謂玄冠不以弔，雖加絹武，而乃無首絰，不若素冠而加絰，布帶則不必絰可也。而魯齋先生約日成服，不受是説。既成服，履祥請問焉，曰：「素委貌者，委貌之注，以爲委武也，則是素武也。士弔服疑衰，即深衣也，疑衰者，擬於衰也。緦麻之布十有四升，而深衣之布十五升，是十四升爲緦麻，而深衣之布擬之也。深衣素純則爲長衣，麻純則爲麻衣。《詩》所謂『麻衣如雪』者也。二者皆非深衣也，故今不從其純素，某蓋已有考。伯誠不俱來成服，是耻與吾人黨乎？」履祥曰：「伯誠非耻與先生爲黨，耻與履祥一輩朋友爲黨耳！且伯誠之説，存之以爲朋友之糾彈可也。」

（金履祥《仁山集》卷二《爲師弔服加麻議》，明鈔本）

附録三　序跋題贊

跋北山畫朱子詩送韋軒

［宋］王　柏

朱子《遠遊歌》雖少年之作，已見其器局之廣，立志之堅，既有以開拓其問學之基矣。其《送胡籍劉忠肅》二詩，則紹興己卯時，年方三十。《克己》一詩、《觀書有感》二詩，則紹興庚辰也。《挽延平先生》二詩，則隆興也。《酬南軒贈言》，則乾道丁亥也。《齋居感興二十首》及《分水嶺絶句》，則乾道壬辰也。《論啓蒙絶句》，則淳熙丙辰也。《題寫真絶句》，則慶元庚申，逾月而易簀矣。朱子之詩凡十卷，其精微之藴，正大之情，皆所以羽翼六經，發揮聖道，何止此三十有二章而已。蓋余平日之所涵詠，獨於此而有得焉。端平丙申，請於北山何先生書於一編，清勁端楷，無一筆匆匆，亦足以見其心德深潛淳粹之懿。慨北山已不可復見，將誰與同此心乎？韋軒别駕，純實廉介，恪守家法，景慕朱子，發於誠心，歸敬北山，意亦獨至。於其滿替而歸侍庭也，敢以朱子遺成公一帖及此編相其行，行必有贐禮也。或暇日整衿澄慮，披展玩索，躍然興起，如相與撰杖於滄洲雲谷之間，不知古今之遠，出處之異，庶不負尊賢之初心云。

（王柏《魯齋集》卷十三《跋北山書朱子詩送韋軒》，《重修金華叢書》本）

代孫幹卿御史請刊《近思録發揮》等書公文

[元]吴師道

竊謂傳道受業，必以正學爲宗；著書立言，貴乎世教有補。所宜章顯，以示激揚。當職往歲備員婺州路屬邑，獲聞北山何文定公基親學於勉齋黄氏，得朱子的傳，道德之望，爲時師表。亡宋屢召，授以史館校勘、崇政殿説書，並辭不受。所著書有《大學》《中庸》《易大傳》《啓蒙》《通書》《近思録》等發揮，並用朱子本旨，不雜他説。《大學》等五發揮刊行已久，止有《近思録發揮》未就，内《太極圖》《西銘》發揮，先刊於紹興，其後門人仁山金履祥纂次訂定，見有全書。蓋《近思録》乃近世一經，而發揮之旨尤爲精要，非泛泛他書之比。金氏之學，傳之許謙，紹述宗旨，南北從遊者甚衆，屢蒙臺府及本道列薦，未仕而卒。謙所著述有《讀四書叢説》《詩集傳名物鈔》尤有發明，四方傳録，多以未見爲恨。以上《近思録發揮》《讀四書叢説》《詩集傳名物鈔》三書不過數十卷，計費不爲甚大，如蒙就於婺州路儒學錢糧内刊板流布，幸惠後學，其於教化不爲無補。

（吴師道《禮部集》卷二十，《重修金華叢書》本）

過北山何先生故宅

［宋］于　石

青雲不在金華巔，白雲孤起金華岑。百世相傳勉齋學，《四書》誰識晦翁心。水流盤澗自深淺，月照北山無古今。人問故廬何處是，門前松桂蔚成林。

（于石《紫巖于先生詩選》卷三，《重修金華叢書》本）

題北山先生尺牘後

［元］宋　濂

右北山何公與其弟子魯齋王公手帖。北山平日執謙特甚，人有來學者，雖誨之無不傾盡，而未嘗受其北面之禮，此書之稱「再拜」、稱「尊兄」者，猶可見也。元思姓汪氏，名開之，時法先生之孫。魯齋少與之同學，嘗取《論孟集義》，别以鉛黄朱墨，以求朱子去取之意，而精於《四書》之學者。伯誠姓張氏，名潤之，自號思誠子，登北山之門垂三十年，其微言奥旨莫不盡聞焉。二公偶出，北山念之，形於簡牘間，則其於師友之道可謂篤矣。王子文名埜，嘉定十三年進士。襄蜀事急，議遣使講和，宰相依違不決。史嵩之帥武昌，首進和議。子文時爲樞密院編修兼權檢討，謂「今日之事宜先定規模，並力攻守」，士論韙之。北山雖居山林，而憂國之切，故有廟堂議和、子文除擢之問，則其厚於君臣之義，又何如哉？夫以北山之學，承朱子再傳之緒，造詣真切，踐履純固，而其見之翰墨，雖出於一時，皆有關於世教，有益於人倫，似無斯須不志於道者也，是誠何可及哉？朱子之書，盡編者以時事、出處、問答分類而通載之，凡四十一卷，約一千六百八十餘篇，濂每疑其太泛。魯齋之所選，北山之所定，當必甚精，惜乎未及見之也。因并識之，以爲寡陋之愧云。

（宋濂《宋文憲文集》卷四十五《題北山先生尺牘後》，《重修金華叢書》本）

宋何文定公北山先生硯銘并序

［清］錢　載

左邊刻「直方而正，厚重而堅基」九字，明唐荆川先生嘗藏之者。其贈謚誥云：「生無爵者死無謚，此僅可施於常人；名弗著而美弗彰，是用特加於君子。」先生不官而謚，王魯齋先生狀所云爵位雖未稱，未嘗無節惠之賜也。錢載得之，銘曰：先生研究考亭之遺書，不多著述而皆曰《發揮》者，其所著之書，今已閲春秋五百餘，寶諸寶諸。

（錢載《蘀石齋文集》卷十七《宋何文定公北山先生硯銘》，清乾隆刻本）

咏何基詩

［清］羅惇衍

何基字子恭，金華人，度宗時以薦授史館校勘兼崇政殿説書，不受，卒年八十一，謚文定，世稱北山先生。

真實爲心刻苦功，親承杖屨振高風。漢儒絶類躬淳固，箕範旁參性會通。道自八閩延一脈，人思兩浙迪羣蒙。屢徵不起山棲老，誰識金華辨問中。

父伯熭，爲臨川縣丞時，黄榦適知其縣事，伯熭命基師事焉。榦初見，告以必有真實心地，刻苦工夫，然後可從事聖賢之學。基悚惕受命，因得盡聞淵源之懿。漢儒：基淳固篤實，絶類漢儒，雖一本於朱子，然就其言發明，而新意愈出不窮。箕範：基嘗言：「以《洪範》參之《大學》《中庸》，有不約而符者。」蓋其確守師訓，故能精義造約如此。一脈：景定五年，詔舉賢，趙汝騰等特薦基，與建寧布衣徐幾同被命，添差婺州學教授兼麗澤書院山長，不起。郡守趙汝騰守婺，延聘請講，辭不就，復首薦於朝，又率各從官列薦。通判鄭士懿、太守蔡抗、楊棟相繼以請，皆辭。金華：有文集三十卷，與王柏辨問者十八卷。

（羅惇衍《集義軒詠史詩鈔》卷四十七，清光緒元年刻本）

御贊

其貌也古，其性也聽。才兼文武，學究鴻蒙。事親克孝，事君克忠。生今之世，得古之風。

（《愛溪何氏宗譜》卷十一，光緒庚寅年重修）

文定公像贊

［宋］史宅之

經濟之才，宏博之學。識見之高，制行之確。此一代之偉人，實萬夫之先覺。史宅之題。

又贊

［元］宋　濂

惟公志學，尚友乎古。究理實派於先。道宗群聖而不悖，名副四賢以當然。透迤濂洛之淵壑，疏瀹洙泗之淵源。量之容儼，百川注海。文之著一，萬象森天。允宜享廟，食於無斁，貽慶澤於不蹇也耶？

金華宋濂拜贊。

（《東陽何氏宗譜》卷二，咸豐己未年重修）

何師母周氏夫人像贊

［宋］王 柏

濂溪閨秀，淑慎端莊。廬江内助，潛德幽光。相成道學，扶植綱常。母儀展肅，奕禩流芳。

門人王柏頓首拜撰。

（《愛溪何氏宗譜》卷十一，光緒庚寅年重修）

書文定公行狀後

［明］胡 儼

儼嘗讀虞文靖公《答張率性書》，見其有謂「世之以功名自任者易爲言，而德性道學之淵微未易知也」。其不爲許益之墓文，意有在焉。及觀黄文獻公《許先生墓銘》，則知許先生之學出金仁山。金先生學於王文憲公，及登何文定公之門者。文定嘗學於勉齋先生黄文肅公。

而文憲於文定，則又師友之也。

今所傳《文定行狀》，乃文憲所撰述。其德業之富，操守之正，履歷之詳，其所學之造詣，指要之會歸，深淺始終，可得而見矣。要之，非功名利禄所可謂也。其六世孫平涼守士英持以求題。噫，道學之傳，公論所在，儼敢輕議耶？

永樂十七年秋七月，朝議大夫、國子祭酒兼翰林侍講兼修國史豫章胡儼敬書。

（《東陽何氏宗譜》卷二，咸豐己未年重修）

題文定公行狀後

［明］金幼孜

濂洛嘗聞究本源，咸推統緒有承傳。高風苦節聞當世，碩學清詞繼昔賢。自有聲光昭閥閱，豈無論議著遺編。只今仰德懷千載，三復斯文重惘然。

金幼孜盥手敬題。

（《東陽何氏宗譜》卷二，咸豐己未年重修）

宋儒何北山墓前重構享堂落成擇吉祭奠駐石門公館留示諸生

［清］鄭　遠

太甲耀五雲，禮賢虔修祀。輕輿向山駕，叱馭道經此。龍門信鉅鎖，闤闠類廛市。魚雅羅青衿，肅迎頌蕪喜。前賢弦誦地，風景殘佳美。何王留講席，罣罳緬遺址。即席贈一言，敢告諸髦士。春野帶經鋤，家學猶伊邇。心源可遥接，高山勤仰止。族彦共勉旃，高步追先軌。

憩石門寺題壁

［清］張　齊

小序云：奉陪鳳山先生謁何文定墓，訪倪孝子陶。時在行者，趙克齋、姜静齋也。

問俗觀風三十里，等閒誰遣此風流。叨陪太守文章伯，夙駕南村使者輈。風力斜欺疏綺薄，梅花香入酒杯浮。表章孝義崇先哲，不是尋常汗漫遊。

（《龍門倪氏七修族譜》卷四十一，民國十四年重修）

捐贖何文定公墓田序

［清］程　煜

世稱金華小鄒魯，蓋天地間氣所鍾，文以載道，道以人傳。其間，何、王、金、許四賢林立，並大有功於濂洛關閩，以兆應文明者也。迺文定公上承吕成公道脈，親接黄勉齋之統，爲文憲、文安、文懿之領袖。蓋其發揮經傳，羽翼賢聖，樹縫掖之楷模，立後學之津梁。元氣藴盎，表裏純白，難進易退者得《謙》之吉，確乎不拔者守《乾》之潛，斯其人爲奕世不朽之人，自應建其業爲奕世不朽之業，予心竊向往者久之。

己未秋，自顔烏調任以來，即慨然有展修祀典志。既而詢其家，則世於盤溪。訪其墓，則落於油塘。考其碑，則得於有明太守之建祠堂記。先是，文定公之殁，遺有墓田九石六斗以供祀事，乃悉併於豪右。厥後明季，劉公來守是邦，繩其豪，清其田，釐而定之，且爲繚垣墻，豎享堂，規制森森，功成勒石，識之學宫，曰：「世世子孫無相害也。」迄今代遠年湮，風微人往，而當年劉公清釐之美意，又僅存其半焉。嗟乎，祀田之失，固無足爲先生增損，而漸歸磨滅，獨不足爲子若孫欷戲乎哉？有婺之孝廉郭君有泓率同紳士，具呈於予。予奮然起曰：曾是先賢所留遺，而忍聽其豪右侵削乎？要其失産，例應清救，其購贖利用捐助。以是詳請各憲，蒙學憲鄧公極加獎勵，爰捐清俸，爲都人士倡。予也竊附於其後，願以告夫有志之士共勸厥成者。

夫名賢鉅儒，拯頹救敝，在世相遠、地相去者，懦立頑廉，聞風靡不興感，况爾邑都人士生同方、居同里，涵濡北山先生教澤於數百年之久者，可無同心竭力，以維持而保護之與？倘或捐贖之後，助有羸餘，則建亭祠，廣墓田，紀功勒銘，永垂不朽，諸君子亦與有光矣，獨予一人之力哉？誠如是，將見崇先賢之祀典，明德惟馨，綿春秋之禴嘗，籩豆有踐，庶幾遠不愧明太守建祠勒石之精意，上不負督學憲崇儒重道之盛心也夫。是爲序。

乾隆六年季夏月中浣吉旦，賜進士出身文林郎知金華縣事後學盱江程煜拜撰。

（《盤溪何氏宗譜》卷首，民國庚辰重修本）

北山何文定公祠堂記

［明］劉　蒞

金華何、王、金、許四先生，憫宋祚之將移，憂悲抑鬱，卒老於窮，生不出仕，没不治喪，葬不起墓，慨此骼胔，胡不速朽！嗚呼微矣。白雲先生以後至元四年戊寅正月壬寅，葬於婺女鄉安期里許官山。其子曰元、曰亨，皆以罪没於我朝洪武間，因絶其系，迷其墓。成化初，推官林沂廉得之，立石表其阡。仁山先生以元大德十年丙午九月甲申，葬蘭谿縣純孝鄉仁山之後隴，不封不樹，漫無標題。前知府趙鶴芟蕪考墓，纍冢不可復識，而其裔寓彼鄉者，亦近支也。魯齋先生以咸淳十年甲戌十一月甲申，葬金華婺女鄉望柴嶺金村之懷原，墓地六十畝，子姓世守之。北山先生以咸淳五年己巳十二月壬申，葬金華縣南山油塘之原。荆莽無端，狐兔有窟。商山之芝，不知四皓之高；首陽之薇，不知夷齊之清。均爲牛羊之牧，而芻蕘之場也。鄰有豪右，逐其佃甲，並其圭田，據而業之。子孫家盤溪者百數，莫之能直。蓋府治東廿里許亦有油塘，豪欲滅其墓，乃匿其碑，指先生墓在彼油塘，志府者不察，從而是之。

正德甲戌春正月，知府事劉薳、同知張齊、通判趙天定、推官姜山甫率諸生葉援、陳育、項復通、馮紀等，展修祀事。墓已夷且陷，惟趺獨存。而商生大路復廉得完碑於油塘之匿孔，尚無恙也。乃繩其豪於法，還其碑於趺，正其田於籍，歸其佃甲於鄰壤，伐巨石以封若堂，而繚之以牆垣，竪享堂四楹，旁爲連甍，以處佃丁，規制粗備，庶幾有司崇儒重道，礪世磨俗之萬一，而先生之存亡固不係乎是也。因定墓夫一名，每年追其直於黌序，輪遣教職以清明日祭其墓，王、金、許亦如之。薳因推其意以敘之曰：

自堯、舜至於湯、文、周、孔，率五百歲而聖賢出，以續斯道之傳。惟鄒魯萃天地之間氣，賢聖林立，不可尚已，其餘希世寥闊，乃僅一見。自孟子没千五百年，始有周、程、張、朱，兆應文明，道宗鄒魯，蓋間氣之再見者。厥後吕東萊倡道於婺，朱晦庵、張南軒相與切磋，習於麗澤之會，波流河潤。至於文定親接勉齋之統，傳諸文憲，文憲傳文定（按：當作安，下同），文定傳文懿。百里之内，同門之間，四賢挺生，上承吕成公，爲地方五鉅儒，問道之士無慮數千，成章者比比，此又間氣之疊見者。世稱金華小鄒魯，不可誣也。其大者拯頹救敝，立懦廉頑，如鳳凰翔於千仞，四方欲快覩之而不可得；味道之腴，絶物之欲，如蛟龍蟄於九淵，天子欲識其面而不可致。蓋其性命之趣長而爵禄之味短，天人之理貫而顯晦之幾明，德澤之滂沛，不深於義理之涵濡；小康之政治，不加夫大道之感通。所以孔、曾、思、孟終身不遇，周、程、張、朱不能立朝，何、王、金、許終守環堵，爲是故也。不然，何庸衆之難退，而聖賢之難進如此哉？至其論大道，則北山以《洪範》之「敬五事」爲「明明德」之謂，「厚八政」爲「新民」之謂，「建皇極」爲「止至善」之謂。皇極有休徵而無咎，徵有仁壽而無鄙夭，則致中和、天地位、萬物育之謂，此爲皇極之極功，若此者不害其爲同。魯齋於《易》，則以《河圖》爲先天後天之宗祖；於《書》，以《洪範》爲古今經傳之宗祖；於《詩》，定《二南》黜淫奔；於《春秋》，作《發揮》明大義；訂《大學》「致知格物」章之未亡，還「知止」章於聽訟之上；謂《中庸》古有二篇，「誠明」可爲綱，不可爲目，定「誠」「明」各十有一章。若此者不害其爲異。仁山《通鑑前編》，自周威烈以前，各爲編年，穿貫春秋，直溯堯舜，據經考傳，不嫌其爲僭。白雲集《詩》鈔《名物》，讀《書》著《叢説》，讀《春秋》有《管窺》，皆傳注所未發。句讀《九經》《儀禮》《三傳》，至於天文地理、典章制度、食貨刑法、字法音韻、醫經數術，靡不該貫，不疑其爲泛，仰高鑽堅，鈎玄索隱，惟欲求見聖人之止而後已。然則勳庸彝鼎之榮，綸綍隴阡之光，何足爲先生增損。蓋自有不隨物而化，不逐運而遷，不待生而存，不因死而往者矣！

蒞亦嘗掇拾行實，疏之於朝，請得綴食孔子廟廷，不知輿論僉同，能有成否。兹因祠堂訖工刻石，識之學宫，牧敲燐火，想不能祟我先生道骨矣！

正德乙亥夏六月朔爲之記。

（黄宗羲《明文海》卷三百七十，浙江圖書館鈔本。《何北山遺集》卷末所收爲節本。）

何基像贊

［清］程　煜

柔水流西，群賢蔚起。卓哉文定，卻榮謝紫。充實光輝，金精玉美。華表長存，高山仰止。

大清乾隆乙丑季春穀旦，賜進士出身、文林郎、知金華縣事後學盱江程煜拜撰。

（《盤溪何氏宗譜》卷一，民國庚辰年重修）

重修墓記

［清］程　煜

北山先生生而敏粹，長師勉齋，得考亭正學淵源，高隱盤溪，抱道不仕，卒葬油塘，有圭田以祀春秋，載在禮典。

明季豪强侵田毁墓，太守劉公清釐之，得墓田九石六斗，並創墓前祠宇。歷今二百餘年，遺址徒存，鞠爲茂草，祀田亦侵失其半。夫祀典不修，責在守土，余何敢辭？緣按籍稽覈，集紳士倡捐，清復原田四石二斗。又增建享堂三楹，旁有餘屋，擇後裔世守，功竣勒石，詳憲定案。一時古墓重新，規模焕然。歲舉禴嘗，罔怨罔恫，非敢謂有功先賢，亦期無負明太守之遺意耳！是爲記。

乾隆乙丑季春穀旦，盱江後學程煜撰。

（《盤溪何氏宗譜》卷一，民國庚辰重修）

附録四　後人記評（節録）

祥刑生意遍庭荄，蔽芾棠陰手自栽。世降此翁猶尚德，俗衰時輩但論材。九仙截鐙于公去，萬石熏爐召父來。攬轡紫陽垂教地，饒何盍聘到崇臺。饒魯、何基二士，善爲文公之學者也。使者星明太史占，東風戒路揭帷襜。食當加倍稀親酒，獻不求餘少榷鹽。因進御茶供味諫，肯然官燭示家廉。老生莫效臨岐贈，詩附仁言當束縑。

（趙汝騰《庸齋集》卷二《餞史計使》，文淵閣《四庫全書》本）

某往年嘗與趙星渚議論間，問北山何先生何以教學者。某對北山不曾開門授徒，不曾立題自作話頭，接引後進。某登門之初，嘗蒙舉胡五峯之言曰：「立志以定其本，居敬以持其志。志立乎事物之表，敬行乎事物之内。」星渚曰：「文公已病其頗傷急迫。」某曰：「急迫之病，乃在下一句『知乃可精』上，此四句於初學似亦有益。」星渚曰：「然。」

（王柏《魯齋集》卷八《復吴太清書》，文淵閣《四庫全書》本）

右《勉齋黄先生文粹》三十篇、《北溪陳先生文粹》三十一篇、《經説》十五篇，金華後學王柏之所編集，而又附以雜著四十餘章。北山何先生亦嘗增定焉。在昔乾、淳之士，登考亭之門而親傳面授者，不知其幾人矣。窮鄉孤陋，未能遍求高第弟子遺書而盡觀之。但見端的固守其師説，而接引後進，敷暢演繹而不失其本意者，惟二先生之爲可敬。

（王柏《魯齋集》卷十一《跋勉齋北溪文粹》，文淵閣《四庫全書》本）

北山何子恭父、箕谷倪孟德父、立齋剛仲姪，皆元思之所敬，豈可無一詞相與，起其墜於後乎？

（王柏《魯齋集》卷十一《跋朱子大愚帖》，《重修金華叢書》本）

亡友汪君元思，諱開之，條問二公之目，有二公親筆答於其後。元思蚤亡，遺書存者百無一二。其父死，始得此二卷於塵網中。予平生視元思也，深有愧焉……予獨思之，久而不釋。予遂追述其懿行狀而求銘於北山何子恭父，以附不朽於北山何先生之集云。

（王柏《魯齋集》卷十二《跋陳鄭答問目》，《重修金華叢書》本）

某近得魏國張忠獻憂居三帖，中謂故舊由公，不以其哀，若而幸之教，使不悖於學道，是區區之望也。魏公功業之盛，年德之尊，而其言猶拳拳如此，蓋其孜孜求善，出於中誠，豈勉强者所能？此所以爲魏公也。盛德之事，學者莫不興起。後有北山何先生之跋，而某與舍姪亦綴數語，敢以爲執事獻。千里將誠，不敢效世俗禮，仰惟乞台覽。

（王柏《魯齋集》卷十七《慰鄭定齋》，《重修金華叢書》本。）

某近刻何北山所著《魯齋銘》，以墨本納呈，至希一覽。無由會晤，願言力學，躬行善保，斯則爲千萬世子孫之基。不勝拳拳，謹奉狀不宣。

（王柏《魯齋集》卷十七《回楊行父》，《重修金華叢書》本）

《詩》《書》厄於秦火，而《易》幸存，猶不免殽雜於諸儒之子，分經合傳，干亂舊章，使後世不得見三聖人之全書者，蓋千有餘年於此矣。東萊子呂子慨然復古，定晁氏刊，補離合之未安，而十二篇之《易》，粲然復完於垂没之年。紫陽子朱子深所嘉嘆，於是《本義》規橅，一循其序，四經流布，復爲之首。

顧婺爲子呂子講道之邦，反缺是書，某竊病焉。往歲因分麗澤之席，亟命工鋟梓。既成，辱北山先生何子恭父爲序於後。《易》道之淵源，經傳之因革，殆無餘藴。念是書考覈之精，辨析之詳，疏其羨文缺字之相承，訂其分章絶句之或異，精神粹密，盡在音訓，不敢以既退而累後人。越明年，遂用紫陽書堂本足成之，敬識其歲月云。

（王柏《魯齋集》卷十一《古易跋》，《重修金華叢書》本）

予因見北山而識叔行，因叔行而識孟陽，因孟陽而識其二兄。孟容最長，主家嚴毅，每聽予之言，與二季評於既退之後。對坐肅然，少唯諾，時然後言，堅確典刑，一鄉行其言而未嘗有失。孟德純實寡言，始亦未相孚也，久而後相契，縱談劇論無隱情，亦無世俗矯飾之爲。孟陽清介廉直，仕塗有聲。惟長公得天者厚，既壽而康寧，且多男子。二子收大名，迭登朝列，赫奕方殷。孟德僅至中壽，孟陽最不得年。予每謂叔行、孟德、孟陽三君，皆非今日世運可亨者，宜其困窮而長往也。慨斯人之寂寞，而斯帖之僅存，交道日險，論學取友之事益落落矣，如之何而不於此長太息也！孟德《風雅質疑》一卷附於後，其子明原以墓銘請，予不敢辭，爲誌之於石云。

（王柏《魯齋集》卷十二《跋南山倪三愧帖》，《重修金華叢書》本）

君諱欽，字無適，北山先生之嗣子也。天才不羣，有晉宋之遺風焉。予得其帖甚少，止二十有五。《遺硯帖》，其絶筆也。予不敢受，姑勉其意，少留數月將面還之。未幾，君死矣。方恨無所歸，適元鼎令予作書與趙星渚，求題墓大字，遂以此硯將誠。又得君銅爐一蟾蜍水滴，歸其女矣。止有遺墨數卷而已。

（王柏《魯齋集》卷十二《跋何無適帖》，《重修金華叢書》本）

傳曰：禮始於冠，其目有二十：曰筮日、曰筮賓、曰宿賓、曰爲期、曰陳器服、曰即位、曰迎賓、曰始加、曰再加、曰三加、曰禮冠者、曰見母、曰字、曰賓出、曰見兄弟姑姊、曰奠摯、曰禮賓、曰醮、曰殺，而又有《冠義》一篇，其義尤備。今人於禮之始猶不肯行，況三百之經、三千之義乎？《朱子家禮》已爲節文，而立齋之所講行又其節文也，然亦足以爲學者倡，自是亦間有行之者矣。昔趙文子冠，見欒武子、范文子、韓獻子、智武子各有訓言。次見張老，張老善四子之言，而繼之以「志在子」三字。今觀北山先生思成之命，至矣切矣，予亦曰「志在子」，吾子勉之。

（王柏《魯齋集》卷十三《跋思成字詞》，《重修金華叢書》本）

某迂疏無用，苟全性命於陋巷，誤蒙識察，即以臭味相求，開心布誠，傾倒無餘蘊。雖平生故人，有未能然者。自顧何以得此於當代之偉人哉？自是以來，此心炯炯依嚮，頃刻未嘗忘，書疏之疏密，政不足計也。好風西來，冰函飛墮，龍蛇滿幅，英論竦然。遥聞康廬彭蠡，彌高彌深。敬審朱明未垂，暑氣未生，羽扇牙籌，敵塞民飽。合候某憂患餘息，生意剥落殆盡，所以自治者甚踈，亦無以淑人，而況利欲波蕩，士習風靡，安有向此冷淡生活者？杜門自安其拙而已！北山先生時有失血之證，氣體多倦，年來亦少講説，以是無足爲執事道者。

（王柏《魯齋集》卷十七《答何師尹》，《重修金華叢書》本）

某淳祐丙午春，得《勉齋文集》於山陰施侯德懋，衡陽本也。後二十七年來撫州，推官李君龍金，衡陽人，復以其本見遺，則字之磨滅不存者已十二三，因思鋟刊於江西倉司，而丙午所得本留故山，欲借別本證磨滅不存字，闔郡咸無之，方以書不復全爲憂。未幾，臨汝書堂江君克明招臨江董君雲章偕來，其家收勉齋文最備，謂初得衡陽本十卷，次得巖溪趙氏所刊本二十四卷，次得雙峰饒氏録本《書問》一卷，次得徽庵程氏録本《書問》一卷，次得北山何氏録本《答問》十卷，近又得三山黄氏友進刊本四十卷，凡衡陽、巖溪、雙峰、徽庵本皆在焉。而又多三之一，獨無《答問》。某因館致董君，盡求其書，屬斡辦常平司公事趙君必趯相與裒類，爲《勉齋大全集》。

（黄震《黄氏日鈔》卷九十二《跋勉齋集》，元後至元刻本）

皇家科目喜宏開，輕比抽拈不擇才。多少官人無着處，不知能得幾人來。後因侍北山先生，言朝廷泛免，鼓舞數州士子雲集京師。費盡物貴，皇恩雖宏，取人甚少，譬之狙公賦芧，只朝四暮三，贏得羣狙之喜耳。先生曰：「羣狙又不自覺，亦浪得一喜也。」

（金履祥《仁山集》卷四《泛免口占》，明鈔本）

所謂聖賢言語，直看横看，無非道理。是意也，聞之先師魯齋王文憲、北山何文定言爲然。

（金履祥《大學疏義》，清文淵閣《四庫全書》本）

師授本日正書，假令授讀《大學》正文《章句》《或問》，共約六七百字，或一千字，須多授一二十行，以備次日。或有故，及生徒衆不得即授書，可先自讀，免致妨功，先計字數，畫定大段，師記號起止於簿，預令其套端禮所參館閣校勘法，黄勉齋、何北山、王魯齋、張導江及諸先生所點抹《四書》例。及考王魯齋《正始音》等書點定本，點定句讀，圈發假借字音，令面讀，子細正過，於内分作細段，隨文義可斷處，多不過十句，少約五六句，大段約千字，分作十段或十一二段，用朱點記於簿。

隻日之夜，令玩索《大學》已。讀《大學》，字求其訓，句求其義，章求其旨。每一節十數次，涵泳思索，以求其通。又須虚心以爲之本，每正文一節，先考索章句明透，然後摭章句之旨以説上正文。每句要説得精確，成文鈔記旨要。又考索《或問》明透，以參《章句》。如遇説性理深奥精微處，不計數看，直要曉得記得爛熟乃止，仍參看黄勉齋、真西山《集義》《通釋》《講義》，饒雙峯《纂述》《輯講》《語録》，金仁山《大學疏義》《語孟考證》，何北山、王魯齋、張達善句讀、批抹畫截、表注音考，胡雲峯《四書通證》，趙氏《纂疏》《集成》《發明》等書。諸説有異處，標貼以待思問。如引用經史先儒語及性理、制度、治道、故事相關處，必須檢尋看過。凡玩索一字一句一章，分看合看，要析之極其精，合之無不貫。去了本子，信口分説得出，合説得出，於身心體認得出，方爲爛熟。朱子諄諄之訓，先要熟讀。

隨雙隻日之夜，附讀看玩索性理書。性理畢，次治道，次制度。如《大學》失時失序，當補《小學》書者，先讀《小學》書數段，仍詳看解，字字句句，自要説得通透乃止。《小學》書畢，讀程氏《增廣字訓綱》……次看《北溪字義》《續字義》。次讀《太極圖》《通書》《西銘》，並看朱子解，及有何北山《發揮》。

治《周易》鈔法，一依古《易》十二篇，勿鈔彖傳、象傳，附每段經文之後。先手鈔四聖經傳正文，依古《易》讀之，别用紙依次鈔每段正文，次低正文一字，鈔所主朱子本義。次低正文一字，鈔所主程子傳，其連解彖傳、象傳者，須截在彖傳、象傳正文後鈔。次低正文一字，節鈔所兼用古注疏。次低正文二字，附節鈔陸氏音義，次節鈔胡庭芳所附朱子《語録》《文集》，何北山《啓蒙》《繫辭發揮》，朱子孫鑑所集《易遺説》，去其重者。次低正文二字，節鈔董氏所附程子《語録》《文集》；次低正文三字，節鈔胡庭芳所纂《朱子解》及胡雲峯《易通》，及諸説精確而有裨朱子本義者。

（程端禮《程氏家塾讀書分年日程》卷一，文淵閣《四庫全書》本）

葉由庚，字成父，夔漕諱蓁之子。以口吃，不受世賞，從毅齋徐文清公遊，稱其静愿，無他好，講學有闕。與北山何先生、魯齋王先生往來尤密。故北山之卒也，魯齋爲之狀其行。魯齋之卒也，成父爲之誌其壙。

王佖，字剛仲，號立齋，魯齋先生之從子。初從劉撝堂炎學，卒業於北山何先生，有詩集若干卷。

（吴師道《敬鄉録》卷十四，清文淵閣《四庫全書》本）

況自宋中葉以來，賢材繼出，其顯於靖康、炎紹之際者，皆生於嘉祐以後，涵濡之深，風氣之開，豈苟然哉？忠義功名，宗公當爲第一。下逮乾道、淳熙，吕太史道德文章，鄒魯一方，師表百代，視前世又遠過焉。於是名卿賢相牧伯、大魁碩儒、名人偉士，肩摩踵接，蓋不可勝數。而其季年，北山何公、魯齋王公則又紹紫陽之的傳，至今私淑者猶不失其正，亦盛矣哉。王、何，名爵在史編，論著在天下，章章傳頌之，決不遂泯没，無俟纂集可也。特沉微不著者，遺文逸事，稱道殆絶，或地望舛錯，久亦失真，逝者有知，豈無憾於其後耶？

（吴師道《禮部集》卷十五《敬鄉後録序》，清文淵閣《四庫全書》本）

鄭北山墓誌銘跋，何耕道夫撰，葉閶天啓書，北山何基篆。

甲戌乙亥間，某杜門深居，日無所爲，則取家所藏鄉先生遺文逸事裒集之，名《敬鄉録》。

第聞見單寡，未敢旁及，間以詢之友朋。而許君益之手録北山鄭公行實以來，尚恨未見全集及誌銘之屬。時葉君審言寓坦溪，實公裔孫家，詢之得墓銘、遺事、《雪竹賦》卷，再拜伏讀，益知公之詳。

（吴師道《禮部集》卷十七《鄭北山墓誌銘跋》，《重修金華叢書》本）

某讀是經有年，頗厭衆説。乙亥丙子之歲，來池建德，陸走道遠，不能多負書，獨取古《易》吕氏《音訓》、程《傳》仁山金氏標點者，朱《本義》、北山何氏《啓蒙》《大傳》二發揮，魯齋王氏諸《圖論》自隨，與兒輩説讀，懼汩亂也。

（吴師道《禮部集》卷十七《讀易雜記後題》，《重修金華叢書》本）

獨善之孫元思，力學忍貧，自爲《貧約》十條，指心以誓。其友胡潛類聚聖賢處貧言行爲《固窮集》，貽之元思，以《貧約》附焉，質於北山何先生，愈勵其操，卒死於窮。嗚呼！好義者，民之天，而固窮者，士之節。夫能忼慨赴人急難，不爲威武勢焰屈者，始有以固其窮；而委靡恇怯苟慕富貴者，必不能見義以勇爲。固窮之善，殆有得於獨善之窮。汪氏兄弟，祖孫是或一道也。葉君審言家藏元思《固窮集》，因録朱、吕所與獨善詩帖，約叟高安行程歷中哭大愚詩，並何王諸公稱贊之語萃爲一帙，某既竊嘆，復推説以附於諸老之後云。獨善名大度，字時法；約叟，名大章；元思，名開之。

（吴師道《禮部集》卷十七《跋汪元思固窮集及所録朱吕二先生詩帖》，《重修金華叢書》本）

北山何先生標點《儀禮》，其本用永嘉張淳所校定者。某從其曾孫景瞻借得之，欲求善本傳爲而不可得。一日，三衢程國表來相與觀其書，自言適有永嘉本，當以見遺之。未幾，果令其子持至，爲之喜不自勝，殆天有以相吾志也。時方苦痁疾兩月餘，羸瘠委頓。又二月既望，瘴熱雖去，而餘症未平，陳布朱黄，奮然命筆，人咸勸其不宜終日僂坐，勞手目力者，應之曰：吾樂此，病非所卹也。起十七日，至二十九日而畢。夫以難讀之書，使按考注疏，切訂文義，以分句讀，非數月之功不可。今蒙先正之成而趣辦於半月之間，可謂易矣。然自今方熟，復詳玩究前人之用心，以通十七篇之奥，其敢曰易乎哉？使吾後之人，知得是編之若有相，而病且不敢廢學如此，則庶其寳愛誦習而亦不敢以易視之，尤吾之所望也。張淳校本，朱子猶有未滿。今先生間標一二，於字音圈法甚畧，或發一二字而餘不及，蓋使人必其自求之耳，今悉仍其舊而不敢有所增也。

（吴師道《禮部集》卷十八《題〈儀禮〉點本後》，《重修金華叢書》本）

格菴先生趙公，宋執政也。公之志業未及盡展於一時，而淑艾之私有足惠幸乎百世，讀其書者，知爲吾先生而已。蓋自考亭朱子合《四書》而爲之説，其微辭奥旨，散出於門人所紀録者，莫克互見，公始采集以爲《纂疏》……累疏乞召洪天錫、陳宗禮、陳宜中還居言職，劾龔日新昏鄙，不宜爲察官。它所薦湯漢、李伯玉、何基、徐宗仁、吕圻、歐陽守道、吕大圭等數十人，多朝廷宿望及當世知名士，度宗皆嘉納之。

（黄溍《金華黄先生文集》卷三十《續稿二十七·格菴先生阡表》，元鈔本）

五月庚寅，太陰入氐。丁酉，婺州布衣何基、建寧府布衣徐幾，皆得理學之傳，詔各補迪功郎。何基，婺州教授兼麗澤書院山長。徐幾，建寧府教授兼建安書院山長。

（《宋史》卷四十五《本紀第四十五·理宗》，乾隆武英殿刻本）

（景定）五年十月丁卯，理宗崩，受遺詔，太子即皇帝位。戊辰，尊皇后謝氏曰皇太后，生日爲壽崇節。庚午，宰執文武百官詣祥曦殿，表請聽政，不允。辛未，大赦。十一月壬申，宰執以下日表請視朝，不允。丁丑，凡七表始從。丙戌，帝初聽政，御後殿，命馬廷鸞、留夢炎兼侍讀，李伯玉、陳宗禮、范東叟兼侍講，何基、徐幾兼崇政殿説書，詔求直言。

（《宋史》卷四十六《度宗本紀》，乾隆武英殿刻本）

文仲薦陳存、吕折、鍾季玉等十有八人，名士二人：金華王柏、天台車若水也，兼國子司業，兼侍立修注官……尋兼國子祭酒，請謚金華何基及柏。時大元兵渡江，畿甸震動，朝士多棄去者，侍從班惟文仲一人。

（《宋史》卷四百二十五《楊文仲傳》，清乾隆武英殿刻本）

生字本道，北山先生文定公諸孫也。先生當宋之季，侍宦臨川，獲從考亭高第弟子黄文肅公，傳伊洛正宗之學。首喻真實刻苦之訓，繼聞浹洽四書之旨。積力既久，道凝德立。威嚴莫犯，有如泰山之干霄；和氣充牣，儼若陽春之煦物。故其學一傳爲王文憲公，再傳爲金文安公，三傳爲許文懿公，聯蟬散彩，焜燿後先。使吾婺爲鄒魯之俗，五尺之童皆知講明道德性命之學者，先生之功也。在他人，夙夜孜孜，欲儀形其萬一，况其子若孫者乎？

（宋濂《宋學士先生文集》卷二十二《翰苑續集》卷二《贈何生本道省親還鄉序》，四部叢刊景明正德本）

余往年讀劉玄靖《山棲志》，見其所載紫岩、靈岩勝概，分明如畫。時正當袢暑，不覺涼颸生肘腋間。今年夏六月，客有授予蘇太史《棲雲軒記》。《記》爲本庵上士作，其狀靈岩之景，亦分明如畫，蒸溽爲之頓消。嗚呼！因文辭而想見其處，雅興遄發，尚忘其時之燠炎，况親覩嵬眼澒耳之勝者乎？蓋玄靖久棲此山，太史亦嘗出遊覽，故其言真切，有足以動人也。何文定公跋《山棲志》，有云：「想玄靖一時飛屐上下千峰紫翠間，左浮丘而右洪崖，其風致猶前日也。」余今於太史之文亦云。若夫雲幻非幻，契經多言之，苟欲重宣其義，非千百年莫能盡。他時或造山中，當敷座於蠻光水影間，爲上士説法未晚也。

（宋濂《宋學士文集》卷第四十六《芝園集》卷第六《題棲雲軒記後》，四部叢刊景明正德本）

何氏爲吾婺甲族，簪紱相繼。至文定公出，上繼考亭遺緒，以性命之學衣被後人，其名益盛矣。遁山翁鳳，字天儀，公之羣從子，言論風範，亦可以冠冕風俗，五尺之童至今皆能言之。蓋有其實者，雖無文而自彰；實或不足，而假空言以張之，未必能著。此無他，其理固應爾也。濂在禁林，翁之諸孫穆持行狀求題，聊相與一論之。或謂翁之行必待文而始傳者，抑過矣。穆循循雅飭，無愧於文獻家子孫云。

（宋濂《宋學士文集》卷第二十五《翰苑續集》卷五《跋遯山翁行狀後》，明正德刊本）

金華山色翠亭亭，曾駐仙人白玉軿。羨汝結廬松柏裏，卧看鸞鶴下青冥。

尚想高人何北山，談經論道此山間。故家文物依然在，似汝須歸玉筍班。

（劉基《誠意伯劉文成公文集》卷十七《送金華何生還鄉覲省》，烏程許氏藏明刊本）

本道之五世祖文定公，以勉齋黄公高弟，上接考亭夫子之傳，有《易學啓揮》等書行於世。在宋茂陵時，屢徵不起，後以侍講召，亦不赴。其學傳之魯齋王公，魯齋傳之仁山金公，仁山傳之許文懿公，皆敝履軒冕，高風大節，與文定相望先後。况本道子孫之賢，寧不似而續之乎？雖然，德之深者，澤必厚；實之大者，聲必宏。何氏以道學傳，至於今天下學者知之，其立言行事之微，尚有未及盡知者。本道定省之暇，旼分而類别之，用以傳諸天下後世，使咸曰何氏尚有人焉，顧不韙歟？夫君子之所守者道而已，爵禄不與焉。然則本道之所任者，其在兹乎！予與本道爲同年，在鳳陽往來爲厚，於其行不能釋然於懷也，遂敘以識别云。

（鄭真《滎陽外史集》卷二十七《送何本道還金華序》，清文淵閣《四庫全書》本）

永嘉趙木仲，故宋宗室諸孫，美鬚髯，倜儻負氣，與人交，一不合即赭容怒去，獨從見山葉先生遊最久。葉之學出於絅室梅先生，梅之學出於北山何先生，而何實本於紫陽朱夫子，故其所得，具有師法。嘗以《易》《詩》教授荆、揚間，從之者甚衆。或勸之仕，輒笑不答。

（貢師泰《玩齋集》卷六《送趙木仲東歸序》，明嘉靖刻本）

先生没，其傳之著者，在閩則宓齋陳氏、信齋楊氏，在浙則北山何氏。江以西則臨川黄氏,江以東則雙峰饒氏。其久而益著者,則西山真氏,《衍義》諸書,凡今經帷進講,成均典教,皆出先生講論之餘也。嗚呼!先生之道,傳之後世;先生之書,行乎天下,孰不想慕其高風,漸被其餘澤?況鰲峰、箕山之間,雲煙蒼莽,神氣流行,愾然肅然,猶若有見乎其位,聞乎其容聲者乎?書院之作,其有功於世教,豈曰小補云哉?遂記不辭。先生諱榦,字直卿,御史瑀之第四子,累官至大理寺丞,轉承議,即致仕。勉齋其自號云。

(貢師泰《玩齋集》卷七《勉齋書院記》,明嘉靖刻本)

右《四書集注》,其句讀旁抹之法,兼取勉齋黄氏、北山何氏、魯齋王氏、導江張氏諸本之長,宣城張師曾爲之參校,加以音考,蓋今最善本也。刻板在常州府學,此集六册。永樂十年二月,余奉命考會試,常州府學教授金原祺時預同考,余從求而得之者也,其刊刻亦間有錯誤。

(楊士奇《東里集・東里續集》卷十七《跋四書集注二集二首》,清文淵閣《四庫全書》本)

宋周、程、朱子上接孟軻氏不傳之緒,其後,濂洛之學散於四方。謝良佐氏居上蔡,尹焞氏居河南,游酢氏居建陽,蓋亦各有所傳矣。惟楊中立氏傳之羅仲素,仲素傳之李延平,延平傳之新安朱子,爲斯道之正傳。當時高第弟子傳之者衆矣。惟勉齋黄先生榦,得朱子之正傳。其後，勉齋之學，北山何先生基得之，而江左之傳，代有其人。雙峯饒先生得之，而江西之傳，代有其人。當宋末元初時，雙峯諸孫，曾若此山、若則庵二先生皆獲承家學，而南昌諸前輩莫不惟雙峯是宗。吾伯紀固知宗饒氏以上溯新安之傳矣，而又得文靖公經正之教而不惑於衰微時，又得際文明之盛以闡明正學，何其幸與？況南昌自濂溪先生之知縣事，郡人知宗其道爲天下先，而朱子所撰《祠堂記》言之備矣。伯紀庶幾近宗雙峯，上接新安而進造濂溪之道，以修諸身，以淑諸人，毋若昔之人，學聖而流於莊荀，學賢而淫於老佛，而一以綱常之大經是法，溯清流，乘長風，以窮夫洙洛之源也。庶無忘乎經正之訓，庶無忘乎新安之正傳哉。

（錢宰《臨安集》卷五《經正堂記》，清文淵閣《四庫全書》本）

太守傃軒趙公，貽書勸駕，以赴麗澤院長，且舉前賢「山中出雲雨太虛，一洗塵埃山更好」之詩，先生就答以「留取閒人卧空谷，一川風月要人看」之句。按先生氣體素弱，教授學者，或力疾厲言，竭盡底藴，至於節義所關，義利生死取舍之際，言言凛凛，聽之悚然。每見士友遠來者，首以朝廷邊報、人才用舍、四方休戚爲問，有快於心，喜不能已。其或不然，則憂形於色，然則推其心，亦何嘗忘世也。

（葉廷繡《詩譚》卷八《北山先生隱操》，明崇禎胡正言十竹齋刻本）

江潤身，字明德，號事天，婺源旃坑人。父師夔，號存耕，能詩文。潤身，其長子，生而俊穎，異常兒。貌古岸而心峭直，於文操筆立成，據經引傳，切中肯綮，而繩墨具焉。正薦外補入京學，京泮三升，郡棘兩貢俱不偶。景定甲子，以流寓貢於淛，登咸淳元年進士第，授廬州梁縣尉兼合肥簿事。廉明剛決，獄多平反。其自上司求直者，咸願以屬潤身，衆以爲神。制置應山李公庭芝留攝寶應簿，奏充瓜州鎮官，命下而卒。初從陸子静門人遊，不慊，遂去師北山何基。何爲勉齋黄榦高第，故造詣益粹，不特以文爲能，學者謚曰事天先生。子心宇。

（汪舜民《弘治徽州府志》卷七《人物》，明弘治刻本）

楊與立，字子權，本浦城人，受業朱子之門，嘗知遂昌縣，因家於蘭谿，以道淑人，學者多宗之，稱爲船山先生。所輯有《朱子語略》二十卷。其《幽居詩》云：「柴門閴寂少人過，盡日觀書口自哦。餘地不妨栽竹木，放教啼鳥往來多。」《溪頭詩》云：「溪頭石磴坐盤桓，時見修鱗自往還。可是水深思極樂，不須妄意要投竿。」吴師道云：「有道之言，意象自别，頗與『禽語相關』『窗草不除』意同。」北山何基、魯齋王柏皆嘗訪道於先生。先生一見北山而稱許之，由是盤溪之從遊始盛。魯齋亦有就正於撝堂、舩山，麄識伊洛淵源之語。

（徐象梅《兩浙名賢録》卷三《理學·船山楊子權先生》，明天啓刻本）

張潤之，字伯誠，蘭谿王盆人。遊北山何文定公之門餘三十年，盡得北山之學。北山之葬也，潤之爲定士禮，不用品官之儀，以成其志。北山輯《近思録發揮》，未就而卒，仁山金履祥繼成其書，每條皆質於潤之而後定。晚歲避亂，居金華山中，蓋有桃源之思焉。白雲許謙稱之曰：先生之德，篤實清介，問學專力於經。其季龍泉公蚤世，訓其遺孤而經紀其家，且衣食之。先生長仁山二十年，爲同門先達。平居商略討論，情好最密，他人不及也。先生被服樸略，人視之巖谷一叟耳。而天機駿利，襟度融朗，有浴沂詠歸氣象，彼以貌觀先生者，豈知德哉？

（徐象梅《兩浙名賢録》卷三《理學·張伯誠先生》，明天啓刻本）

宋大儒勉齋黄先生，故有書院於建陽青城，乃宋理宗敕創以祀先生者也……正德庚辰，裔孫瀖暨諸生趙才、熊元莊輩言於巡察史沈公灼、汪公珊，督學憲胡公鐸、分憲蕭公乾元，咸報可，而藩臬諸公僉議克協。越辛巳，知建陽縣邵侯豳，力任厥事，以故址前建公署，撤復孔艱，乃謀於邑博韓君孟良、曹君祥、傳君紳，度地庠之南半山庵址。厥峰環拱，厥靈攸萃，爰鳩金計材，屬司税劉禄董其役。中爲正堂四楹，肖先生像，以門人潘瓜山柄、楊信齋復、何北山基、饒雙峰魯配，齋左曰尊德，右曰凝道。前爲堂四楹，榜「麟鳳龜龍」；又前爲儀門，如堂之數，榜「扶植道脈」。又前爲大門，榜「環峰書院」，存舊額也。

（毛憲《古庵毛先生文集》卷三《環峰書院記》，明嘉靖四十一年毛欣刻本）

環峰書院，舊在縣治之西清，宋儒黄榦建，爲師友講道之所。初名龜峯精舍，後更名環峯精舍……正德間，知縣邵豳以書院頹圮，且地卑隘，申請巡按御史汪珊議下，提學副使胡鐸、分巡道蕭乾元乃度儒學前半山庵址改復。中爲正堂肖像，以門人潘瓜山、楊信齋、何北山、饒雙峯配，齋左曰尊德，右曰凝道。前爲堂扁，麟鳳龜龍，又前爲大門，仍揭御書額。

（馮繼科纂修《嘉靖建陽縣志》卷五，明嘉靖刻本）

環峰祠，即環峰書院，中祀黄勉齋，以潘瓜山、楊信齋、何北山、饒雙峯配祀，仲春、仲秋擇日致祭，祝文曰：於惟先生，集義主敬。學紹師傳，道承往聖。三禮四書，纂述釐正。啓迪後人，功德丕盛。時維仲春秋，專祀報稱，以潘瓜山、楊信齋、何北山、饒雙峰配，尚饗。

（馮繼科纂修《嘉靖建陽縣志》卷五，明嘉靖刻本）

北山書院，在盤溪，爲何文定公立。吴師道有《代請立書院文》。

（王懋德修、陸鳳儀纂《萬曆金華府志》卷二十四《古跡》，萬曆刻本）

倡率宗族祭北山先生墓啓 時萬曆二十八年庚子

北山先生淵源雲谷，講授盤溪。嗟泰山自昔已頽，幸丘壟於今伊邇。緬思先世，曾負笈於門墻；況係後人，宜留心於繼述。在本郡既設夫專祠之祭，而吾儕當報其私淑之功。蓋成我之恩與生我者等，故祭師之禮與祭禰者同。每歲季秋上丁柔日，酹墓前而致如在之敬，拜階下而切願學之誠。然山徑之紆迴，荒蕪已甚，而衣裾之沾濕，儀節難行。晴不易期，雨當改卜。但過秋名爲非禮，且嗣歲定爲常規。仰休風於千萬仞之高，舉曠典於三百年之後。相期同志，勿作虛文。

（《龍門倪氏七修族譜》卷卅七《遺文》，民國十四年重修本）

沈壽民曰：往予登北山之山，泝索盤溪之溪，謁宋何文定公故里焉，而悵然不接其人。及歸，徙僊源，交周徵君，曷庶幾猶遇也。文定之有類於徵君者六矣：善承先澤，一；多病而卷不手去，二；少也羸老而逾耋，三；身將隱，國政美闕、民生休戚必以問，四；布衣膺薦，五；薦不赴，六。他比行鈞德不殫記也，其揆諸先後而一者矣，且夫周、沈之好以世哉。有赫祖武，彼繩我替，辟於朝也同之。何修乎，吾何修乎？

（沈壽民《姑山遺集》卷十九《周徵君傳》，清康熙間有本堂刻本）

韓子謂：師者，傳道解惑者也。顧所傳非道，爲惑愈甚，由是而師爲世所輕矣。宋何北山之於來學，未嘗受其北面。北山之意，以爲苟無其德，寧虛其位以待後之學者，不可使師道自我而壞也。

（黄宗羲《孟子師説》卷四，民國《適園叢書》本）

昔者孫明復之爲師也，以石守道爲之弟子，執杖屨侍左右。明復坐則立，升降拜則扶之。師弟子之禮，若是其重也。故何北山之於來學，未嘗受其北面。北山之意，以爲苟無其德，寧虛其位以待後之學者，不可使師道自我而壞也。北山可以爲師，避師名而不爲，其慎重如此。

（黄宗羲《南雷文案》卷十《續師説》，康熙二十七年靳治荆刻本）

何北山基，黄勉齋高弟也，與王會之柏皆金華人，有文集三十卷，而與柏問辨者凡十八卷。《宋史》列於《儒林傳》，所著有《大學發揮》《中庸發揮》《大傳發揮》《啓蒙發揮》《通書發揮》《近思録發揮》凡六種。《金華正學編》所載《繫辭發揮》，北山自爲序而刻之者，即《大傳發揮》也。其意蓋以本義於《繫傳》太簡略，故采諸説以補之。

（查慎行《得樹樓雜鈔》卷二，《叢書集成續編》本）

或問：師弟子何以無服也？曰：昔者孔子之喪顔回也若喪子，而無服。子貢請喪孔子若喪父，而無服。今之爲師爲弟子者，其視夫子、子貢何如，而遂相爲服也？先儒謂師不立，服不可立，此説是也。然則弔服加麻、出入常經者，非與？曰：昔者朱文公之喪，黄文肅公爲其師加麻，制如深衣用冠絰。何文定公之喪，王文憲公服深衣加帶絰，冠加絲。許文定公薨，蒲人王楫衰絰赴葬。司賓者辭曰：「門人衰禮與？」楫曰：「吾師也，術藝之師與？賓主之師與？吾猶懼乎報之無從耳。」由是言之，後世有人師、經師，如朱、何、許三先生者，夫亦可以用此服矣。

（汪琬《堯峰文鈔》卷七《師弟子》，文淵閣《四庫全書》本）

論曰：揚子雲有言曰：通天地人曰儒。是故詮釋經史，談説經濟，明二帝三王之道，皆理性之要務，經世之規也。吾婺儒者，自何北山得考亭之傳於勉齋黄氏，然猶循軌守轍，以恪善恭謹取重於天下。至其徒魯齋王氏，乃益擴推而張大之，有網羅天地、括囊古今之意。歷數傳而至仲申諸子出，其規模氣象，俱不失師匠之授受，以井田封建爲必可復，以五帝三王爲必可至，以漢唐諸君一切苟簡之治，爲不可偶入於言議。噫，豈非信而好古之英儒哉！而見之施行，以收功實，則吾不敢知。然自明祖龍起，吾婺儒者，拔茅彙征，莫不鴻漸鵠起，有以顯名於世，而皆不保其首領，老死牖下。而仲申獨從容嘉遯，得以考終，其有先知之哲哉？

（王崇炳《金華徵獻略》卷六《儒學傳》，《重修金華叢書》本）

北山何文定公墓，縣西南三十里殿講山循理鄉油塘之原。墓碣、墓田爲土民毀奪。正德十年，郡守劉蒞謁祭，爲創復碑石記其事焉。

（沈麟趾《康熙金華府志》卷二十三《丘墓》，宣統元年嵩連石印本）

宋北山先生謚文定何基墓，萬曆《金華府志》：在殿講山循理鄉油塘之原，正德十年郡守劉蒞修復，傳詳《儒林》。劉蒞《請復何文定墓地碑記》：北山先生以咸淳五年己巳十二月壬申，葬金華縣南山油塘之原。豪右據而有之，子孫莫之能直。正德甲戌春正月，知府事劉蒞率同官展修祀事，墓已夷且陷，惟趺獨存，商生大輅復廉得完碑於油塘匿孔，尚無恙。乃繩其豪於法，還其碑於趺，正其田於籍，歸其佃甲於隣壤，伐巨石以封，若堂而縈之以垣牆，暨享堂四楹，旁建連甍以處佃丁，規制粗備，庶幾有司崇儒重道，礪世磨俗之萬一焉。

（嵇曾筠等《雍正浙江通志》卷二百三十九《陵墓》，文淵閣《四庫全書》本）

佳曰：先生（指章懋）誠確似何北山，精專似許白雲，真可謂紫陽之正傳，盛代之醇儒也。

（沈佳《明儒言行録》卷五，文淵閣《四庫全書》本）

朱子之喪，門人用緦麻深衣而布緣。何北山之喪，王魯齋定議：元冠端武加帛，深衣布帶加葛經履。金仁山易之爲元冠加帛，經帶方履。今可仿其意而變通之，元冠經帶可也。三月不宴不聽樂，三年心喪。

（杭世駿《道古堂全集·文集》卷二十三《議解志·師制服議》，乾隆四十一年刻光緒十四年汪曾唯修本）

宋金華唐士恥，字、爵無考，所可知者，集中有《府判何公行狀》一首。府判名松，字伯固，即何文定基之大父。士恥曾大父與松父同娶於吴，母則松之女弟，而士恥又爲其婿，故知士恥爲金華人。《金華志》有靈巖山靈巖寺，爲梁劉孝標故宅。集中又有兩溪詩，即瀫溪也。考婺郡諸唐，自堯封首登紹興二年進士，累官龍圖閣、朝散大夫，子饒州教授仲温，樂平主簿仲義，及知台州仲友，並一時名進士。仲友復中詞科，著述尤富。仲友三子，長士俊，次士特、士濟，亦與何爲姻婭，見朱子《按仲友狀》。

（沈叔埏《頤彩堂文集》卷十《書〈靈巖集〉後》，清嘉慶二十三年沈維鐈刻本）

江案：風氣之開，必有其漸。朱子謂自范文正以來，已有好議論，如山東有孫明復、石守道，湖州有胡安定，而周、程、張、邵出焉。吾婺理學之將興也亦然。宋至南遷，異學分馳。香溪先生潛修一室，其學貫串六經，超然自得，即其目擊宋事之非，進策匡時，莫不洞達古今，動協機要，非夫驕伉憤厲者所得而並矣。以今考其遺書，實大聲宏，一掃功利詞章之陋，以咀吮道妙，固不難起先哲而與爲友也。《心箴》一篇，曰存誠，曰克敬，尤能上窺魯鄒之閫奥者乎。豪傑之士，雖無文王猶興，蓋於先生見之。

又案：程子之學，龜山得之，而南傳之豫章羅氏，羅氏傳之延平李氏，李氏傳之朱子，此其一派也。上蔡傳之武夷胡氏，胡氏傳之五峯，五峯傳之南軒張氏，此又一派也。香溪先生之卒在紹興十九年，其時朱子已成進士，將自同安主簿訪道於李延平先生矣。使先生外出求師，得與聞道南一脈，一如何北山之於勉齋也者，則吾婺理學之懿，不待東萊吕公而始顯然。先生獨抱遺經，不假師傳，默與道契，其精神之發越，駸駸乎獨闢蠶叢而揚正學之先聲，嗚呼偉矣。楓山先生極力表章，謂於婺學爲有功，其契慕不誠深遠哉。

（戴殿江《金華理學粹編》卷一《理學先聲》，清光緒十五年刻本）

先儒何氏基，字子恭，宋金華人，謚文定。國朝雍正二年禮臣議曰：何基，黄榦弟子，得淵源之懿，所著解釋《大學》《中庸》，《大易啓蒙》《通書》《近思録》皆以「發揮」爲名。其學本於實心刻苦工夫，所謂謹之又謹者也，進從祀。

（舒鈞《道光石泉縣志》卷之四《學校志》，清道光二十九年刻本）

《伊洛淵源續録》六卷（《明史·藝文志八·儒家類》），明謝鐸撰。朱子《伊洛淵源録》記周、程、張、邵言行及程子門人而止。鐸續之，起羅豫章從彦，至王文憲柏，凡二十三人。卷一羅豫章從彦；卷二李延平侗；卷三朱子；卷四張南軒栻、吕東萊祖謙；卷五蔡西山元定及其子沈、黄勉齋榦、李敬子燔、弘元德洽、陳北溪淳、李果齋方子、黄商伯灝、廖子晦德明、葉味道賀孫、石子重憝、輔漢卿廣、杜南湖燁、杜方山知仁、趙訥齋師淵，皆朱子門人，凡十五人爲一卷；卷六真西山德秀、何文定基、王文憲柏。

（陳鍾英、王詠霓等修《光緒黄巖縣志》卷二十六《藝文》，光緒三年刊本）

何基宅，在縣北十五里盤溪，土名後溪何。戚《志》。

（鄧鍾玉等纂修《光緒金華縣志》卷四《建置》，民國十六年鉛字重印版）

《何北山文集》十卷，《請立北山書院文》：「何基撰。」按戚《志》作三十卷，誤。

《朱子感興詩解》，《金華詩録》：「何基撰，存。」

（鄧鍾玉等纂修《光緒金華縣志》卷十五《藝文》，民國十六年鉛字重印版）

圖書在版編目(CIP)數據

何北山先生遺集 /(宋) 何基撰;黄靈庚,李聖華主編;王錕整理. —上海:上海古籍出版社,2022.11

(北山四先生全書)

ISBN 978-7-5732-0238-3

Ⅰ. ①何…　Ⅱ. ①何… ②黄… ③李… ④王…　Ⅲ. ①古典文學—作品綜合集—中國—南宋　Ⅳ. ①I214.422

中國版本圖書館 CIP 數據核字(2022)第 009910 號

北山四先生全書
何北山先生遺集
〔宋〕何基　撰
黄靈庚　李聖華　主編
王錕　整理
上海古籍出版社出版發行
(上海市閔行區號景路 159 弄 1-5 號 A 座 5F　郵政編碼 201101)
(1) 網址:www.guji.com.cn
(2) E-mail: guji1@guji.com.cn
(3) 易文網網址: www.ewen.co
上海展强印刷有限公司印刷
開本 890×1240　1/32　印張 9.25　插頁 5　字數 184,000
2022 年 11 月第 1 版　2022 年 11 月第 1 次印刷
印數 1-1,500
ISBN 978-7-5732-0238-3

I.3616　定價: 58.00 元
如有質量問題,請與承印公司聯繫
電話: 021-66366565